이서희 에세이

구체적 사랑

한겨레출판

작가의 말

어릴 적 TV를 볼 때마다 왜 우리 집은 저 모든 집들과 조금도 닮지 않았을까 의아했다. 누구도 자신의 다름을 쉽게 드러내고 편하게 말하지 않던 시절이었다. 시간이 한참 흐른 뒤 알게 되었지만, 행복하고 비슷한 외연을 가졌던 이들조차도 세상의 기준과 편견에 치여 각자의 다름을 밀봉하며 살았다. 그때 나를 가장 두렵게 했던 말은, 나의 가정환경을 두고 나를 판단하는 말들이었다. 아무리 애를 써도 나는 내 환경으로 규정되고야 만다는 현실은 어린 나에게 부당하면서도 불가해한 상황이었다. 그에 대한 나의 선택은 때로는 침묵이었고 때로는 선택조차 가능하지 않았다. 환경은 자주 조롱이 됐고 까발림의 대상이 됐다. 그리고 상처가 낙인이 되는 사회에서, 상처는 더 큰 상처가 됐다.

상처를 둘러싼 이차 가해는, 상처로부터 깊어지고 성장하는 길을 왜곡된 시야로 비틀어버리기도 했다. 좋은 환경에서 부모 사랑 듬뿍 받고 자란 사람을 만나야 잘산다는 말이라든가, 그런 사람이야말로 사랑을 주고받을 줄 안다는 말을 들을 때조차, 타인에게 해악을 끼칠 가능성을 이미 부여받고 사랑을 주고받을 줄 모를 게 분명한 나 자신을 미리 부끄러워했다. 애초에 부족한 사람이기에, 균형 있게 잘 자란 사람들을 만나서 선한 영향력 아래 살아야 한다고 믿었던 때도 있었다. 덕분에 친한 친구도 연인도 좋은 환경과 원만한 성정을 가진 사람들로 채웠다. 물론 찬찬히 들여다보면 모두 균질한 행복을 누리고 산 건 아니었다. 그들 안에도 예기치 않은 빛과 어둠이 있었다. 삶이 확장되고 좀 더 다양한 경험을 쌓아가면서 정상의 기준으로 규정되지 않는 환경 속 사람들을 곳곳에서 만났다. 빛에 스스로를 비추는 각각의 모서리를 지닌 보석처럼 그들은 제 모습으로 다채롭게 빛났다.

돌이켜 보면, 나의 삶 속에서 가장 큰 상처를 준 사람은 오히려 자신의 환경과 조건이 남들보다 더 낫고 바르다고 확신한 이들이었다. 그들을 지나치며 깨달았다. 주어진 환경의 좋고 나쁨의 문제가 아니었다. 스스로 깨닫고 부딪치고 성찰할 기회를 누리지 못하거나 차단하는 태도가 문제였다. 누군가는 감당하지 못할 고난이 닥쳤을 때 대응하는 법에 대한 어떠한 매뉴얼도, 또 그걸 마련할 필요도 없이 살아왔다. 안락한 환경과 부모의 지극한 사랑과 보호 속에서, 혹은 지나친 확신과 배제 속에서, 앞으로의 삶에서조차 굳이 그 필요성을 상상하지 않았다. 가장 간편한 방법을 알고 있으니까. 완벽한 자신의 무리가 아닌 다른 무리에게 고난과 문제의 원인을 돌리는 법을 알고 있으니까.

세계가 좁은 사람일수록 타인을 배제하는데 익숙하다. 관용을 이론으로 배운 자들은 자신의 행복과 안전만큼만 관용적이다. 하지만 그것이 위협 당했다고 느낄 때 누구보다도 방어적이고 때로는 공격적이 된다. 왜냐하면 자신의 행복과 안전만큼 세상에 당연한 것은 없으니까. 타인의 행복은 자신의 행복을 위해 부정되고 희생되어도 어쩔 수 없는 것이니까.

지난 세월 동안 나를 살아남게 하고 함께 삶을 풍요롭게 가꾸어간 이들은 어쩌면 모두, 불균일한 삶을 안팎으로 거쳐 왔다. 그와 같은 과정 속에서 겸허하기를 배우고 스스로를 끊임없이 성찰하고 갱신하고 회의하고, 그럼에도 인간에 대한 믿음을 다듬어온 사람들이었다.

순조롭지 않은 환경 속에서도 삶을 믿고 이끌어갈 수 있는 사람은, 열린 시선과 마음으로 자신과 타인에게 노력과 애정을 기울일 수 있다.

세계의 확장은 주어진 안락함과 풍요로움에 의해서가 아니다. 얼마만큼 스스로, 그리고 타인과 연대하며 삶을 개척해 나갔는가에 있다.

삶은 날씨와 같다. 언제나 화창하지만은 않다. 누군가는 캘리포니아 남부처럼 화창한 환경에서 태어나 자란 이들도 있을 것이다. 하지만 그곳에서도 폭우가 쏟아지고 지진이 일어나고 화재가 발생한다. 건조하고 화창한 날씨이기에 화재는 더욱 빠르게 번지고 쉽게 진압되지 않는다. 고난은 그런 것이다. 당신이 어떤 환경에서 자랐는가에 따라 저절로 길들고 당신이 얼마나 좋은 환경에서 자랐는가를 알아보고 고개를 숙이고 지나가는 만만한 무언가가 아니다. 오히려 고난은, 잘 받아들이고 때로는 길들일 수 있는 자만이 함께 어울릴 수 있는 야생의 생명체와도 같다. 고난의 극복이 어떤 식으로든 존재한다면, 그건 그에 대해 겸허한 자들만이 누릴 수 있는 일시적 축복이다. 오만함이야말로 우리가 가장 경계해야 할 지점이다.

〈한겨레21〉에 '이서희의 오픈 하우스'로 연재를 시작했을 때는 이 모든 글들이 흘러나올 것을 예상하지 못했다. 집을 열어 타인을 맞이하고 그들의 이야기에 귀 기울이다 보니 숨겨진 방들이 문을 열었고 감히 꺼낼 수 없었던 이야기를 말할 수 있게 되었다. 이 과정에서 감사를 보내야 할 이름들이 많지만, 여기서는 글을 쓰는 동안 든든한 뒷배가 되어준 세 어른을 언급하고 싶다. 혜신명수로 스스로 부르고 또 남들에게 불리는, 두 사람이자 한 세상인 정혜신 선생님, 이명수 선생님께 깊은 사랑과 감사를 보낸다. 그리고 나에게 집이 되어주겠다는 다정한 말씀을 건네주셨던 고 김서령 작가님, 태어나서 지금껏 들어본 가장 가슴 벅찬 약속이었어요. 덕분에 한바탕 꿈꿀 수 있었습니다.

이제,

나의 집 문을 열어 당신을 맞이한다.

차례

/ 5 /

나의 오픈 하우스

나의 엄마와 그녀의 둘째 딸인 나

제 1 부

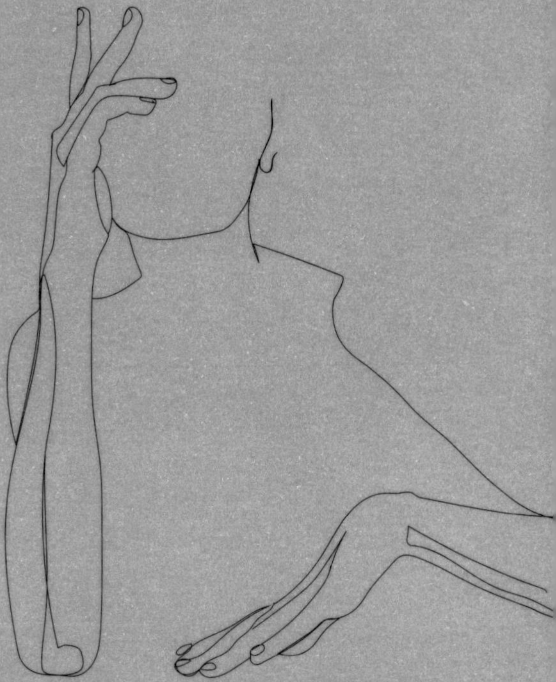

누군가를 지극히 사랑한다고 느낄 때면 낮게 출렁이듯
슬픔이 찾아온다.
밀물은 언젠가 썰물이 되고 해는 지고 계절은 하얗게 지나갈 테고
시간은 결코 같은 얼굴로 돌아오지 않으리라고 짐작하면서.
"우리는 어디서 왔는가, 우리는 무엇인가, 우리는 어디로 가는가"라는
고갱의 그림 속 질문이 더 절절하게 와닿는 이유는, 나의 존재만이
아니라 나와 너의 관계를 두고 우리의 존재를 함께 묻기 때문이다.
나의 사라짐보다 더 슬픈 것은, 어쩌면 사랑하는 누군가를 먼저
보낼지도 모른다는 두려움, 사랑하는 누군가의 오고 감을 알 수도
헤아릴 수도 짐작할 수조차 없으리라는 서글픔, 어쩌면 너를 먼저
보내고도 네 간 곳을 알지 못해 헤매듯 이 세상에 남아 있을지도
모른다는 막막함이다.
어릴 적, 엄마의 삶을 어쩌지 못하고 저 사람은 끝내
불행하게 살다 갈지도 모른다는 슬픔에 압도되어,
텅 빈 방에서 대성통곡했던 일이 가끔 떠오른다.
유학을 떠나기 전 그녀의 몸 부분 부분을 사진으로 찍어 갔던 나는,
이제 엄마가 되어 그 열렬함으로 내 딸들을 사랑한다.
여전히 엄마를 사랑하고 행복을 기원하지만,
너의 흰머리가, 너의 주름이, 너의 굽은 어깨가
가슴에 파이듯이 자국을 남긴다.
우리는 비로소 너와 내가 되어,
"우리는 어디서 왔는가, 우리는 무엇인가, 우리는 어디로 가는가"
함께 묻는다.

처녀를 위하여

어느 지방 도시에서 단 한 번도 1등을 놓친 적이 없던 그녀는 서울의 모 여고에 입학했다. 부모님의 반대를 무릅쓰고 상경해 시집간 언니들 집을 전전하며 학교를 다녔지만 처음 치른 시험 성적은 처참했다. 밥값을 축내며 쓸데없이 공부나 하고 있다는 구박에 이를 악물었다. 다음 시험에서는 전교 1등을 차지했다. 자축만으로는 부족했지만, 누구도 그녀의 성공을 기뻐해줄 것 같지 않았다. 자연스럽게 그 사람을 떠올렸다. 중학교 때 열렬히 좋아했던 선생님. 영특하고 거침없던 그녀는 열네 살 위 총각 선생의 관심을 독차지했다. 끼니를 자주 거르는 그를 챙기기 위해 생전 들어가지 않던 부엌을 들락거리기도 했다. 그의 자취방에 그녀가 들고 가는 것들의 목록은 급속도로 범위를 넓혀갔다. 식기는 물론이고 생활용품, 돈이 될 만한 귀중품까지 들고 갈 만큼 과감해졌다. 홀로 사는 노총각 자취방을 드나드는 마을 지주 막내딸 이야기가 사람들 입에 오르락내리락하기까지는 오랜 시간이 걸리지 않았다. 고등학교 입학을 앞둔 그녀는 자신을 둘러싼 추문이 수치스러워 양잿물을 들이켰다가 발각되었고 선생은 학교를 그만두고 도망치듯 마을을 떠났다.

어느새 그녀는 그가 근무하고 있다는 고등학교에 전화를 걸고 있었다. 얼마 전부터 서울에서 살고 있고 그가 일하는 학교에서 멀지 않은 여고에 다니고 있다는 소식을 알렸다. 물론, 이곳에서도 1등은 그녀 차지가 되었다는 소식도 함께. 그는 축하받을 일이라며 바로 만날 것을 제안했다. 서른을 훌쩍 넘긴 사내는 가난한 집안의 장남으로 월급 대부분을 고향집에 보내고 산동네 판잣집에서 자취를 하는 중이었다. 결혼은 포기했다고 공공연히 말하고 다녔지만 사무치는 외로움에 뜬 눈으로 밤을 새는 날들이 늘어갔다. 눈앞에 선 그녀는 1년 사이에 처녀티가 났다. 발갛게 달뜬 얼굴로 시험지를 내미는 제자의 부쩍 자란 모습에 주체할 수 없을 만큼 마음이 흔들렸다. 학교 근처 빵집에서 만난 그녀에게 집에 와서 빨래를 해달라고 부탁했다. 그녀는 서울 한복판에서 만난 그리운 얼굴에 가슴이 벅찼지만, 그것도 잠시. 시골 마을에서는 그토록 빛나 보였던 남자의 추레한 모습은 그녀의 첫 시험지처럼 혼란스러웠다. 곧이어 반가움은 혼란마저 뒤흔들어 연민으로 바뀠지만. 차마 거절할 수 없어 그의 뒤를 좇아 좁고 굴곡진 길을 밟았고 손등이 빨개질 때까지 빨래를 했다.

"빨래만 하고 돌아갈 생각이었는데 밥이나 먹고 가라고 붙잡더라. 끼니도 제대로 못 챙겨 먹는가 싶어 이것저것 간단히 해 먹이려고 했는데 그만 처녀성을 잃고 만 거야. 이제 다 끝났다 싶어 엉엉 울어대니 그 사람이 그러더라. 자기가 중학교 때 적성검사 결과를 봤는데 나는 공부가 적성에 안 맞는다고. 상업이 맞으니 장사를 하는 게 어떻겠느냐고."

학교로는 돌아가지 못했다. 처녀도 아닌 주제에 여고생 교복을 입는다는 건 말이 안 된다는 것이 남자의 조언이었다. 한 달을 그의 집에서 머물렀다. 매일 그의 밥상을 차렸고 집안일을 돌봤다. 하루가 쏜살같이 흘러갔다. 한나절이 빠르게 흐를수록 밤이 되면 허전함이 커졌다. 처량한 신세를 한탄하며 눈물을 흘릴 때마다 남자는 손수 물을 받아와서 여자의 발을 씻겨줬다. 남자는 가난했지만 다정했다. 그녀는 이런 것이 행복일지도 모른다고 생각했다. 도망가는 마음을 붙잡고 그를 더 사랑하겠다고 다짐하고 또 다짐했지만 사흘을 넘기지 못하고 갑갑해졌다. 바깥 구경도 못하고 집에만 갇혀 살다시피 한 지 한 달이 넘었다. 마침내 그날 밤 떠날 것을 선언했다. 그리고 태어나서 처음으로 얼굴이 터지고 온몸에 피멍이 들 만큼 맞았다. 여자는 이제 무서워서 떠날 수가 없었고 몇 주 뒤에는 아이를 가졌다는 사실에 떠날 마음조차 접어버렸다.

여자는 첫아이를 낳고 얼마 되지 않아 아이를 들쳐 업고 장사를 시작했다. 아이는 하나에서 둘이 됐고 어느새 셋이 되었다. 남편의 폭행은 더욱 심해졌지만 행복한 순간이 없었던 건 아니었다. 처음 새 집을 마련했던 날, 한때 글쟁이를 꿈꿨던 남편에게 감동적인 편지를 받고 눈물을 흘리던 날. 남자의 다정함은 종잡을 수 없었지만, 예측할 수 없는 날씨처럼 떨리고 황홀하여 차마 떨칠 수도 없었다. 어릴 적부터 성정이 거칠고 유별나다 타박 받던 그녀는 온순함과 순종을 배워가는 듯도 했다. 장사판에 나가면 활어처럼 파닥이듯 살아 오르다가도 그 앞에 서면 도마 위의 기절한 생선처럼 깜박 제 존재를 잃어버렸다. 그때마다 그녀는 수도 없이 삶의 한순간을 재생하듯 되돌려 봤다. 만일 그때 처녀성을 잃지 않았더라면 내 삶의 온전한 주체가 되어 살 수 있지 않았을까. 혼몽한 낮 꿈처럼, 빌지 못한 소원처럼, 경험하지 못했던 또 다른 삶을 향한 염원은 그녀의 딸들을 향한 기이한 집착이 되었다. 일로 바쁜 나날이면 며칠이고 무심하게 잊고 지내던 자식들이었지만, 때가 되면 흔들리는 물결처럼 출렁, 딸들에게 일렀다. 절대, 어떤 일이 있더라도, 처녀성은 잃지 말라고.

그녀의 둘째 딸은 첫딸과 막내아들 사이의 삼각지대 속 깜박 잊힌 존재처럼 자랐다. 그럼에도 둘째 딸의 처녀성만큼은 화창한 하늘 위에 뭉게뭉게 피어오르는 구름처럼 자리를 잡고 떠돌고 있었다. 뜬금없이 그녀는 딸에게, 한낮의 살랑거리는 미풍처럼 무심하게 말을 흘렸다.

"처녀성은 잃으면 안 돼."

딸은 처녀성이 정확히 무엇인지도 모르면서 기이한 비밀지령을 받은 스파이처럼 꾸역꾸역 그녀의 당부를 삼켰다. 내장을 꼬깃꼬깃 흘러가는 말은 소화되지 않은 채 뱃속을, 혈액 속을 구석구석 부서지며 맴돌았다. 만 여덟이 될 무렵 당시 고등학생이었던 친척 오빠의 협박으로 어두컴컴한 광에 갇혀 바지가 벗겨졌을 때도, 방으로 돌아와 깊은 물에 빠지듯 잠이 들었을 때도, 한낮에 땀을 뻘뻘 흘리며 깨어나 개울에 나가 몸을 씻었을 때도, 정확한 기억은 사라지고 불길한 예감만 등골을 훑고 내려갔다. 중학생이 되어 처음 맞은 생물 시간에 초로의 남자 선생은 교실을 빼곡하게 메운 여학생들에게 말했다.

“여자는 말이야, 걷는 것만 봐도 처녀인지 아닌지 알 수 있다.”

그의 선언과도 같은 발언에 공포와 거부감이 동시에 왈칵 들었다. 몇 주에 걸친 기억의 탐사가 이루어졌지만, 아무리 헤집어 보아도 까맣게 지워진 기억의 크레바스는 끝을 알 수 없을 만큼 검고 먹먹했다. 되돌아가서 빠지는 대신 선택하기로 했다. 적어도 거부할 수는 있지 않은가. 생물 선생의 선언에 맞서 새롭게 선언했다.

“나는 처녀를 위하여 살지 않는다. 나는 처녀든 아니든 상관없는 삶을 살겠다.”

선언이 있다고 삶도 세상도 천지개벽하듯 달라지지 않았다. 다만 거부할 수 있는 가능성을 꿈꾸자 괴로움의 농도가 옅어졌다. 조금씩 삶의 지도가 움직였다. 쫓기는 삶에서 벗어났다. 당신이 요구하는 것은 내가 원하는 것이 아니라고 말하는 순간, 내가 원하는 것을 들여다볼 힘이 솟아난다는 걸 그렇게 배웠다. 사랑과 관심이라는 미명 아래 행해지는 폭력이 얼마나 도처에 널려 있는지, 어쩌면 그녀들의 삶 자체가 폭력을 사랑이라는 이름으로 정당화하는 과정이었음을 깨닫는 데는 더 오랜 시간이 흘러야만 했다. 분열을 안고 있었지만 나무랄 데 없는 착한 여자로 자란 둘째 딸은 대학생이 되었다. 그리고 대학 입학 후 사귀게 된 남자친구와 얼떨결에 하룻밤을 보냈다. 놀랍게도 이불은 붉은 피로 물들었(다고 했)고 그 모습을 보고 싶지 않았던 여자는 남자에게 당장 이불을 빨라고 요구했다. 한바탕의 소동을 끝낸 뒤 집으로 돌아왔을 때는 이미 동이 틀 무렵이었다. 담을 넘어 현관문을 조심조심 열었을 때 딸의 눈앞에 보인 건 문 앞에 가부좌를 틀고 앉은 엄마의 그림자였다. 그녀는 다짜고짜 딸의 등짝을 후려치며 말했다.

"너, 처녀 아니지? 도대체 너, 어쩌려고 이러니?"

갑작스런 공격(세상에, 바로 그날이 오늘인 걸 어찌 알았을까)에 심장이 쪼그라든 둘째 딸은 눈을 동그랗게 뜨며 말했다.

"갑자기 왜 그래?"

"오늘 용하다는 무당을 만났는데 그 사람이 그러더라. 네가 처녀면 손에 장을 지지겠다고."

딸은 들켰다는 공포보다 무당의 영험함에 감탄하고 말았다.

"와, 그 무당 누구야? 진짜 용하네. 같이 보러 가자, 엄마."

엄마는 기가 막히는 듯 딸을 노려보다가 그만 웃음을 터뜨렸다. 옷 장사로 시작하여 사업가로 성공하다가 시원하게 집안 재산을 통째로 두어 번 말아먹고 재기 중인 엄마는 대답했다.

“이왕 그렇게 된 거 연애나 실컷 하고 살아라. 엄마는 젊었을 때 처녀성 잃었다고 인생 끝난 줄 알고 지레 포기하고 살았어.”

딸은 엄마의 반응이 어리둥절했으나 붙잡고 묻기에는 몰려오는 피로를 감당하기 힘들었다. 어쨌든 잊지 못할 날임은 분명했다.

이제 둘째 딸은 마흔을 넘겨 그날 엄마의 나이마저 지나버렸다. 엄마와 아빠는 그럭저럭 평온한 삶의 균형을 이룬 듯 보였으나 아빠의 폭력은 고난의 시절이 찾아오자 보란 듯이 귀환했고 엄마는 비로소 예순을 넘기고 이혼했다. 피해자만 남은 결혼 생활이었다. 아빠도 엄마와의 결혼만 아니었다면 인생이 이토록 비참하지 않았으리라고 되풀이한다. 결혼은 때로 패잔병만 남기는 상처투성이 전쟁터와도 같다. 딸들을 번듯한 집안에 결혼시키고서 이혼하겠다던 엄마의 바람은 제멋대로 남자를 골라 통고하듯 결혼해버린 두 딸 덕에 허무해졌다. 우리는 때로 용기보다 두려움에 삶을 맡긴다. 그리고 깨닫는다. 두려움의 삶은 타인의 것도 제 것도 아닌 삶의 림보에 머문다는 걸. 이것은 나의 엄마와 그녀의 둘째 딸인 나의 이야기다.

다방의 추억

오래전의 밤이다. 아마 초등학교를 갓 들어갔거나 다녔을 무렵일 거다. 택시를 타고 밤거리를 가로지르는데 검게 물든 거리에서 밝게 빛나는 간판 하나를 보았다. '서희', 내 이름이 어두운 밤하늘에서 촌스러운 네온 빛으로 반짝이고 있었다. 익숙한 두 글자가 낯선 거리의 정적 속 조금은 수줍게, 조금은 농염하게 깜박이고 있을 때 나는 오래된 비밀을 들킨 양 화들짝 놀랐다가 이내 그 빛에 홀린 듯 고요해졌다. 세로로 밤을 가르던 두 글자는 처연하면서도 엉뚱하게 심각해 보였다. 도시의 변두리에 있는 다방 간판이었다.

“다방 이름을 서희라고 짓다니, 주인 이름이 서희인가” 곁에 있던 엄마가 중얼거렸다.

그때만 해도 ‘서희’란 이름은 흔하지 않았다. 학년을 올라갈 때마다 반에는 ‘선희’라든가 ‘성희’라는 이름을 가진 아이는 꼭 있었지만 ‘서희’란 이름을 가진 아이는 만나지 못했다. 내 이름을 말하면 다들, “선희라고?”, “성희라고?” 이렇게 반복해서 묻고는 했다. 그럴 때마다 나는 또박또박, “아니요. 그냥 서, 희”라며 내 이름을 불러야 했다.

상황이 조금 달라진 건, 박경리의 소설을 원작으로 한 드라마 〈토지〉가 인기를 얻으면서였다. 사람들은 내 이름을 들으면 하나같이 되물었다.

“아, 그 〈토지〉의 서희 말이지?”

그래도 내게는 모두의 가슴에 남아 있는 〈토지〉의 서희보다 서울의 변두리에 생뚱맞게 떠 있던 ‘서희’라는 이름이 더 편안했다. 가끔은 어느 곳, 어느 밤, 몇 차례의 계절을 살아내고 사라졌을 ‘서희’라는 불빛을 떠올리기도 했다. 택시의 창문으로 시야에서 사라질 때까지 바라봤던 그 이름은 밤하늘을 날아가듯 너울거리다 어둠 속에 깜박 삼켜졌다.

초등학교 4학년, 엄마가 다방을 차리면서 내가 얻은 최대의 혜택은 다방 구석에 자리 잡은 레코드판이었다. 대학생이었던 디제이 오빠에게 레코드판을 빌려 달라고 조르기도 했고 엄마나 오빠 몰래 디제이룸에 들어가서 슬쩍 들고 나오기도 했다. 아빠의 책을 훔쳐 읽었던 것처럼, 다방의 노래를 훔쳐 들었다.

그리고 봉희 언니. 부푼 빵 반죽처럼 하얗고 포동포동했던 그녀는 엄마의 다방에서 일하면서 한동안 우리 집의 손님방에서 지내기도 했다. 부모의 이혼으로 고등학교 때 집을 나왔다던 언니는 소처럼 큰 눈 위에 수술로 만든 두꺼운 쌍꺼풀을 얹고 있었다. 음메, 하고 느리게 울어대는 암소처럼 낮고 느린 목소리로 "서희야"라고 부르던 그녀는 내게 칸초네를 처음 알려준 사람이다. 그녀가 일을 끝내고 집으로 돌아올 때 가져온 몇몇 레코드판을 열심히 들었는데, 그중 몇 곡은 엉터리로 따라 부를 수도 있었다. "노노레타 노노레타"로 시작하는 노래(〈나이도 어린데〉), 〈알 디 라〉, 〈볼라레〉 등. 하지만 그녀와 칸초네와의 행복한 동거는 오래가지 못했다. 다방을 그만둔 뒤 어느 재일교포의 현지처가 되어 살아간다고 했던가.

학교를 마치고 오후가 지루할 때면 엄마가 일하는 다방을 찾아갔다. 버스를 타면 그리 멀지 않았다. 언니들이 주는 커피를 마시기도 했고 같은 층에 있는 경양식집에서 돈가스를 먹기도 했다. 돈을 내지 않아도 들어가서 인사 한 번 드리면 먹을 수 있었다. 계산은 나중에 엄마가 알아서 한다고 했다. 그건 나를 무척이나 우쭐거리게 만들었다. 밥을 먹고 넉넉한 기분으로 어두운 다방에 들어서면 유리벽으로 둘러싸인 디제이룸이 환하게 빛났다. 벽을 빼곡하게 채운 레코드판은 보기만 해도 짜릿했다. 비좁은 틈이 열리고 까맣고 매끄러운 비닐판이 스르르 미끄러져 손가락에 내려앉던 감촉, 나무의 나이테처럼 빙글빙글 돌아가던 자리, 레코드 바늘의 섬세한 떨림에 콩닥거리던 가슴, 손가락을 바라보며 그 바늘처럼 음악을 읽을 수 있으면 얼마나 좋을까 생각하던 기억.

하지만 그 시절은 낭만적으로 마무리되지 못했다. 초등학교 6학년에 오르면서, 엄마가 다방 마담이면서도 그 사실을 숨긴 채 모범생인 양 뻔뻔하게 학교를 다닌다는 이야기가 몇몇 아이들 입에 오르내리기 시작했다. 엄마는 다방 마담이 아니라 경영자라는 설명 따위는 어느 누구도 들어줄 태세가 아니었다. 쉬는 시간이면 내 자리로 찾아와 어김없이 쏟아붓는 남자아이들의 비아냥거림은 무시하기 힘든 수준이었다.

"야, 너희 엄마가 다방 마담이라며? 마담이면 창녀 수준 아니냐? 너도 창녀 될 거냐?"

내게는 가장 견디지 못하는 말이 있었다. 바로 '창녀'란 말이었다. 아빠가 엄마를 때릴 때 퍼붓곤 하던 말이었으니까. 엄마의 첫 사업이 망한 때는 초등학교 2학년 말이었고 나는 삶이 한순간에 뒤바뀔 수 있음을 그때 처음 배웠다. 어릴 적부터 나를 돌봐주던 칠성이 엄마가 울면서 집을 떠났고, 집 앞에 주차되어 있던 차도, 기사 아저씨도 사라졌다. 좁은 집으로 이사를 갔고 전학을 거듭했다. 아빠는 거의 매일 밤 엄마를 때렸고 그래도 분이 덜 풀렸는지 삼 남매를 한자리에 불러 놓았다. 당장 그 자리에서 엄마와 아빠 둘 중 한 사람을 선택하라는 명령이 떨어졌다. 아빠가 오줌 지리게 무서웠음에도 우리의 시선은 거듭 엄마를 향하곤 했는데, 그럴 때면 아빠는 비장의 카드를 꺼냈다.

"너희 엄마는 알몸으로 다른 남자 앞에 늘어져 있던 여자야. 알겠니? 창녀란 말 알아? 다른 남자 앞에서 옷 벗고 있는 여자가 바로 창녀야. 이런 창녀는 엄마 자격이 없어."

아빠의 장황한 설명이 계속될 때마다 엄마는 죄인처럼 쪼그리고 앉아, 그게 아니라며 흐느껴 울었다. 아빠의 적나라한 묘사를 들으면서 머릿속에는 자료 화면처럼 영상이 떠올랐다. 목욕탕에 늘어져 있는 알몸이 있다. 내가 엄마의 알몸을 본 건 목욕탕뿐이라서 엄마를 목욕탕 속 알몸으로 그리고야 말았다. 뽀얗게 서린 김 때문에 세부가 지워진 그 자리 너며, 낯선 사내의 떠나는 등이 보였다. 도무지 짐작할 수 없는 사내의 얼굴 대신 숱 많은 검은 머리통이 있었다. 상상을 멈추고 고개를 들면 두 손으로 귀를 막고 히죽히죽 웃고 있는 남동생의 얼굴이 구석에 박혀 있었다. 재는 나보다 세 살이나 어린데. 누르려고 할수록 치밀어 오르는 뜨거운 기운에 온몸이 타오르는 것 같았다. 목이 말랐다.

끝이 보이지 않던 악몽이 잦아든 건 그럼에도 엄마가 시작한 작은 생맥줏집의 기대 이상의 성공과 이후 충정로 근처 어느 빌딩 지하에 문을 연 다방 덕택이었다. 나는 건물 한 층의 널찍한 공간이 그녀 차지라는 것이 자랑스러웠다. 음악실 한 면을 다 채운 레코드판을 차례대로 들어볼 계획에 설레는 날들이었다. 친한 친구 명희에게 다방을 구경시켜주기도 했고 호기롭게 경양식집에서 돈가스를 대접하기도 했다. 하지만 여름방학의 어느 날, 매일같이 걸어대던 전화번호 두 개를 바꿔 누른 채 습관처럼 말했다.

"거기 **다방이죠."

이미 입력된 명령을 수행하는 기계처럼, 수화기 너머로 들리는 목소리가 익숙하지만 어딘가 제자리가 아니라는 생각에 불길해하면서도, 저 앞의 불행이 해일처럼 밀려오는데 뒤돌아 도망치지 않고 주저앉듯이. 명희 엄마는 잠시 머뭇거리다가 되물으셨다.

"서희, 아니니?"

당황한 나는 곧바로 전화를 끊어버렸다. 그로부터 며칠 뒤 명희는 한동안 같이 놀기 어려울 것 같다는 소식을 전했다. 명희네 집 대문을 사이에 두고 그녀의 얼굴이 군청색으로 닫히는 것을 무력하게 바라보았다. 집으로 돌아오는 길, 멀리서도 알아볼 수 있는 익숙한 광경에 멈추고 말았다. 우리 집 베란다를 가로지르던 빨간 나일론 빨랫줄에서 깃발처럼 휘날리던 수십 개의 소파 덮개들. 하얀 바탕에 파란색으로 찍힌 '**다방'이라는 네 글자는 어느 때보다 선명해 보였다.

다방의 시절은 어두운 밤하늘에서 반짝이던 내 이름처럼 은밀히 빛나다가 쇠락한 건물 위 대낮의 네온사인처럼 스러졌다. 몇몇 아이들에게 정체를 숨긴 죄로 가혹한 추궁을 당해야 했다. 숨긴 적도 없는 것을 부끄러워해야 한다는 외부인의 시선은 폭력이었다. 엄마에게 사실이 알려지는 걸 원하지 않았기 때문에 무작정 견뎌야 했다. 대신, 무엇이든 발각되기 전에 먼저 내뱉기를 택했다. 지난한 6학년을 보내고 중학교에 올라가면서 신입생 배치고사에서 전체 1등을 했다는 통고와 함께 입학할 중학교의 교무실을 방문했다. 선생들이 나를 둘러쌌고 숱한 질문이 쏟아졌다. 그중에는 부모의 직업에 관한 것도 있었다. 나는 기다렸다는 듯 대답했다.

"아버지는 선생님이시고 어머니는 다방을 운영하십니다."

그날 밤, 푸른 새벽빛이 밝아올 때까지 뒤척이며 잠을 이루지 못했다. 허무하게도 엄마의 다방은 중학교에 입학하고 얼마 되지 않아 문을 닫았다. 엄마는 새로운 사업을 시작했고 그마저도 부침을 거듭하다 스러졌다. 아빠는 엄마의 사업 자금으로 퇴직금을 날렸고 피 터지는 다툼을 끝으로 두 사람은 이혼했다.

몇 년 전 여름의 오후, 약속이 있어 충정로 근처를 지나가다가 익숙한 풍경에 시선이 머물렀다. 낡고 초라한 건물 위에 걸려 있는 낯익은 간판 하나, 그것은 엄마의 다방이 있던 건물의 이름이었고 엄마의 다방 이름이기도 했다. 택시 안에서 나도 모르게 탄성을 질렀다. 옆에 있던 지인에게 들뜬 목소리로 말했다.

"바로 저기, 저 건물 지하에서 엄마가 다방을 운영하셨어요. 디제이룸이 창문처럼 환하게 빛나던 곳이었어요."

관능,

세상이 가두지 못한

엄마의 몸

더운 여름날 동네 남자아이들이 웃통을 벗고 나와 놀던 모습은 어린 시절의 강렬한 기억 중 하나다. 그중 여자아이는 단 한 명도 없다는 걸 알고 무척 의아해했다. 집에 돌아와서 엄마에게 선언했다. 나도 웃통 벗고 나갈 거야. 엄마의 반응은 기억에서 희미하다. 아마 대부분 그랬듯이 내 말을 귀담아듣지 않으셨을 거고 나는 알아서 할 일을 결정했을 게다.

웃통을 벗고 그대로 뛰어나갔다가 길에 어른들만 보여서 멈칫거린 기억이 난다. 머리칼을 어깨까지 기르고 웃통을 벗고 대문을 나온, 누가 봐도 여자아이로 보이는 나를 두고 휘

둥그레지는 어른들의 눈빛에 발걸음은 힘을 잃었다. 얼마 가지도 못하고 지나가는 아주머니에게 붙잡혔고 풀이 죽은 채 다락방에 올라갔다. 그래도 옷을 챙겨 입진 않았다. 혼자 노는 일상 속으로 스며들자 편안해졌다. 아랫도리마저 벗어버렸다. 나는 자주 벌거숭이가 되어 다락방에서 놀았다. 매 맞는 아내 흉내를 내며 흐느끼기도 했고 때리는 남편이 되어 발광하기도 했다. 적요한 다락방 안의 햇빛은 관객처럼 내 알몸에 갈채를 날렸다. 갑자기 사위가 컴컴해지고 사방으로 무너지듯 비가 쏟아지면 촘촘한 습기가 베일처럼 몸을 감쌌다. 맑고 촉촉하고 말랑해지는 살갗이 마냥 신기해서 여기저기 쓰다듬기도 했다.

알몸의 감각을 떠올리면 엄마의 하얗고 부드러운 살결과 둥글고 아름다운 몸이 전등처럼 머릿속에 반짝 켜진다. 햇빛을 배경으로 찬란하게 빛나던 그녀의 몸을 보며 어린 나는 아슬아슬해서 숨을 조이다가도, 성큼성큼 걸어가는 동작마다 헝클어지고 출렁였다 되돌아오는 모양새에 숨통이 트이고 홀가분해졌다. 엄마는 자신의 몸에 자연스러웠다. 가리거나 숨기지 않았다. 거침없이 드러내고 벗었고 집 안을 활보했다. 여름의 엄마는 더더욱 눈부셨는데, 바람 따라 파도처럼 출렁이는 얇고 부드러운 여름 드레스를 즐겨 입었다. 한 꺼풀 떨어지면 그대로 반짝이는 하얀 몸이 드러났다. 그녀의 드레스를 보며 빛으로 떨어지는 물살을 가르는 인어의 비늘 같다고 생각하곤 했다. 여름 드레스를 즐겨 입던 시절의 엄마는 남들과 참 달랐다. 다른 엄마와도 달랐고 다른 여자와도 달랐다. 나는 전설의 인어를 좇는 선원처럼 그녀에게 꼼짝없이 매혹됐다.

초등학교 3학년 때였다. 그때 엄마는 서른을 조금 넘겼다. 가족 모두가 강원도의 어느 해수욕장으로 피서를 갔다. 아빠는 야심만만하게 텐트를 준비했고 우리는 해변의 캠핑장에서 장장 일주일을 보냈다. 껍질이 두 번 벗겨질 만큼 새까맣게 탈 때까지 물놀이를 했는데, 어느 날 일광욕을 즐기던 엄마가 수영복을 가만히 내려서는 한쪽 젖가슴을 반쯤 드러냈다. 깜짝 놀란 나는 엄마에게, 남들이 볼 수도 있으니 그러지 말라고 속삭였다. 그녀는 태연한 표정으로 대답했다.

"무슨 상관이야. 아무도 보지 않아. 봐도 상관없고."

엄마는 가슴에 작은 멍울이 생겼다며, 햇빛을 받으면 좀 나아질지도 모른다는 설명을 덧붙였다. 그런 엄마를 보는 기분은 복잡했다. 부끄러우면서 자랑스러웠다. 그녀의 특별함이, 그녀의 과감함이, 그녀의 아름다움이.

자랄수록 엄마를 향한 마음은 부끄러움보다 자랑스러움으로 기울었다. 나는 나의 엄마가 매력적인 여자임이 자랑스러웠다. 그녀는 잦은 돌발 행동으로 지루한 일상에 날씨를 바꾸듯 활기를 불어넣었다. 그런 그녀가 마냥 신나고 귀여웠다. 나의 귀여운 엄마, 사랑스러웠던 그녀는 보수적이고 강압적인 아빠와의 결혼 생활 동안 요리조리 피해 다니면서 하고 싶은 일을 해냈다. 연애를 했고(나는 엄마와 함께 그 남자들을 만나기도 했다), 미니스커트에 허벅지까지 올라오는 부츠를 신고 외출했고(아빠가 뺏어서 버리면 주워서 다시 신고 나갔다), 일을 했고 성공했고, 또 실패했다. 아빠가 집에서 살림하고 엄마가 돈을 벌어오는 구조를 정착시켰다. 엄마의 논리는 간단했다. "당신이 나보다 요리 잘하고 좋아하잖아." "나는 당신보다 돈을 더 잘 벌잖아." "가고 싶을 때 여행 다 보내줄 테니, 내가 나가서 일하는 거 가지고 뭐라 하지 마."

한동안 그럭저럭 평화로운 시기가 이어졌다. 아빠는 즐겁게 살림했고 취향에 맞는 가사 도구를 마련하는 데 재미를 붙였으며, 좋은 식재료를 사기 위해 먼 길도 마다하지 않았다. 때가 되면 한 달가량 여행을 떠났다가 돌아왔고 출판사를 차린다고 여기저기 뛰어다니다 돈을 잃기도 했다. 엄마는 그에 대해 아무 말도 없었다. 속상해하지도 않고, 그건 그 사람이 나한테 말하고 싶어 하지 않는 일이니까 들춰내지 않는다고만 했다.

엄마는 손도 예뻤고 발은 알맞게 못생겼고 다리는 감탄할 만큼 예뻤다. 어릴 적 엄마 옆에서 잘 때마다 엄마가 등을 돌리면 가슴이 무너졌다. 엄마를 깨우면 안 되었기 때문에 자리를 바꿔 다시 엄마 품을 바라보며 누웠다. 엄마의 등은 크고 쓸쓸해서 비워둘 수 없을 것 같아 이불을 꼭꼭 덮어두었다. 그녀가 전화 통화를 하거나 사람을 만날 때면 엄마 등에 귀를 대고 앉아 있고는 했다. 익숙한 목소리가 등을 타고 울리는 감촉이 좋았다. 엄마가 자주 입던 드레스에는 엄마 냄새가 흥건했다. 엄마가 사라지는 날이면 엄마의 옷장에 들어가서 엄마 옷에 코를 파묻고 엄마를 기다렸다. 태평한 얼굴로 되돌아오는 엄마를 보면 무너지듯 울었다. 엄마는 그런 나를 이해하지 못했다. 나도 나를 이해할 수 없었다. 엄마를 잃을까봐 두려웠고 매일 매일이 그녀가 조금씩 사라지는 날 같아서 시름이 쌓였다.

1996년 여름, 프랑스로 유학을 떠나기 전날의 오후는 엄마 곁에서 느릿느릿 시간을 보냈다. 낮잠이 든 엄마를 빛이 가득한 안방에서 가만히 보고 또 봤다. 수동 사진기를 들고 엄마를 찍었다. 엄마의 얼굴, 엄마의 손, 엄마의 발, 엄마의 목, 엄마의 어깨, 엄마의 배, 엄마의 다리, 엄마의 무릎 등등. 조각난 엄마의 몸을 퍼즐처럼 간직했다. 그리울 때마다 엄마를 자세히 들여다볼 수 있다면 조금은 견딜 만할 것 같았다. 그러다 사람 사진을 조각내서 간직하는 건 그 사람에게 불운을 가져다준단 말을 듣고 모조리 불태웠다. 파리에서의 어느 날이었다. 불길 속에 사그라지는 엄마의 몸을 보며 그녀를 예전처럼 애타게 그리워하지 않는다는 걸 깨달았다. 등을 훑고 지나가는 소름처럼 서러움이 지나갔다.

그토록 끝이 없을 것 같은 사랑도 영원하지 않다니. 훗날 다시 깨달았다. 사랑이 영원하지 않았던 게 아니라, 그 시절 그 사랑이 유별났다는 걸. 시간이 흘렀고 숱한 일이 지나갔다. 엄마를 향한 나의 사랑이 지나치게 일방적이었음이 낱낱이 드러나는 세월이었다. 학대에 가까운 엄마의 행동을 두고 주변 사람들이 물었다. 도대체 왜, 그 모든 걸 감수하고도 엄마를 놓지 못하느냐고. 나는 대답했다.

"매력적이잖아요. 정말로 매력적이잖아요. 게다가 얼마나 사랑스러운데. 저 사람이 무너지는 건 견딜 수가 없어요."

첫아이는 예정일보다 일주일 늦게 나왔다. 산후조리를 도와주러 온 엄마와 아이가 나오기를 기다리며 곳곳을 걸어 다녔다. 대부분 엄마의 이야기를 들어야 했다. 엄마는 온통 한 사람 이야기만 했다. 주저앉아 울기도 했다. 나는 그런 엄마가 지겨워 소리쳤다.

"도대체 출산 앞둔 딸한테 와서 이혼도 안 해놓고선 실연 당했다고 울고불고하는 엄마가 어디 있어?"

"어디 있긴 어디 있어? 여기 있지. 이렇게 슬프고 힘든데, 너라도 좀 다독여주면 안 돼? 넌 행복하잖아. 넌 다 가졌잖아. 그런 네가 나를 더 살펴주면 안 돼?"

언제부터인가 엄마의 행복은 남들의 시선과 남들과 같아지는 일로 기울었다. 보란 듯이 잘살고 싶어 했고 그게 잘되지 않자 당신이 살지 못한 삶을 내가 대신 살아주길 바랐다. 엄마의 불행이 시작된 건 남들처럼 가지고 남들처럼 사랑받는 삶을 휘청거리며 따라 하기 시작한 때부터였을까.

한동안 나는 엄마의 불행까지 모조리 책임지고 싶었다. 밑 빠진 독에 물 붓기 같은 사랑이었지만, 불행에 허우적대는 엄마 대신 그녀가 원한 행복을 찾아주고 싶었다. 하지만 슬픔에 푹 절여진 엄마는 아이 아빠에게 사랑받는 내 모습을 보고도 울음을 터뜨렸다. 엄마는 당신이 꿈꾸던 모든 걸 내가 가지고 있다고 했다. 그때 어렴풋이 깨달았다. 나는 엄마의 숨겨진 욕망을 따라 살아왔구나. 내가 사랑했던 엄마의 특별함은 까마득히 잊은 채 그녀의 불행을 대리 행복으로 위로하려 했구나. 언제나 너무 멀리 나간 선의는 실패로 돌아온다.

"왜 나는 하나도 못 받은 걸 너는 다 누리고 사니? 왜 나는 이 모든 것을 가질 수가 없니?"

이렇게 한탄하는 엄마가 처량해서 나도 울었다.

아이가 태어나 서너 살이 될 때까지 가능하면 집 안 창문을 모조리 열어놓고 알몸으로 두었다. 나 역시 옷을 한 꺼풀 걸치듯이 지냈다. 우리는 매일매일 날것의 바람과 햇빛의 축복을 누렸다. 나도 아이들도 서로의 몸을 부끄러워하지 않으며 즐기는 나날이었다. 사춘기가 오면서 아이들은 좀 더 조심스러워졌지만, 옷을 입고 누리는 자유만큼은 가볍고 과감하다. 겨울을 맞이하며 여름의 옷가지를 정리하다 옷장을 가득 채운 여름 드레스에 눈길이 머물렀다. 가볍고 부드럽게 몸에 감기는, 한 겹씩 떨어지는 꽃잎 같은 것들.

벗을 수 없음은 분노였고 갈망이었다가 관능의 가면을 썼다. 다 보이지 않음으로 더 벗어버리는 일, 시선을 가로질러버리는 일. 당신들의 눈빛을 내가 먼저 가지고 놀다가 무심하게 지나가버리는 일. 내가 한때 엄마가 사는 삶이라고 믿었던 그 빛의 궤적. 불현듯 옷을 벗고 거울 속의 나를 바라본다. 남의 눈으로 자신을 보는 일에서 온전히 자유로울 수는 없지만 삶을 그곳에 묶어두지 않겠다고 다짐한다. 타인의 시선 속 내 모습은 결점투성이의 살과 뼈의 조합이다. 나는 대신 감촉으로 나를 본다. 나를 느낀다. 이런 감각을 가르쳐준 건 어쩌면 오래전의 다락방과 아름다웠던 엄마와 그때의 바람과 햇살, 갑작스레 비를 퍼붓던 습기 찬 구름 덕택이다.

나의,

멀고도 가까운

나이가 들면서 보게 되고 발견하게 되는 것이 있다. 나이가 든다고 성숙이 따라오지 않는다는 것은 물론이고, 나이 듦을 바라보는 폭력적 시선에 대한 깨달음이다. 나 역시 그와 같은 시선의 보유자였고 여전히 나보다 나이 많은 이들을 돌아올 수 없는 다리를 건넌 사람처럼 바라보고 있음을 부정할 수 없다. 거창한 성과나 위대한 업적을 앞두고서야 그들의 세월을 궁색하게 여기지 않는다. 드물게 예외가 있다 하더라도 세월은 잔인하고 서글픈 것이며 그에 오랫동안 노출된 이들은 부지불식중 초라한 존재라고 여긴다. 노인은 아주 쉽게 사회의 주변부가 되고 소외층으로 밀려난다. 노인의 삶과 욕망은 외부의 시각에서 편편해진다. 무엇을 열망하며 꿈꾸든 노인으로 구별되는 순간, 꿈보다는 생존이 더 중요한 존재로 인식된다.

어린 나이에 엄마가 된 나의 엄마는 세상의 늙음과는 여러모로 어울리지 않는 존재였다. 어디에 가든 스스로를 주인공으로 만들었고 주인공으로서 인생을 살아가고자 했다. 때로는 그와 같은 열망이 과도하여 주변 사람들이 감당하기 힘든 대상이 되기도 했다. 나는 욕망덩어리인 엄마를 애틋하게 여겼고 숱한 위기와 재난에 상처투성이가 된 그녀를 가엾게 바라보았다. 모든 상황이 그녀에게 주변인이 되라고 몰아가는데, 꾸역꾸역 나서서 자신의 욕망을 드러내고 살아가려는 모습이 대견해 보였지만, 전장의 용사처럼 아슬아슬하기도 했다. 엄마는 기이할 정도로 지치지 않고 꿈꾸고 희망에 부풀어 사는 이였다. 대부분은 터무니없어 보이는 미래에 사로잡혀 있었지만, 어마어마한 열정과 에너지로 감탄할 만한 성과를 이루어내기도 했다. 허황된 꿈을 어리석게 여기는 나로서는 이해가 되지 않는 행로였지만, 엄마의 인생은 다르다는 걸 인정했다. 젊고 자유로운 이십 대의 나는 나와 다른 엄마를 아낌없이 지지하고 흥미진진하게 지켜봤다.

우리는 다른 삶을 살아갔지만, 경탄과 기대로 서로를 바라보는 사이였다. 내가 엄마의 기대를 뒤로하고 안정된 삶과 가정의 뒤안길로 사라져버리기 전까지는 그랬다. 그와 비슷한 시기에 엄마의 사업이 구제 불가 수준으로 흔들리면서 엄마는 급속도로 무너졌다. 술에 취해 거리에서 쓰러진 채 발견되기도 했고 전망 없는 삶을 비관하여 자살을 시도하기도 했다. 다행인지 불행인지, 엄마의 자살 시도는 관객 없이는 벌어지지 않았다. 대체로 둘째 아이를 임신한 나의 한밤중을 깨우는 일로 시작됐다. 지하철 선로 앞이나 서울의 거리 한복판에서 엄마는 죽음을 선언했다. 나에게는 그녀가 마무리하지 못한 일과 책임지지 못한 사람들에 대한 뒷감당을 당부했다. 엄마의 전화는 한밤중에는 자살 시도 중계로, 낮에는 사업 위기를 막아달라는 호소로 이어졌다. 생활비조차 없어서 거리로 내앉게 될 사정을 한탄하는 그녀에게 정기적으로 송금을 했고 때에 따라 목돈을 보냈다. 사업체는 물론 집까지 잃었기에 수차례 전셋집을 마련해줬지만, 어느새 전세금은 사업 자금으로 자체 전환되었다. 호소는 어느덧 협박으로 변했다. 나 혼자 안락한 삶을 살고 부모는 비참하게 사는 사정을 세상에 알리겠다는 말은 물론, 돈이 마련되지 않으면 엄마는 감방행이라든가 죽어서 나를 원망하겠다는 협박이 난무했다. 가족의 불행은 연대책임이 되고 일원의 행복은 약점이 되는 논리를 이해할 수 없었지만, 나는 속수무책으로 당했다. 가끔은 그런 생각을 했다. 나는 낙원의 저편, 지옥의 삶이 꾸는 잠깐의 꿈일지도 모른다고. 그래서 그 절망이 이토록 생생한 거라고. 그래서 여전히 맞닿아 있는 당신의 삶을 결코 놓지 못한다고.

수년에 걸쳐 엄마를 그 지옥에서 끌어내고 싶었다. 고시원의 방 한 칸을 빌려 나이 든 몸을 구겨 넣고 재기의 찬란한 꿈을 꾸는 엄마를 나는 끝끝내 이해하지 못했다. 엄마가 꾸는 꿈의 대가는 매번 너무 컸다. 엄마의 사업 자금과 실패 비용을 마련하기 위해 나는 여기저기 돈을 빌려야 했고 생활비를 빼돌렸다. 매년 정리하는 지출 목록에서 쇼핑 액수는 급속도로 늘어갔다. 큰 액수의 돈은 남편에게 양해를 구하고 보냈다. 알코올의존증으로 무너져가는 엄마를 내가 사는 미국으로 모셔오기도 했지만, 엄마는 답답한 생활을 견디지 못했다. 어디를 가든 주인공으로 살아야 하는 이가, 무력하고 납작한 한 명의 노인으로 살아가는 걸 받아들이지 못했다. 몸이 힘들어도 서울의 고시원이 더 나으니 사업 자금을 달라는 요구를 반복했다. 요구를 거부하는 것도 어려운 일이었다. 주어진 삶을 누리는 것조차 조심스러울 만큼, 내 여유는 죄가 되었다. 원하는 걸 얻지 못하자 엄마는 상상을 초월한 방식으로 난동을 부렸다. 미국의 조용한 중산층이 모여 사는 동네에서 장년의 동양 여자가 일으키는 소동은 주목받기에 충분했다. 몰래 집을 탈출해서 주변의 고급 식당가를 휩쓸고 다니며 술을 내놓으라고 소리를 지르다가 경찰에게 붙들려 집으로 돌아오는 일은 소박한 일화였다. 거침없는 행각은 상상을 초월했으니, 그마저도 엄마다웠다고 해야 하는 걸까.

엄마를 다시 한국으로 보내고 지칠 만큼 지쳐 있던 나는 한동안 엄마와 거리를 두었다. 나의 이혼은 적절한 핑계가 됐다. 내가 불행해 보이자 엄마는 요구를 잠시 멈췄다. 기묘한 평온이 찾아왔고 이혼을 핑계로 불행한 딸을 연기하며 휴식을 얻었다. 엄마에게 귀국을 알리지 않고 아이들과 한국에 와서 처음으로 엄마 없는 고국의 여름을 보내기도 했다. 그때 사업가인 친구의 저녁 초대로 생일 축하 식사를 함께 먹던 중 엄마의 이야기를 살짝 꺼냈다. 그의 대답은 당장의 위로는 아니었지만 새로운 시각을 일깨워줬다. 그는 사업가답게 그녀의 심정을 누구보다 잘 이해했다.

"네 어머니가 바라는 삶과 꿈꾸는 미래를 우선 이해해 보려고 하면 어때? 네가 원하는 방식으로 어머니를 무작정 이끌지 말고. 사업으로 뼈가 굵은 사람들은 포기하는 게 죽기보다 힘들어. 그걸 터무니없다고 관두라고만 하면 받아들이지 않을 거야."

그의 말이 옳았다. 내가 원하는 방식으로 행복하고 싶을수록, 엄마의 꿈을 부정하고 엄마를 허황된 존재로 몰아넣을수록, 엄마는 골치 아픈 난봉꾼이 되었다. 엄마와 보내는 시간은 나의 꿈을 이루기 위한 희생의 과정이 되어버렸고, 그 시간은 나에게도 엄마에게도 불행한 시간이었다. 엄마의 욕망은 나와 다름에도 불구하고 엄마가 무너지는 틈을 타서 그녀를 내가 바라는 쪽으로 끌어오고 싶었다. 다른 모녀들처럼 다정히 어울리며 쇼핑도 하고 여행도 다니고 소박하게 아이들을 키우며 나의 육아와 엄마의 노년을 평온하게 공유하고 싶었다. 나 역시 바라는 게 절실해지자 균열은 더 커졌다. 엄마의 실패와 엄마의 늙음을 빌미로, 이제는 삶의 주인공에서 물러서서 나와 내 아이들이 이루는 삶의 배경이 되어 행복하게 살아주기를 노골적으로 바랐다. 어린 시절의 나 역시도 엄마가 원하는 사람이 되지 못했다. 억지로 노력했지만 견딜 수가 없어 튕겨나갔고 결혼으로 도망쳤다. 이후로는 편법으로 당신을 행복하게 해주고 싶었다. 나도 엄마도 서로를 행복하게 하는 데는 성공하지 못했다. 애초에 누군가를 행복하게 하는 일이 가능한 걸까.

상대를 인정하지 않는 욕망은 강압이고 폭력이다. 나의 욕망에는 그녀가 없었다. 그녀의 욕망에는 내가 없었다. 악다구니하듯 욕망하고 원망하기를 멈추고 나의 욕망에 거리를 두니 상대방이 보였다. 비로소 관계에 나만 있고 상대방이 없다는 말의 실체를 볼 수 있었다. 우리 안에 자리 잡은 모성 신화가 어떻게 이상적인 모녀상을 만들었고 그 모습을 서로에게 강요했는지도 깨달았다. 착하고 여유로운 딸은 엄마 인생에서 제 2의 구원이 되어야 했고, 늙은 엄마는 엄마가 된 딸을 위해 기꺼이 할머니가 되어야 했다. 모든 엄마가 딸을 사랑한다는 관념조차도 사실이 아닐 수도 있다. 사랑은 애초에 주어지는 본능이 아니었다. 모성 신화에서 벗어날 자는 엄마뿐만이 아니라 딸이기도 했다.

오래전 엄마가 내 또래였을 무렵을 떠올렸다. 엄마는 대학생인 나를 옆에 두고 자주 울었다. 사랑받지 못해서 슬프다고. 남들처럼 연애도 해 보고 사랑을 주고받는 기쁨도 누리고 싶었는데 자신은 시작도 못하고 엄마가 되었다고. 그래서 내 존재가 미안했다. 우리 삼 남매는 엄마에게 너무 일찍 찾아온 아이들이었다, 스물에 엄마가 된 여자, 그 여자는 오십 언저리에 처음으로 불같은 사랑에 빠졌다. 그때 그녀의 사랑 풍경은 어땠을까 가끔 상상해본다. 가정이 있던 두 남녀는 집을 나와 강원도 어느 작은 도시에 아파트를 얻어 함께 살았다. 나는 엄마가 사라진 것에는 크게 걱정하지 않았다. 어디선가 행복하리란 확신 같은 게 전해졌으니까. 심장으로 와닿는 기류 같은 것이었다. 하지만 그 행복은 대가가 너무 컸다. 사랑이 떠나간 이후 엄마가 무너지는 모습을 보는 건 고통스러웠다.

예정일을 일주일 넘기고서 아이가 태어났고 산후조리를 위해 온 엄마는 내 아이 앞에서 울음을 터뜨렸다. 손녀를 본 감격인 줄 알았더니 나오는 말이란 건, 역시 엄마답게 남달랐다.

"아이고. 너도 별거 아니구나. 이렇게 애 낳고 평범하게 살겠구나."

사춘기를 지나가는 두 딸을 앞에 두고서야 그때는 몰랐던 엄마의 심정을 헤아린다. 엄마가 되는 길이 얼마나 고통스러운지, 왜 때로는 사무치도록 허무한지, 이제는 안다. 엄마는 엄마로 태어나는 게 아니라, 고단히 엄마가 된다.

오늘 문득, 엄마가 연인과 밀애를 나누던 아파트는 어디쯤이었을까 상상해 봤다. 어떤 창을 품고 있었을까. 그들은 사랑을 나누다 무엇을 보았을까. 엄마는 젖을 찾는 아기처럼 애타게 사랑을 찾아 헤맸다. 비로소 받기는 했던 걸까. 엄마에게도 배부른 아이처럼 잠든 날이 하루쯤은 있었을까. 나는 엄마의 욕망과 엄마의 삶을, 그 여자의 욕망과 그 여자의 삶으로 놓아두기로 했다. 만약 나의 개입이 이루어진다면 그건 그동안 쌓은 시간이 만든 우애와 운 좋게 내게 있는 여유 덕분일 게다. 더불어 나는 그녀의 욕망이 지어낸 굴곡을 책임질 자 또한 아니다. 그녀를 삶의 주인공에서 끌어낼 자도. 엄마 역시, 나를 그녀 삶과 욕망의 배경과 도구로 불러들일 수 없다. 사랑했으나 멀어져야 온전한 관계도 있음을 그렇게 배웠다.

내 안의 엄마

고등학교 때였나, 엄마와 함께 지하철을 타고 어디론가 향하고 있었다. 자리에 우두커니 앉아 별다른 대화 없이 내릴 정류장만 가늠하고 있다가 문득 엄마의 시선이 한 자리에 박혀 있는 것을 느꼈다. 앞자리의 연인들. 다정하게 손을 맞잡고 소곤소곤 대화를 나누는 모습. 상대방의 들고 나가는 숨결마저도 감미로워 보이는, 온통 서로에게 감각이 집중된 그들.

"뭘 그렇게 뚫어지게 쳐다봐. 사람 무안하게."

"재네들은 참 좋겠다. 난 저런 거 한 번도 못 해봤는데."

엄마는 내게 시선 한 번 돌리지 않고 대답했다. 눈빛에는 감정 몰입 반, 부러움 반. 엄마의 눈이 언제 저렇게 빛났었나 싶을 정도로 반짝이고 있었다.

나는 속으로, 사춘기 딸을 앞에 두고 할 소리는 아니라고 생각하면서도 엄마에 대한 연민을 이길 수가 없었다. 옆자리에 놓인, 여전히 곱고 보드라운 그녀의 손을 잡았다. 지금 생각하니, 그때 엄마 나이는 지금 내 나이보다 어렸다. 그녀는 종종 나를 붙잡고 칭얼거렸다. 외롭다고, 사랑받고 싶다고. 그 말은 연애를 하고 싶다는 이야기였다.

엄마가 된다는 건, 한 생명을 낳아서 키우는 것 이상의 의미가 있다. 더 이상 자유롭게 유혹의 대상을 찾아 나서지 못한다는 것을, 강력하게 규정짓는 행위가 되기도 한다. 물론 남자에게 아빠가 된다는 것 또한 비슷한 맥락을 향해 가겠지만, 그 의미심장함에 있어 엄마처럼 육체로 각인되고 즉각적인 책임을 지지 않아도 된다는 점에서 다르다. 언젠가 엄마가 한 말이 두고두고 잊히지 않는다. 두 살 터울도 나지 않는 두 아이를 낳아 키우는 나에게 엄마는 말했다.

"지금은 세상과 바꿀 만큼 예뻐 보이겠지만, 아홉 살만 넘어 봐. 예전 같지 않을걸. 항상 예쁜 것만도 아닐 거야. 온통 애들만 보이는 것도 결국 지나간다. 슬슬 답답해지기도 하고 딴 생각도 날 거야."

그때는 도무지 엄마의 말이 이해가 가지 않았다. 아니, 이해하고 싶지 않았다. 엄마가 콕 집어서 말한 시간이 내게도 찾아왔다. 첫아이가 한국 나이로 치면 열 살, 둘째는 여덟 살이 되었을 때였다. 어디론가 훌쩍 떠나서, 두 아이의 엄마가 아닌 단 한 사람의 나로서 온전히 지내고 싶다는 갈증이 찾아왔다. 온통 남들로만 바쁜 하루를 나에게 통째로 할애할 수 있는 여유가 그리웠다. 그때 불현듯, 읽히지 않는 저주와도 같았던 엄마의 오래전 말이 되돌아왔다. 그건 같은 엄마이자 여자로서 우러나온 연민이자 염려의 말이었음을 깨달았다. 그때부터일까, 차곡차곡 쌓여가는 내 나이에 그맘때쯤 엄마 모습을 자주 겹쳐서 떠올렸다. 서로를 향한 다정함으로 무너질 듯 쏟아지던 어린 남녀를 부러워하던 엄마 모습을, 연애 같은 건 전생의 기억처럼 아득히 떠올리는 일상 속 내 모습에서 다시 볼 수 있었다. 두 여고생과 남자 중학생의 엄마였던 그녀는 그때 마흔이 조금 못 되었다. 그때는 그게 당연한 줄 알았는데 어느덧 같은 여성의 시선을 입고 엄마의 모습을 되돌아보니 그녀가 얼마나 예뻤는지 비로소 깨달았다. 아빠의 지나친 간섭 탓에 화장도 립스틱 하나로 끝내야 했던 그녀는 매니큐어 한 번 발랐다고 아빠에게 화냥년 소리를 들어야 했다. 그때 엄마 나이가 몇 살이었더라. 세상에, 서른이었다. 지금 돌이켜봐도, 내 인생에서 가장 예뻤던 때가 바로 스물아홉, 서른이었다. 엄마는 눈부시게 빛나던 이십 대를 엄마가 되는 일로 시작했고, 그 뒤로는 수입의 대부분을 시골 본가에 보내야 하는 열네 살 많은 남편의 숨 막히는 통제 속에서 살아냈다. 그녀에게 있어 결혼은 삶을 송두리째 바꾸어 놓는 경험, 아니 더 나아가 트라우마에 가까웠을 것이다. 세상에서 자기가 최고라고 여기며 자랐던 부잣집의 영민한 막내딸에게 젊은 날의 풋사랑은 그 값이 터무니없이 비쌌다. 임신을 했고 결혼의 대가로 가족을 등져야 했고 곧바로 생활 전선에 뛰어들어야 했다.

엄마는 대학에 들어가자마자 연애를 시작한 둘째 딸이 참 못마땅하셨다. 4년을 꼬박, 한 남자만 사귀는 한심한 딸을 나무라고는 했다. 나도 딸들의 엄마가 되니 이해가 간다. 세상에 얼마나 많은 남자들이 있는데, 결혼하고 나면 어쩌면 끝일 텐데, 어쩌자고 저렇게 한 남자만 붙잡고 있는 걸까, 엄마의 마음은 조급했을 게다. 더 많은 가능성을 젊은 날답게 탐색하기를 바랐을 게다.

어릴 적부터 엄마를 보며 생각하곤 했다. 왜 삶은 그녀에게 이토록 잔인한 걸까. 내 딴에는 그녀를 보며 조급한 마음을 어쩔 줄 몰랐다. 그리고 내 나이가 마흔을 넘어가고 인생이 더 이상 젊음의 연장만이 아니라는 사실을 자각했을 때, 초조함은 엄마를 넘어 나에게로 쏟아졌다. 나의 지난 삶이란 것은, 오래도록 사랑하는 한 사람이 무너지는 과정을 고문처럼 목격하는 역할이 전부였다는 생각조차 들었다. 그리고 이제는 나마저도 그녀의 실패담 속 한 부분으로 남을 것 같아 겁이 났다. 서른이 넘어서야 그녀에게 울부짖었다. 특별해지고 싶지 않다고, 그냥 행복하고 싶다고, 어떤 주목도 받고 싶지 않다고. 나를 둘러싼 시선과 평가는 찬사든 질시든 고통이었으며 어디든 숨고 도망갈 수 있었다면 그곳을 찾아 헤매기만 했다고, 제발 내버려두라고.

감당하기 힘들 만큼 내 존재에 괴력을 발휘하는, 그녀의 무지함과 이웃한 천진함, 뻔뻔함과 다를 바 없는 당당함이 고통스러웠다. 끝을 알지 못하는 그녀의 욕망과 나를 삼켜버릴 듯 달려드는 절망이 두려웠다. 그녀는 자신의 파멸을 내세워 서른이 넘은 딸에게 수많은 것을 얻어내려 했지만, 무엇 하나 제대로 얻어내지 못한 채 무너지기만 했다. 어느 날 그녀가 내게 말했다. 발작 같은 슬픔이 지나간 뒤의 처연한 서글픔으로.

“네가 얼마나 특별한 아이였는지 너는 알기는 하니. 집에 불이 나서 모두들 도망갔을 때 혼자 남아 태연히 대처

하던 아이였고, 집 안에 식칼을 든 빚쟁이 난봉꾼이 잠입해도 눈 하나 깜짝 않고 꾸짖어서 내보냈어. 고작 열 살 좀 넘긴 나이에 말이야. 너도 알잖아. 너는 내가 힘들 때마다 나를 일어서게 했잖니. 그 정도가 뭐 그리 대단하냐며, 그런 것쯤은 다 네가 나중에 이뤄줄 수 있다고. 내가 모조리 표현하진 않았지만, 그렇게 강하고 빛나는 너를 바라보는 것으로 난 살아남을 수 있었어."

나는 그제야 엄마에게 고백했다.

"엄마, 그건 내가 영웅인 체했기 때문이에요. 나는 사실 그렇게 대단한 아이도 아니었고, 속으로는 남들처럼 되고 싶어 안달인 어린아이였을 뿐이라고요. 어린 시절을 생각하면 떠올리는 제일 첫 번째 기억이 뭔지 아세요? 어디론가 도망가는 기억이에요. 그거 알아요? 내가 받았던 건 언제나 지독한 멸시 아니면 과장된 찬사였어요. 그게 얼마나 무섭고 아슬아슬한지 아세요? 얼마나 외로웠는데, 왜 삶은 나를 내버려 두지 않을까, 얼마나 원망스러웠는데."

나는 요새 가끔, 모든 것으로부터 아득히 멀어져서 세상 끝에 머무는 기분이 든다. 이 낙원에 엄마를 초대하고 싶었지만 그녀는 적응하지 못했다. 대신 함께 파멸하기를 요구했다. 누구와도 비교할 수 없을 만큼 애달프게 사랑했던 사람으로부터, 원하는 것을 얻지 못할 바에는 너를 파괴하고 말겠다는 전언을 반복해서 받았다. 증오는 가끔 가장 큰 희망에게 쏟아진다. 그녀의 희망을 저버리는 순간마다, 그녀의 가장 큰 증오를 떠안았다. 물론 이마저도 지나간 일이다. 더 슬픈 건, 폐허가 찾아오자 엄마는 액체처럼 무너지고 쏟아진 채로 나의 동정을 바라기 시작했다. 뻔뻔하다시피 당당했던 엄마보다 더 견디기 어려운 건 사랑을 구걸하는 엄마이고, 아직 낯선 그녀를 받아들일 만큼 품을 키우지 못했다. 그녀를 그리워하면서도 보듬을 수 없다. 그녀가 일깨우는 절망이 너무 가까워서 두려운 까닭일 게다. 내 행복은 그리 굳건한 것이 못 되며 나 역시 이곳의 삶에 무엇을 보아야 할지 아직 어지럽기만 하다. 더듬어 냄새를 맡고 부재를 가장 큰 고통으로 여기던 엄마를 이제, 내 몸이 거부한다. 그녀의 눈빛, 그녀의 목소리, 그녀의 말투, 모든 것에서 영겁의 피로를 느낀다.

어쩌면 내게 그녀는 실패의 상징으로 남아버린 것은 아닐까. 그녀를 달래기 위해 강건하고 찬란한 외양을 덧입었던 그날들에서, 나도 조금은 특별해질 수 있으리란 꿈을 꿨던 것은 아닐까. 어차피 내 삶도 별 의미 없이 지나가리라는 당연한 진실 앞에 나는 부끄러운 것이 아닐까. 물론 이 또한 지나가서 어느 순간, 고통의 경계마저 희미해질 날이 올 것이라 믿는다. 그즈음이면 나는 초라한 외양으로라도 그녀를 보듬을 수 있을까. 하지만 지금의 나는 말한다.

"그저 고요히 잊힌 삶을 살고 싶었는데, 내 안의 그녀가 자꾸 투정을 부리네요. 달래고 또 달래다가 이제는 그냥 막막하기만 해요."

상처는 많이 아물었다고 해도, 여전히 내 안의 엄마가 아픈 건 어쩔 수 없다.

나쁜 아빠는 나쁜 할아버지가 될까

얼마 남지 않았지만 가족사진이 예닐곱 장 정도 있다. 사진에 취미를 붙인 아버지 덕에 한때 많은 사진을 찍었지만 가족이 뿔뿔이 흩어지고 집안 살림을 잠시 보관하려고 했던 엄마의 공장 창고가 몇 차례 수해를 겪고 철거되면서 대부분 소실됐다. 결국 내가 유학 떠나면서 챙겨둔 몇 장의 사진이 남은 전부가 됐다.

그중 가장 행복해 보이는 사진은 다섯 명이 거실 소파에 오붓하게 모여앉아 편안한 얼굴로 활짝 웃으며 찍은 사진이다. 그때만 해도 나는 활짝 웃는 게 예쁜 아이였다. 사진 속 나는 여섯 살 무렵일 게다. 유리 테이블 위에는 커다란 파이프 모양의 재떨이가 있다. 내 얼굴보다 큰 물건을 들고 담배 피우는 흉내를 내면서 놀던 기억이 난다. 장방형의 유리 테이블은 유행하던 만화 속의 로봇 조종사들의 탈 것을 닮아서 나는 종종 테이블 밑에 들어가, “변신, 로봇!”을 크게 외치며 몸을 들썩이기도 했다. 결국 테이블은 나와 동생의 변신 로봇 놀이를 감당하지 못하고 무참히 부서지고 말았다. 사진 뒤편에 보이는 유리 현관문도 내가 깨어 먹었다. 손으로 열기보다 달려가서 뒤를 돌아 엉덩이로 빵 치면 활짝 열리는 맛이 시원했다. 소파 뒤 창문으로 흐릿하게 보이는 이층 베란다 화분 위에는 네다섯 개 정도의 석조 화분이 있었다. 마음먹고 봉선화를 심었다가 빨리 자라지 않아 답답해진 나는 오줌 가득한 요강을 밭에 뿌리던 할머니를 떠올리며 아침에 눈을 뜨면 그 위에 올라가서 오줌을 눴다. 엉덩이를 깐 채로 마당에 추락한 이후 그 일과는 멈춰야 했지만. 고등학교 때까지 교복 치마를 입고 대문 놔두고 담 넘어 다니던 인간이었으니 부모님의 상심이 컸다. 하지만 아무리 애써도 눌러지지 않는 것이 있었는데, 그건 바로 나 자신이었다.

사진 속 나는 짧은 단발머리에 앞머리를 동그랗게 내린 눈이 아주 큰 아이였다. 바로 저 머리를 하고 유치원에 입학했다. 동화를 쓰겠다고 열을 올리던 때였다. 맨 처음 쓴 동화는 우리 집 이야기였으나 결론만큼은 동화답게 판타지에 가까웠다. 동화를 쓴 목적은 엄마, 아빠의 계몽이었다. 그때까지만 해도, 사람은 깨달음을 주면 각성하고 달라질 수 있으리라 믿었고 이를 부모에게도 적용하고자 했다.

이야기는 엄마, 아빠의 다툼으로 슬퍼하는 아이의 모습에서 시작된다. 상황 설명은 직접적이지 않게, 언니와의 대화로 풀어나갔다. 이후 갈등은 더 증폭되나 마침내 부부싸움에 뛰어든 주인공 아이는 그들에게 외친다.

"언니랑 나랑 싸우면 커서 나쁜 어른이 된다면서요? 아빠는 늙어서 나쁜 할아버지가 될 거예요!"

이야기 속 아빠는 아이의 말에 잘못을 뉘우치고 딸을 뜨겁게 끌어안는다. 싸움은 멈췄고 가정에는 평온과 고요가 찾아온다. 하지만 현실 속 아빠는 나를 끌어안지 않았다. 그는 포악한 남자에서 무력한 할아버지가 됐다. 돌이켜 보면 그때나 지금이나 그는 무력했던 것 같다.

성공한 관계

나는 매우 강압적이고 독단적인 아버지 밑에서 컸고, 대학 졸업 때까지 온몸에 피멍이 들 만큼 맞으며 자랐다. 살아남는 길은 그로부터 도망가는 것 말고는 보이지 않았다. 기대를 받는 것도 의지를 하는 것도 위험하기 짝이 없었다. 그로부터 벗어나겠다는 열망으로 대학 입학 이후부터는 내 인생에 개입하는 것을 되도록 거부했고 이를 위해서 부모님에 대한 의존도를 최소화해야 했다. 남들보다 조금 일찍 경제적인 문제를 내 힘으로 해결했고 유학도 부모님의 도움 없이 떠났다. 그의 보호 밑에서 성장할 때는 칭찬 같은 건 받아본 기억이 없는데, 유학 도중 잠시 귀국했을 때 그로부터 뜻밖의 말을 들었다.

"너는 결혼 같은 거 하지 마라."

이십 대 후반에 이른 딸을 두고 결혼하지 말라고 말하는, 겉으로는 보수적이고 독단적인 아버지는 한때 자유로운 영혼에 방랑하는 삶을 꿈 꿨던 청년이었음을 잘 안다. 자식들에 대한 기대를 일찌감치 포기한 그는, 장년에 이르러서 줄기차게 전 세계 곳곳을 여행했고 오지를 탐험했고 험난한 등반길에 올랐다. 그리고 결혼하지 말라는 소망 뒤에 자그맣게 칭찬 하나를 꼬리표처럼 덧붙였다.

"결혼 따위 하기에는 네가 너무 아깝다."

청개구리 기질에서 벗어나지 못한 당시의 나는 길게 생각해 보지도 않고 대답했다.

"하고 싶으면 할 건데요."

아버지는 내가 자신의 욕망에 따라 살지 않을 것을 깨달은 순간부터 내 삶에 대한 일체의 개입을 멈추었다. 결혼 상대를 내 마음대로 정한 뒤 상견례도 치르지 않고 결혼 신고만 한 뒤 미국으로 떠나 살았어도, 그리고 이혼을 결정해서 통고했을 때도 그는 별다른 말을 덧붙이지 않았다. 이혼할 때만 딱 한마디 하셨다.

"재고해 볼 수는 없냐?"

나는 대답했다.

"아뇨. 고민할 만큼 했어요. 이제 그만입니다."

문득 관계 맺기에 그럭저럭 성공한 삶이라는 생각이 들었다. 우리는 서로에게 기대하지 않고 서로로부터 자유롭다.

드디어 이별

아버지를 떠나보낸다. 평생 스스로를 자유인이라고 부르짖었던 당신은 여행 가방 세 개로 짐을 싸고도 여덟 박스를 채웠다. 여든을 바라보는 나이에도 그 많은 짐을 짊어지려는 것이 처음에는 이해가 가지 않았다. 돌이켜 보면 나의 무지이자 편견이었다. 어쨌든 아버지는 갈 곳이 비좁음을 알면서도, 버릴 것이 없으니 알아서 챙겨 보내라고 소리치셨다. 끝까지 당당한 척 구는 저 양반도 실은 제 삶이 치욕스러워 견딜 수 없으리란 걸 나는 짐작하고 만다. 그의 눈빛이 내게 오래 머물지 못하는 걸 보면 알 수 있다. 지구의 다른 편을 떠돌고 계신 어머니는 한때 큰돈을 주무르고 갖은 욕망을 누리고 또 휘둘렀음에도 가방 하나만 남아 있다. 어머니의 단출한 삶을 두고 죗값을 치르는 거라고 말하는 아버지의 말에 머릿속이 하얘졌다. 분노가 아니라 망각, 아니 기억의 몰살로밖에 대응할 수 없는 저 뻔뻔함이라니. 가해자는 죗값을 치르지 않는 이상 자신의 죄를 전혀 인지할 수 없는 천벌을 받는 중임을 그는 알고 있을까. 결국은 포기한다. 용서할 수 있다고 믿었던 건, 오랜 오만이었다. 연민밖에 택할 길이 없어 보이나 당신을 사랑하는 건 이번 생에서는 불가능한 임무임을 백기를 들 듯 인정하고 만다.

내 생에서 가장 운이 좋았던 것은, 일찍 부모로부터 벗어나 살았다는 것이다. 함께 있는 것이 고통이어서 도망쳤으나 남들보다 조금 일찍 그들의 생계를 책임져야 했다. 덕분에 부모라는 검열에서 쉽게 풀려났다. 마음은 홀가분하지 않았다. 당신들은 내게 가족이 지옥일 수 있음을 가르쳤고 인생은 철저히 혼자라는 것을 깨닫게 했다.

떠나는 아버지가 말했다.

"네 둘째는 어릴 적부터 혼자 아니면 잠을 이루지 못하고 첫째는 사람 품을 찾더라. 너는 어릴 적부터 사람을 옆에 두지를 못했다. 마음이 아파서 품는 것이 아니면 부모도 옆에 두지 못했다. 다 타고나는 거다. 부모가 할 수 있는 일은 별로 없으니 너무 마음 쓰지 마라."

별일 아닌 듯 대화를 나누고 헤어지면서 내가 말했다.

"그냥 뭐라도 써서 남기세요."

"이제 와서 무슨. 그냥 이렇게 말이라도 하면 되었지."

함께 지낸 시간 동안 당신은 내내 혼자 걷기만 했다. 그 냉정함에 사무치면서도 알고 있었다. 당신이 내 곁에 남고 싶었던 이유는, 나는 당신을 혼자 내버려두는 인간이기 때문이란 걸. 당신의 마지막 존엄을 지키도록 내버려둘 인간이라서. 그런데 더는 못하겠다. 결국 당신을 언니 곁으로 보낸다.

무너진 집안일지라도 아버지가 장남인지라 어릴 적 내내 온갖 제사와 차례를 지냈다. 향불을 돌리고 마신 술은 싫은 척했지만 사실 맛이 좋았다. 그리고 당신을 떠나보내는 날 처음으로 대작을 했다. 술은 내가 더 세더라. 세상에서 남들이 말하는, 나와 가장 닮은 사람인데 왜 그리 말을 나누는 것이 힘들었을까. 어쨌든 마흔이 넘으니 사람을 보는 눈이 달라졌다. 남은 삶이 얼마 남지 않았다는 생각에 조급해진다. 너그러워진다는 말은 거짓말이고.

나도 어른이 되어 아버지를 보니 알게 된 건 있었다. 나보다 더 인생을 허무하게 여기는 사람이 있더라. 부디 잘 가시기를. 우리는 멀리 떨어져 있으면 아마도 그리워할 운명일지도 모르겠다. 중간에 누군가를 끼워 넣지 않고는 도무지 이야기를 나눌 수 없는 사이였는데, 당신이 가신다니 마음이 놓인다. 미안하다. 죄송하다. 그런데 내 한계는 여기까지다. 그리워할 수 있기를. 그래서 당신을 보기 위해 먼 길을 달려갈 수 있기를. 여기서 포기하지만, 이 자리가 시작이기를.

내 인생에서 유일한 꿈, 소박하지만 너무나 원대한 꿈이 하나 있다. 내 아이들에게 언제든지 돌아올 품이 되는 일이다. 꾸역꾸역 살아남아서 건강하게 잘 버텨서 허물어질 때까지 남김없이 사라질 때까지 너희들이 돌아올 자리가 되어주겠다. 어리석은 집착이라 해도 할 수 없다. 받지 못한 것은 기어이 돌려주고 마는 성품 탓이려니 여겨라.

아빠의 가방

며칠 전에 언니로부터 일흔을 훌쩍 넘긴 아빠의 기억이 현저히 사라지고 있다는 소식을 들었다. 얼마 전까지 나와 함께 살았던 아빠는 현재 미국 동부에 있는 언니 가족과 함께 지낸다. 그는 갈 곳 없는 노인이 되어 우리에게 왔다. 동거가 시작된 지 얼마 되지 않아 그에게 태연한 척 묻기도 했다.

"기억나세요? 저 열 살 때 밤 열두 시 넘어서 담배 사오라 하셨는데 제가 나가기 무섭다고 그랬더니 문 앞에서 발로 짓밟고 마구 때리신 거?"

"글쎄다. 설마 그랬을 리가 있나. 나는 아무 기억도 없다."

그래서 가장 가까운 기억 중 하나인, 대학 3학년 때 맞은 이야기를 해드렸다. 그때 나는 당신 손에 목 졸린 자국이 파랗게 남아 있는 채로 학교도 다니고 애인이랑 종로에서 데이트도 했었는데. 아빠는 여전히 모르는 일이라고, 하지만 너희들 자랄 때 그 정도 맞지 않고 자란 사람이 누가 있겠느냐고 예의 단정한 말투로 대답하셨다.

임신 기간 동안 꿈속에서 수도 없이 맞았다. 다시 아이가 된 나는 맞고 또 맞고 울음을 터뜨렸다. 내 뱃속 아이의 아빠는 울면서 깨어나는 나를 품에 안고 달래주었다. 사정을 설명하지는 못했지만, 그때 느낀 것은 이제 선택할 수 있다는 위안이었다. 폭력의 서사는 잠깐 꿈에 밀어놓고 새롭게 이야기를 써 내려갈 수 있을 거라고. 그러다 보면 꿈의 풍경도 다른 이야기들로 넓고 풍요로워져서, 악몽은 작아지고 기력 쇠한 맹수처럼 주변을 맴돌기나 할 거라고.

시간이 흘러갔다. 아빠는 놀랍게도 꽤나 괜찮은 할아버지였다. 그럼에도 한 번, 소심한 복수를 한 적이 있다. 딸들과 대화를 나누던 중 부모의 부당한 폭력 밑에서 자라는 아이들 이야기가 나왔다. 자기 주변에도 그런 사람이 있느냐는 질문에 가장 가까운 예를 들어주었다. 엄마도 어릴 적 할아버지에게 많이 맞았노라고. 하지만 나쁜 아빠가 나쁜 할아버지가 되는 건 아니라고. 인간은 환경과 선택, 의지에 따라 변할 수 있는 존재라고. 그러던 어느 날 막내가 다가와 말했다.

"엄마, 할아버지는 엄마를 때린 적이 없대. 아주 좋은 아빠였다고 하셨어."

어릴 적 집안 구석에 꾸려져 있던 아빠의 등산 가방이 떠올랐다. 아빠는 틈만 나면 어디론가 떠났다가 돌아오셨다. 가방이 사라지면 떠나신 걸 알았고 가방이 시야에 들어오면 돌아오신 걸 알았다. 낡은 가방의 부피는 줄거나 늘지 않은 채 그대로인 듯 보였고 언젠가 나는 가방 주머니를 뒤져 만년필을 훔쳤다. 이국의 도시에서 아빠의 가방을 타고 내 손에 정착한 만년필 하나는 그로부터 며칠 후 흔적도 없이 사라졌다.

세상에는 기척도 없이 사라지는 것투성이다. 아빠는 늙고 기억을 잃어가며 내 가까이 머물고 있지만, 그 역시 옛날의 만년필처럼 어디론가 사라질 날이 올 것이다. 그래도 깊숙이 남아 있는 비릿한 감정들 때문에 또 그에게 무언가 훔치고 싶은 기분이 들 때가 있다.

"마음속에 늘 충분한 인내심을 지니십시오. 또한 소박한 마음으로 믿으십시오. 어려운 것을 더욱더 신뢰하십시오. 그리고 다른 사람들 속에서 느끼는 당신의 고독을 신뢰하십시오. 그리고 그 말고는 삶이 당신에게 벌어지는 대로 놔두십시오. 삶은 어떠한 경우에도 옳습니다."

릴케의 〈젊은 시인에게 보내는 편지〉 한 대목을 무심코 읊어보는 날이다.

나의 친정, 나의 언니

맨 처음 비행기를 탄 것은 고등학생 때였다. 아버지를 따라 남도 여행을 갔다. 언니도 함께였다. 셋이 사진을 찍으려고 지나가는 관광객에게 부탁했다가 질문을 들었다.

"세 분은 어떤 사이세요? 선생님과 제자들이신가."

언니와 나는 딴판으로 생긴 외모 때문에 함께 다닐 때마다 이런 질문을 자주 받았다. 항상 붙어 다니다시피 했기에 익숙한 물음이었다. 아버지를 중간에 두고 보면 각각 조금씩은 닮았지만, 가족임을 알아차리기에는 느슨한 닮음이었다. 어머니와도 그랬고 세 살 어린 남동생도 마찬가지였다.

기억이 닿을 때부터 사이가 좋지 않았던 부모님과 달리, 두 살 차이의 언니와 나는 각별했다. 스물에 언니를 낳고 스물둘에 나를 낳은 어머니는 언니가 놀러 나갈 때마다 나를 꼭 붙여 보냈다. 언니 말에 따르면, 그녀에게 어린 나는 통제가 힘든 야수 같은 존재였다. 언니가 옛 시절을 떠올리며, 어릴 적 헬렌 켈러와 설리번 선생님 이야기를 읽으면서 들짐승 같던 헬렌을 잘 보살펴준 설리번 선생님처럼 자신이 나를 돌보겠다고 결심했었다는 말에 웃음을 터뜨리기도 했다. 언니는 대학에 들어간 나를 보고 대견스럽다는 듯 말했다.

"어릴 적에는 네가 정말 이상한 괴물 같다고 생각했는데, 나중에 깨달았어. 너는 그냥 사회화가 더딘 존재였다고. 그냥 남들보다 시간이 많이 걸리는 사람이었던 것 같아."

그랬던 걸까. 들짐승처럼 날뛰던 기억이 어렴풋이 나기도 한다. 안에서 문을 걸어 잠그고 괴성을 지르며 미친 듯이 여기저기 부딪히며 뛰어다니다 지쳐서 기절하듯 잠들던 기억. 낮과 밤이 엉클어지고 평온은 느닷없이 찾아왔다. 행동을 하면 결과가 따른다는 걸 참 늦게 깨달았다. 남들이 경고로 배우는 것들을 죄다 몸으로 배웠다. 날다가 떨어지고 통과하려다 깨지고. 그리고 그때마다 언니가 있었다.

나의 어릴 적 기억은 놀이터든 친구 집이든 대부분 언니를 또 다른 주인공처럼 간직하고 있다. 동네 목욕탕에서 언니는 나를 새빨간 때수건으로 박박 밀어서 온통 불그스름하게 물들였다. 나도 보답하듯 언니 등을 힘껏 밀었다. 둘이 사이좋게 울긋불긋 돌아가야 엄마는 만족해했다.

언니 손을 잡고 동네 놀이터부터 옆 동네 놀이터를 순방하고 다니는 건 일상이었다. 돈이 생기면 버스 타고 도서관을 찾아가고 모험이 필요한 날에는 백화점도 다녀왔다. 에스컬레이터에 쭈그려 앉아 올라갔다 내려오면 놀이기구 타는 것처럼 신기하고 재밌었다. 초등학교에 입학한 언니는 학교 앞 떡볶이집이 맛있다며 나를 이끌고 한 가닥에 10원 하는 떡볶이를 사주기도 했다. 맨 처음 경험한 길거리 떡볶이였다. 여덟 살 언니는 여섯 살 동생이 매울까 봐 양념만 빨아서 말개진 떡을 입에 넣어주었다. 나도 어쩐지 그래야 할 것 같아, 맵다고 칭얼대며 언니 침이 발린 떡을 꿀떡꿀떡 씹어 삼켰다.

언니는 무엇이든 척척 만들었다. 윗집 언니에게 뜨개질을 배워 만든 복주머니는 주머니보다 양말 모양에 가까웠다. 나는 주머니를 발에 신고 방마다 뛰어다니며 소리쳤다.

"주머니가 양말이 됐어! 마술이다!"

언니가 친구들과 놀러갈 때도 나는 엄마의 명을 받아 따라나서야 했다. 아니, 이건 언니에게야말로 귀찮고 힘든 일이었을 테니, 불만을 털어놓는 것은 아니다. 언니는 나를 데리고 다니는 일이 당연한 듯 어디든 나를 챙겼다. 나는 종종 언니와 친구들이 노는 와중에 화를 참지 못하고 언니 친구들에게 싸움을 걸었다. 언니 친구들이 언니의 착함을 당연하다는 듯 남용하는 게 화가 났다. 사실 언니를 가장 힘들게 했을 사람은 나였을 텐데도 말이다.

부모님의 싸움이 잦아지고 난폭해질 때마다 언니와 나는 만일의 경우를 대비했다. 집을 나가라고 혹은 나가겠다고 윽박지르는 당신들의 반복된 후렴구 속에서 그들 없이 우리끼리 살아남는 법을 익혀야 했다. 밥을 지을 줄 알아야 했고, 구멍 난 양말을 꿰맬 줄 알아야 했으며, 학교 준비물도 서로 도와가며 챙겨야 했다. 엄마가 갑자기 사라지면 언니는 당연한 듯 내 도시락을 챙겼다. 신기하게도 언니가 싼 도시락은 엄마가 싼 것보다 맛있고 반찬 국물도 새는 법이 없었다. 나는 언니가 싸준 도시락을 먹을 때마다 언니에게 충성을 다짐했다. 세상에서 제일 존경하는 사람이 누구냐는 질문을 받으면 결의에 찬 목소리로 답했다.

"언니요."

"무슨 언니?"

"우리 언니요."

믿을 수 없다는 표정으로 나를 바라보는 이들에게, 똑똑한 아이답게 언니가 다니는 학교와 학년, 반에 번호까지 불러가며 언니의 존재를 밝혔다. 언니를 존경하는 이유는 간단했다. 무엇이든 만들었고 누구보다 다정했다. 언니가 싸준 새지 않는 도시락의 비밀은 다정함 덕분이었다. 언니는 도시락 뚜껑을 꽉 닫지 않으면 틈 사이로 국물이 새고 만다는 걸 알았다. 국물이 번지면 냄새가 난다는 것도, 그 냄새로 사람이 곤란해질 수 있다는 것도 헤아렸다. 언니는 자신에게 싫은 일은 내게도 싫으리란 걸 누구보다 잘 아는 사람이었다.

사춘기가 되어 한창 신경이 예민했을 무렵, 나는 평소에는 수업 필기도 안 하다가 시험 기간만 되면 뒤집어졌다. 내 호들갑을 잘 아는 언니는 그럴 때마다 나를 얼러서 교과서를 보게 했다. 언니는 가는 곳마다 사랑과 존중을 듬뿍 받았다. 그런 언니를 일찌감치 알아본 나는 언니가 더욱 자랑스러웠다. 우리는 달랐고 그 다름을 사랑했다. 다름을 통해 배우기도 했고(내 본래 목소리는 탁하고 낮았으나 언니를 따라 하다 그럭저럭 맑아졌다) 다름을 인정하고 존중하게 됐다. 우리의 다름은 기분 좋은 거니까, 유용하니까, 다름으로 존중받아 마땅했다. 다름으로 든든했고 함께해서 막강함을 느꼈다.

언니가 대학에 들어가면서 내 인생에 큰 위기가 찾아왔다.

언니의 귀가 시간이 늦어지고 언니 입에서 남자들 이름이 삐져나오기 시작했다. 언니가 항상 내 곁에 있을 수 없다는 걸 받아들여야 했다. 울기도 하고 화도 냈다. 언니는 버겁게 '언니 보내기'를 치르는 나를 멀고도 가까운 곳에서 지켜봐줬고 내가 절박한 순간이면 꼭 붙잡아줬다. 나 또한 대학에 들어가자 문제는 자연스럽게 해결됐다. 나는 언니보다 더 자주 남자 이름을 뱉어냈고 더 늦게 귀가했다. 입학도 하기 전에 아버지와 싸운 뒤 가출을 감행하기도 했다. 일주일 내내 친구 집을 전전하던 나를 찾아온 언니는, 내가 살 하숙집을 봐준다며 학교 앞을 함께 다니다 말을 꺼냈다.

"아직은 집 나갈 때가 아닌 것 같아. 우선은 들어가고 좀 더 준비해서 나오자."

언니 말이면 고분고분 잘 따랐던 나는, 그날 저녁 집에 돌아갔다. 1년을 더 살았고 이듬해 사법시험을 준비하겠다는 거짓말을 대고 학교 앞에서 자취를 시작했다. 다음 해 언니도 나와서 나와 함께 지냈다. 열혈 운동권이던 언니는 대학을 졸업하고 1년 뒤 대학원에 들어갔고, 나는 언니의 비호 아래 법전 한번 들춰보지 않고 고시생 역을 유지할 수 있었다.

대학 4학년 때 아버지와의 불화가 깊어지자 유학을 제안해 내 삶에 출구를 만들어준 것도 언니였다. 그러나 결국, 유학을 목표로 번 천만 원 넘는 돈을 사업이 어려운 어머니께 드리고야 말았다. 어느 일요일 오후, 언니는 졸업 뒤 일상을 허랑하게 보내던 나를 서울 신촌의 패밀리레스토랑으로 불러냈다. 화창한 봄날, 북적이는 사람들 틈에서 떡볶이 대신 당시 유행하던 미국식 멕시코 음식을 사주었다. 식당을 나오는 길에 언니는 은행에서 카드빚으로 뽑은 백만 원을 쥐어주며 말했다.

"서희야, 여기 더 있다가는 네가 망가질 것 같아. 그냥 떠나. 내가 도와줄게."

그로부터 석 달 뒤, 나는 언니의 배웅을 받으며 프랑스 파리행 비행기에 올랐다. 1996년 여름이었다.

돌이켜 보면 언니와 나를 묶어낸 건 전우애였다. 우리는 어릴 적부터 심각한 가정폭력을 함께 겪어냈다. 취학 전부터 대학 졸업 때까지 온몸에 붉고 푸른 멍 자국을 꽃처럼 피우기를 거듭했다. 날이 갈수록 심해지는 아빠의 폭력에도 우리는 착한 딸 노릇을 그만두지 못했다. 사업에 거듭 실패한 엄마는 생존을 명목으로 돈을 필요로 했고, 재기 자금을 요구했다. 우리의 십 대는 착한 딸이자 학생으로, 이십 대와 삼십 대는 부모님 삶의 자금원이자 보호자로 살아갔다. 몇 년 전까지 내가 모시던 아버지는 이제 언니와 함께 지낸다. 어머니는 몇 차례에 걸쳐 내가 혹은 언니가 모셨지만, 평화로운 동거는 이뤄지지 않았다. 우여곡절 끝에 어머니는 한국에, 아버지와 언니는 미국 동부에, 나는 미국 서부에 살고 있다.

나이가 들고서야 내가 언니에게 조금이라도 도움을 줄 수 있는 부분이 생겼다. 나는 거의 애원하다시피 언니에게 내가 할 수 있는 일을 조금씩 하겠다고 말했다. 내가 주는 게 많아질수록 언니는 나를 보지 않겠다고 협박도 했지만, 이제는 내 행복을 위해서라도 예전보다 너그럽게 받아주는 편이다. 함께 있을 때면 나를 더 보살피고 옆에 없더라도 매일 기도하며 나를 걱정한다. 지난해부터 연말이면 우리 집을 찾는 언니네 가족은 이번 크리스마스에도 산타처럼 찾아왔다. 이제는 나도 언니에게 식당에서 밥을 먹이고 선물을 준다. 몇 안 되는 선물에도 어쩔 줄 몰라 하는 언니에게, 엘에이의 한 상점가를 걸어가며 말했다.

"언니가 내 인생에서 얼마나 중요한 역할을 한 지 알잖아. 언니 아니었으면 난 예전에 잘못됐을 거야. 그리고 언니, 난 친정이라고 느끼는 존재가 언니밖에 없어. 내 딸들을 제외하고 가족이라고 느끼는 사람이 언니밖에 없단 말이야. 언니가 건강하고 행복하게 잘살았으면 좋겠어. 그만큼 절박해."

"그건 나도 마찬가지야. 그런데 가끔은 두려워. 내가 너에게 했던 일들이 결국 네 인생을 바꾼 것일 수도 있는데, 그게 과연 잘한 일이었을까 생각하게 돼."

나도 모르게 언니 손을 잡아끌며 말했다.

"언니가 그때 나를 외국으로 급히 보내지 않았다면, 언니도 상상할 수 있겠지만 나는 엄마, 아빠의 노예로 살았을 거야. 죽도록 일해서 부모님 기쁘게 해드리는 게 인생의 전부인 양 살았을 거야. 엄마, 아빠의 딸이 아닌 나로 살아가는 법을 익히지 못한 채 말이야."

우리 자매는 엑소더스를 치르듯 한국을 떠나 미국에서 살고 있다. 누구도 상상하지 않았던 땅에서, 영어를 모국어로 쓰는 아이 둘을 각각 두고서. 삶은 참으로 알 수 없어서, 어쩌면 운이 좋아서, 우리는 다시 그 알 수 없음을 함께 지나간다. 함께 있는 동안 지난 이야기를 많이 나눴다. 나눌수록 깨닫는 사실이 있다. 생긴 것도 다르고 성정도, 기질도, 살아가는 모습도 참 다르지만 달라서 우리는 사랑하고, 달라서 함께함에 더욱 감사한다.

언니는 몇 년 사이에 부쩍 늙었다. 어깨가 굽은 게 한눈에 보인다. 헤어지는 순간 꽉 껴안으려니 언니는 슬쩍 제 가슴을 뒤로 밀어낸다. 그 역시 언니답다. 나는 가슴을 불쑥 내밀어 언니의 밀린 가슴에 가닿는다. 그래도 안다. 언니의 가슴은 지난해보다 살짝, 내게로 전진했다. 우리는 달라서 배우는 사이다. 기억을 거슬러 올라가는 때부터, 아마도 그전부터.

뜨겁고 허무한 지난한 감각

제 2 부

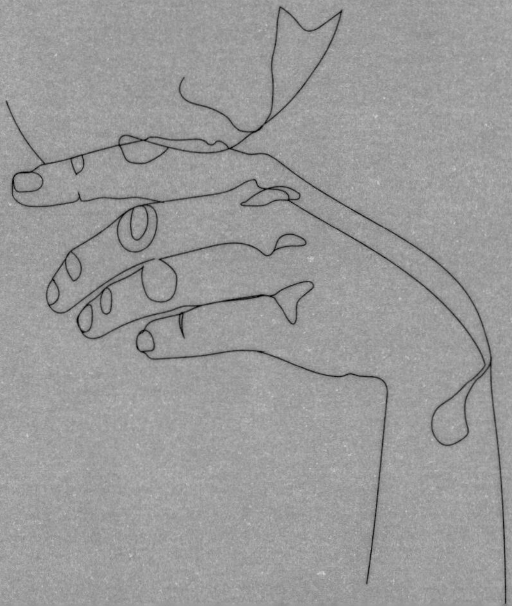

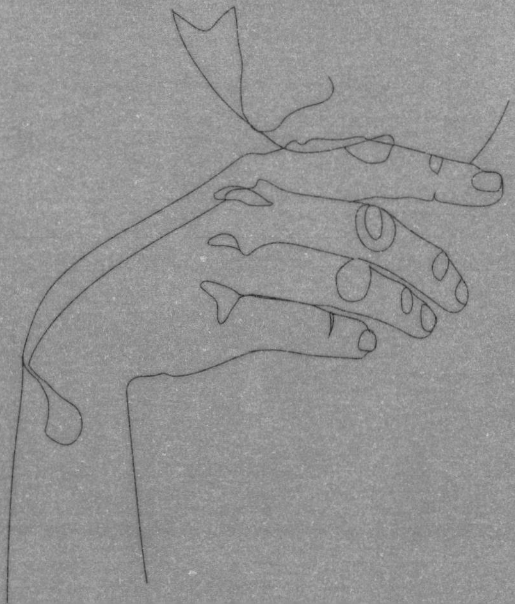

딱 알맞은 온도의 나날이다.
그런데 차라리 공기가 입안에서 서걱거릴 정도로 추웠으면 좋겠다. 그 추위를 핑계로 뜨거운 국물을 집어넣어 데일 듯한 열기로 식도를 지나, 심장을 지나, 만일 거기서 그리 멀지 않은 곳에 존재한다면, 바로 마음을 뜨겁게 덥히고 싶다.
마음은 심장 어딘가에 있다.
그렇지 않다면 이렇게 심장이 자꾸만 조일 리가 없다.

고통을 느낀다.
이 말을 쓰고 잠시 숨을 고른다. 난 내가 고통을 잘 느끼지 않아서 강하다고 생각하며 오랜 시간을 살았다.
어릴 적부터 단련되어서 나는 잘 버틴다고 믿었다.
그런 내가 자랑스러웠다.
아버지의 폭력 속에서도 눈물 한 방울 흘리지 않는 내가, 그 와중에도 엄마를 보호하고 대신 맞아줄 수 있는 내가 좋았다.
실컷 때리고 나서 나가라고 소리치는 아버지에게 웃으면서, 그럼, 나갈게요, 라고 산뜻하게 외치고 나갈 수 있는 내가 좋았다.
학교폭력에도 울지 않는 내가, 그들보다 더 강하다고 믿었다.
이혼 도중에 벌어졌던 언어폭력에도 차분하게 대응하는 내가 좋았다.
언젠가 사랑하는 사람이 내게 울면서 말했다.
당신은 왜 화만 내느냐고. 왜 그렇게 화만 내느냐고.
당신에겐 슬픔이란 감정은 없느냐고.
이제야 깨닫는다.

나는 슬픔을 약함으로 여기며 살았다.
슬픔 대신 화를 냈다.
그것도 특정 대상에게만.
주로 나 아니면 애인에게만.
몰아서 한꺼번에, 진이 빠질 만큼 잔혹하게.
복잡한 감정에서 헤어 나오는 방법이었다.
나는 몰아서 화를 낼지언정 슬픔을 허락하지 않았다.
타인의 슬픔을 슬퍼해줄 수는 있어도 내가 슬퍼서는 안 됐다.
나는 강하니까.
나는 무너지면 안 되니까.
내가 자기를 단 한 번도 사랑한 적 없다고 흐느껴 울던 누군가의
모습을 보며 아찔했다.
난 도대체 뭘 하고 산걸까.
어쩌면 그때부터 조금씩 금이 가기 시작한 것 같다.

고통은 유전되는가

상처가 물에 뜨듯 바깥으로 떠오르는 사람이 있는가 하면, 내부로 침잠하는 사람도 있다. 그들은 웬만한 충격에는 흔들리지 않는 것처럼 보이지만 사실은 엄청난 민감함으로 사소함을 감지한다. 그들의 촉수는 마음이 가는 몇몇 사람들에게 집중되어 있으며, 약간의 흐트러짐에도 마음을 닫아버리는 원격조종장치가 작동한다. 강해 보이지만 그것은 벼랑 끝을 버티는 단단함과 닮았다. 무너지지 않을 듯 보이지만 부서지면 끝이다. 다행히도 그걸 잘 알고 있는 건 바로 그 자신이라서 누구보다도 방어기제는 발달해 있다. 혹은, 스스로를 절벽의 일부가 될 정도로 단단히 그 자리에 박아놓거나 그 절벽이 되어버린다. 누군가는 차라리 대기처럼 가볍고 투명하게 허무해져버린다.

사랑에 대한 가장 적절한 비유로 밀란 쿤데라의《참을 수 없는 존재의 가벼움》에 나오는 물에 떠내려온 바구니 속 아기에 대한 이야기를 좋아한다. 내가 누군가를 사랑하게 된다면, 어쩔 수 없이 내 앞을 흘러가는 아기를 받아 안듯 상대방을 안고 어르고 달래줄 거라고 생각했다.

하지만 내가 선택했던 것은, 별다른 상처 없고 튼튼히 자라서 애초에 벼랑과의 거리가 훌쩍 먼 존재들, 혹은 절벽의 개념조차 없는 사람들을 만나고 지나치는 일은 아니었나 싶다. 나는 그들의 평안함에 잠시 몸을 기대는 것 외에는 바라는 것이 없었다. 관계는 휴식이자 잠깐의 일탈이자 언젠가는 끝나게 될 휴가와도 같았다. 공감을 기대할 이유는 없었다. 적당한 위안과 즐거움 혹은 장마가 지나가듯 온통 세상을 적셨다가 감쪽같이 맑아지는 날씨의 마법 같은 것, 그뿐이었다.

고통은 전염병과 같다. 면역이 없으면 상대를 남김없이 잡아먹는 강력한 전염병. 그러니까 병을 옮기지 않을 만큼의 거리가 필요했다. 이미 치유된 흔적이라면 나쁠 것도 없었다. 하지만 누군가가 고통의 드라마로 눈물을 구걸한다면 내 온도는 물러서듯 싸늘해졌다. 애초에 선택의 여지도 없이 나의 첫 번째 관계가 된 여자는 언제부터인가 자꾸만 술에 취해 내게 전화를 걸었다. 자신의 고통스러운 밤과 그 사연을 내가 끌어 안아주기를 바랐다. 오랜 시간 나는 그 바람대로 살아왔다. 함께 무너지듯, 온몸으로 그녀를 끌어안고 같이 벼랑으로 떨어지듯.

그리고 어느 날, 호텔 20층에서 뛰어내린다는 그녀와 몸싸움을 벌였다. 나는 처음으로 그녀를 때렸다. 마음 같아서는 같이 뛰어내리고 싶었다. 지겨웠다. 온몸의 무게를 실어 축축해져버리는 신파극 속으로 나를 끌어들이려는 그녀의 뻔뻔함이 지긋지긋했다. 경찰들이 몰려왔고 그녀는 나를 폭행으로 신고했다. 혼자만 행복한 내 인생을 망치고 죽어버리겠다는 것이 그녀의 이유였다.

한 인간이 누군가의 인생을 책임질 수 있을까? 애초에 할 수 있는 일은 없었음에도, 나는 그럴 수 있는 것처럼 억지로 밝고 명랑하고 강한 아이로 자라났다. 그녀는 희망이 없을 때마다 나를 매개로 꿈에 다가갈 수 있으리라 믿었다. 허황된 꿈에 도사리는 중독성을 보지 못한 채, 어린 나는 그녀를 기쁘게 하기 위해 나를 빌어 희망을 그리게 했다. 그녀가 내게 중독되고 있음에도 불구하고 진즉에 끊어버렸어야 할 그 중독을 당장의 위안을 위해 더 심각하게 만들었다. 그리고 어느 순간, 꽉 잡았던 손을 놓아버리듯 내 손에 힘을 풀고, 내게 매달린 그녀의 손가락 하나하나를 풀어버렸다.

그녀가 눈물에 잠길 때면 싸늘한 표정으로 거리를 뒀다. 적절한 거리에서 슬픔이 전해질 때만 나의 명랑함과 엉뚱함이 힘을 발휘했고 그 거리가 좁아지면 할 수 있는 것은 외면밖에 없었다. 그리고 그것은 상대방에게 굴욕과 수치의 기억으로 남아버렸다. 어쩌면 가장 잊지 못할 상처를 새겨버리고 말았겠다.

내 행복이 낯설고 불편한 것은, 지옥이 얼마나 가까이 있는지를 알기 때문이었다. 함께 있지 않으나 가까이서 부르짖는 누군가를 잊지 않는다는 것, 언제나 배경음악처럼 흐르는 굉음을 억지로 외면하지만 자각하고 사는 것. 도대체 평온은 언제 오는 것일까 생각한다. 하지만 결국 깨닫는 건, 이게 바로 내가 얻을 수 있는 최대치의 평온은 아닌가 하는 것이다. 내 생의 조건처럼, 나는 당신을 지고 태어났으니. 할 수 있는 것이라고는 망가지는 당신의 인생을 조금 가까이서 혹은 살짝 멀리서 관조하는 일밖에 없다는 것, 그리고 그것을 받아들이는 것은 아니었는가 싶다.

낙관과 긍정은 없다. 낙관을 서사에서 구걸하는 것조차 신파라고 생각했다. 이야기는 언제나 그렇게 끝난다. 어딘가 미심쩍고 어색하고 끝내서는 안 될 것 같은 자리에서. 그래서 나는 이야기를 좋아한다. 얼마나 엉뚱하고 매력적인가. 어찌 그 잔인함을 사랑하지 않을 수 있겠는가.

토마토와 담배에 관한 소고

초등학교 때 토마토에 빠진 적이 있다. 그전까지는 한 번도 맛있다고 생각한 적이 없는, 과일인지 채소인지 분간도 안 되던 빨간 녀석에 말이다. 어느 날 시장에 심부름을 갔다가 좌대에 붉게 쌓인 토마토를 보았다. 세상의 모든 과일을 공평하게 사랑한다고 생각했건만, 토마토에는 관심조차 기울인 적이 없다는 걸 그제야 깨달았다. 고민이 시작되었다. 왜 이 녀석은 내가 좋아하는 과일 리스트에서 완전히 소외되었을까. 며칠 후 하굣길에 동네 구멍가게에서 토마토 열 개를 비닐봉지에 담아 집으로 돌아왔다. 아무런 글자나 상표도 찍혀 있지 않은 새까만 봉지 안에서 출렁이던 빨갛게 달아오른 토마토들. 문득 엄마 생각이 난다. 엄마의 후리덤 생리대와 함께. 그녀는 매달 한 번씩, 가게에서 산 후리덤 생리대를 검정 비닐봉지에 담아서 가는 팔목에 감은 다음 박자에 맞춰 빙빙 돌리며 집으로 왔다. 경쾌하기까지 했던 그 동작은 무심해서 빛났고 아슬아슬했다. 혹시나 내용물이 밖으로 튀어나올까 두려워 철이 들 무렵부터는 "엄마, 내가 들고 갈게"라고 말하며 그녀의 손목에서 검정 봉지를 낚아채기도 했다.

내가 산 토마토도 엄마의 생리대처럼 검정 비닐봉지에 들어 있었다. 검고 비좁은 구멍 속에 꽉 차 있던 토마토 열 개를 깨끗이 씻은 뒤 은빛 쟁반 위에 올려놓고, 내 방 책상까지 조심조심 걸어갔다. 의식이라도 치르듯 경건한 자세로 의자에 앉아 눈앞의 토마토를 바라보았다. 가볍게 숨을 한 번 몰아쉰 뒤 그중 제일 빨갛고 눈에 띄는 녀석을 들어 한입 베어 물었다. 껍질이 터지는 순간 흘러나오는, 육즙처럼 상스러운 과즙. 물컹한 빨강의 달다고 하기에는 무겁고 시다고 하기에는 두터운 맛. 탄력 있는 껍질 너머 자리 잡은 마냥 부드럽지만은 않은 발간 육질. 그 안에서 몽글몽글 떠오르는 알갱이들. 하나 둘, 어느새 배가 불러오고 있는데도 토마토가 맛있는지 아닌지를 알 수 없었다.

다음 날도, 그 다음 날도 붉고 가지런한 토마토를 마주하고 앉았다. 일주일이 지났고 어느덧 기묘한 변화가 일어나고 있음을 깨달았다. 나는 토마토를 좋아하기 시작한 것이다. 엄마가 준 용돈을 대부분 토마토를 사는 데 사용했고 엄마가 장을 볼 때면 따라나서서 토마토를 사달라고 조르기도 했다. 밥 먹는 것이 버거워질 정도로 토마토를 먹어 재꼈고, 붉은빛과 초록빛의 조화만큼 신비로운 것은 없다고 생각했다. 빨간 셔츠에 초록 바지를 입고 학교를 가면서 토마토처럼 예뻐진 내 모습에 만족했고 아이들 앞에서 보란 듯이 토마토를 몇 개씩 먹어치우기도 했다. 그렇게 한 달간을 토마토와 함께하니 쳐다보기도 싫을 만큼 토마토가 지겨워졌다. 그때 느낀 것은 안도감이었다. 한번 거치고 넘어갔으니 더는 신경을 건드리지 않으리라는.

그리고 담배. 담배에 관한 이야기를 시작하려면 또다시 검정 비닐봉지로 돌아가야 한다. 아빠는 담배가 떨어지면 나와 언니, 혹은 동생에게 담배 심부름을 시키셨고, 우리는 그 역시 검정 비닐봉지에 담아오곤 했다. 평소에는 괜찮았는데, 날이 어두워진 것도 모자라 자정 가까운 시각에는 다른 이야기였다. 가로등 하나 켜 있지 않은 길을 달려 동네 구멍가게까지 가는 일은 고통스러울 만큼 무서웠다. 길가에는 커다란 아카시아 나무가 휘휘 웅성거리는 소리를 냈고 그들의 풀어헤친 머리채를 바라볼 때마다 등골이 오싹해졌다. 아빠의 난폭함보다 밤길을 가야 하는 공포가 더 크게 느껴질 때면 나도 모르게 현관 앞에 서서 머뭇거렸다. 한번은 자정 넘어 담배 심부름을 가야 했는데, 문 앞에서 얼쩡댄다고 두드려 맞았다. 드라마나 책에서 등장하는 사랑의 매 같은 건 판타지와 같았다. 아버지는 언제 어디서 터질지 모르는 지뢰 같았고 가까이 있다는 사실만으로도 우리는 위험에 노출된 셈이었다. 폭력에 사용되는 도구 또한 난데없었다. 손, 발, 역기, 아령 등등 눈에 보이는 모든 것이었다. 아빠가 피우던 담배는 '솔'이라는 브랜드의 담배였는데, 붉은 솔에서 푸른 솔을 거쳐 금연으로 이어지고 난 뒤에도 그의 폭력은 수그러들지 않았다. 담배 역시 그대로 사라지지 않았다. 십여 년의 잠적을 깨고 첫 남자친구의 손을 빌어 다시 등장했다. 습기 차고 구석진 그의 자취방에서 나는 그가 건네준 담배를 피워 물었고 첫 모금에 어처구니없이 뒤로 고꾸라졌다. 때린 이도 없는데 스스로 넘어진 게 분해서, 아무런 느낌이 없을 때까지 피워 보기로 결심했다. 친구들은 담배를 피울 때마다 "야, 서희야, 너 담배 피는 거 안 어울려"라고 거듭 말했지만, 나는 더 꿋꿋하게 담배를 입에 물었다. 타오르는 결기와 함께. 한 달을 버티지 못하고 금세 시들해졌지만.

담배 피우는 즐거움을 누리게 된 건 프랑스 유학 생활을 시작하면서였다. 끝없이 이어지는 무료한 일상에 점차 숨이 막혀오던 날, 문득 호흡 불가능한 지점을 쉼표처럼 찍고 넘어갈 도구로 담배를 떠올렸다. 지루한 일상이 싫었던 것은 아니었다. 덤덤하고 싱거운 나날을 즐기기도 했지만. 말간 흰죽에 매콤한 후춧가루를 뿌리듯, 하얀 도화지에 칸을 그리듯, 담배를 피웠다. 유난히 비싼 담뱃값 덕분에 담배 한 대를 두세 번에 나눠서 피우곤 했다. 담뱃갑에서 희고 말끔한 담배를 한 대 꺼내서 불을 붙이고는 서너 모금 깊게 빨아들였다가 조심조심 불을 꺼서 보관했다. 몇 시간 후 다시 생각이 나면 차갑게 식어버린 담배 끝에 불을 붙여 빨아들였다. 처음에는 눅눅하고 텁텁한 맛이 목에 턱 걸리듯 느껴지지만, 두어 모금 빨아들이다 보면 괜찮아졌다. 더는 연기를 빨아들일 수 없을 만큼 짤막해진 꽁초는 시구라도 하듯 거리로 내버렸다. 파리의 거리에서 담배를 피우는 행위 중 가장 짜릿한 부분은 바로 그 순간에 있었다. 꽁초가 손목의 가벼운 스핀을 받고 훨훨 날아가 버리는 찰나, 해방의 느낌이 불꽃처럼 터졌다. 뒤도 돌아보지 않고 떠나가면 그만, 나도 담배도 서로를 충분히 소비한 채 각자의 길을 가는 셈이었으니까. 너는 나의 폐를 탁하게 만들고자 하는 존재의 목적을 달성했고 나는 그런 너를 기꺼이 빨아들여 소진해주었으니. 그렇게 담배는 일탈과 자유의 동의어가 되었다.

해가 바뀌고 무료한 나날이 잿빛으로 짙어질 무렵, 한 남자를 만났다. 첫 마주침부터 어디선가 만났던 것 같은 느낌에 시달려서 자꾸만 생각하고 또 생각해야만 했다. 맨 처음 만난 곳을 알 수 없어 골몰하게 했던 그를, 나는 1년에 걸쳐 학교와 극장 또 버스정류장에서 마주쳤다. 세 번째 마주친 날, 그는 내게 말을 걸었고 그날 밤 우리는 첫 번째 산책을 했다. 그에게 묻고 싶었다. 오래전 만난 적이 있지 않느냐고. 너무 뻔한 접근으로 여겨질까 끝끝내 묻지 못했지만 혼자 궁금해하고 골몰하는 시간이 늘어날수록 그를 만난 곳이 아닌, 그의 얼굴을, 그의 시선을, 손길을, 마음을 거듭 생각했다.

알 수 없는 것은 종종 치명적 존재로 변모했다. 그에 대한 내 생각이나 기호가 정리될 때까지 몰입해야만 했다. 그리고 알 수 없는 것을 떠올릴 때마다 같이 등장하는 존재는, 바로 토마토였다. 그 알 수 없는 맛만큼 치명적인 것이 또 있었을까. 알 수 없으니 초조했고 알 때까지 맛보아야만 했다. 나의 토마토맨은 그와 같은 모호함과 무심토록 위험한 붉은빛으로 나를 사로잡았다. 처음 시작은 대단하지 않았지만, 어느새 나의 세상에 지울 수 없는 빛으로 번져가고 있었다.

나는 토마토맨을 생각하며 담배를 피우곤 했다. 담배, 그를 쑥 빨아들일 때면;

목구멍이 다소 쓰라린 느낌, 막힌 폐가 뚫려나가는 기분, 아침에 일어나 빈속에 피울 때면 내리꽂는 아찔함, 긴 여행 속에서의 우연한 하차, 혹은 수신인이 바뀐 편지, 그러나 한 편의 시처럼 가슴에 꽂히는 사랑의 말들. 돌이켜 보면 내가 중독되고 빠졌던 것은 토마토맨이 아닌 담배의 기다림이었다. 사랑하는가 사랑하지 않는가. 아슬아슬하지만, 하늘과 땅 사이를 뒤집듯, 오고 가는 주문을 기도하듯 되뇌면서 나는 벼락처럼 떨어질 선명한 대답을 기다렸다.

그리고 여름에서 가을로 넘어가던 스물여섯 살의 밤, 꿈을 꾸었다. 꿈속에서 그의 손을 잡고 길을 걷고 있었다. 그와 내가 행복한 것은 내가 그를 어디에서 처음 만났는지 정확히 기억하고 있기 때문이었다. 그의 손이 내 손을 감싸 쥐고 있었는데, 그 안에서 녹아들 듯 달콤하고 아늑한 기분이었다. 행복한 순간은 오래가지 않았다. 끝없이 이어질 것 같았던 길이 어느새 눈앞에서 뚝 끊겼다. 다리가 부러지듯 동강이 난 길 앞에서 우리는 우두커니 서 있었다. 그가 나를 돌아보며 말했다.

“우리가 어디서 만났는지 기억할 수 있어? 우리가 만난 곳은 바로….”

미처 대답을 듣기도 전에 그는 길이 끝나는 지점 너머의 아득한 허공 속으로 빨리듯 사라졌다. 나는 그가 기억하고 있는 우리의 첫 만남이 궁금해서 견딜 수가 없었다. 그리고 불현듯, 꿈의 시작에서 분명히 기억하고 있다고 믿었던 우리의 첫 만남조차 감쪽같이 잊어버렸음을 깨달았다. 눈을 뜨니 세상은 여전히 어두웠고 밤은 지나갈 기미를 보이지 않았다. 도저히 뚫고 지나갈 수 없을 것처럼 깊고 빽빽한 밀림 같은 밤이 내 앞에 놓여 있었다. 나는 어쩔 수 없이 창을 열고 희고 깨끗한 새 담배 한 개비를 피워 물어야 했다. 사랑은 가끔 계시처럼 찾아온다. 어마어마한 진리 혹은 내 전부를 둘러싸고 있는 절대자의 존재처럼 홀연히 알게 된다. 나는 그때, 광활한 밤의 숲 앞을 서성이다 알아버렸다. 이유는 알 수 없지만 그를 사랑하고 있다고. 그뿐이었다. 알아서 다행이라고 생각했다. 이제 깨달았으니 고민하지 말자고. 왜 허전했는지, 왜 자꾸 떠올렸는지 알았으니 말이다.

시간이 흘렀고 나는 어느덧 토마토맨에게도 무심해졌다. 그를 사랑하는지 사랑하지 않는지가 더는 중차대한 문제가 되지 않는다. 하지만 무심함이 극복을 의미하지 않듯, 눈앞에 붉게 잘린 토마토를 보면 깜빡 잊은 숙제를 해치우듯 먹어버리고, 어쩌다 그에게 연락이 올 때면 며칠을 참지 못하고 답을 보낸다. 혼란스러울 때면 무심코 깊고 허탈한 담배의 감각을 떠올리고야 만다. 어쩌면 나는 혼돈과 기다림의 반복 속에서 토마토와 담배를 내 유전형질 속에 각인시켰는지도 모를 일이다. 뜨겁고도 허무하고 지난한 감각과 함께.

흔적이 너무 많다

물건을 버리는 중이다. 정리가 아닌 버리기다. 버리다 보니 버리지 않을 것이 없다. 이제는 몸에 지고 가는 일이 얼마나 부질없는지 안다. 대륙을 바꿔 살다 보니 애써 꾸려온 짐들이 얼마나 속절없는지 온몸으로 깨닫는다. 그럼에도 흔적을 지우기는커녕 흔적들에 치여 내가 사라질 지경이다. 내가 읽은 흔적, 내가 지닌 흔적, 그러다가 내팽개친 흔적. 어릴 적 교회에 갔다가 하나님은 어디서든 우리를 지켜보고 계신다는 말에 몸을 떨었다. 누군가 나를 항상 보는 건 싫은데. 아무도 몰래 내 존재를 지워버리고 싶다고 생각했던 나에게 그만큼 끔찍했던 말은 없었다. 범죄자가 현장에서 지문을 지우듯 내 흔적을 지우고 싶었다. 남기지 않겠다는 말은 할 수 없지만 지우기라도 하고 싶었다. 썼다 버리기를 반복했다. 몰래 썼다가 몰래 버리는 내가 참 한심했는데도 무언가 남기는 행위를 멈추지 못했다. 누군가 볼까 겁이 나서 공책 꾸러미를 들고 옆 동네까지 가서 외진 쓰레기통에 버리고 오기도 했다. 1년간 쓴 일기였다. 돌아서면서 생각했다. 버렸지만 버리는 것도 남기는 것이구나. 저 쓰레기통에 나를 두고, 남기고 가는구나.

전남편이 내게 한 말 중에서 기억에 남는 이야기가 있다. 사무실에 앉아 남의 서류를 작성하다 문득 이렇게 살기 싫다는 생각에 자리를 박차고 나왔다고 했다. 근무 시간임에도 극장에 가서 영화를 봤는데 올라가는 크레디트를 보면서 나도 어딘가에 이름이 남았으면 좋겠다고 생각했다고 말했다. 그 길로 번듯한 직장을 그만뒀다. 이야기를 듣고 나는 웃었다. 아, 단순하고 명쾌하구나. 소심하게 남겼다 지우느니, 남기고 떠나는 편이 좋은 사람도 있구나. 그의 뒤에 숨는다면 나를 지울 수 있을 줄 알았다. 하지만 시선만 남아, 사라진 뒤를 바라보는 기분처럼 기이한 건 없었다. 결국 나를 어떤 끔찍한 방식으로 남기는 것은 아닌가. 존재는 사라지지 않았고, 나는 그저 프랑스와 미국, 혹은 미국과 한국, 혹은 한국과 프랑스 사이

어디에선가 여전히 오는 중이라는 생각을 하기도 했다. 어디에도 없되 그 사이를 지나는 중, 떠도는 중이라고. 이제는 오려는 의도조차 미심쩍다. 버리고 또 버려도 자꾸 나오는 버릴 것들을 보며 공포가 파도처럼 밀려왔다 가슴을 쓸고 간다.

'결괴'란 단어가 떠오른다. 둑이나 방죽 따위가 물에 밀려서 무너진다는 뜻이라고 한다. 감당하지 못할 것을 짊어진 탓에 터지고 무너지고 마는 순간을 생각한다. 무너짐 또한 흔적을 남긴다. 다행이라면, 무너진 것들 사이에서 '나'는 사라질지 모른다. 막막한 잡동사니 속에서 나는 차라리 자취를 감출 것이다.

청춘,

늘

설레는 단어

제일 처음 만화방에 간 건 초등학교 3학년 때였다. 이사를 왔고 새 친구들을 사귀었다. 서로에게 호감을 느껴서가 아니라 선생님의 염려와 배려 속에서 억지로 맺어진 관계였다. 그 중 한 친구가 하굣길에 나를 불렀다.

"만화방 갈래?"

당시 유행하던 《소년중앙》이나 《어깨동무》 같은 어린이 잡지는 언니를 따라 열심히 봤지만, 만화방에 가본 적은 한 번도 없었다. 얼떨결에 따라간 그곳은 눅눅한 냄새와 구석에 모여 있는 남중생들의 불량한 느낌 때문인지 모든 것이 불길해 보였다. 무엇을 볼 거냐고 물어보는 친구에게, 온몸으로 불길함을 떨쳐내려는 듯 당당하게 말했다.

"《로봇 태권브이와 깡통 로봇》!"

마침 눈앞에 보이는 제목이었고, 유일하게 알고 있는 제목이기도 했다. 책을 집어 들고 구석에 자리를 틀고 읽는데, 내가 책장을 넘기는 속도가 친구보다 훨씬 빠르다는 사실을 깨닫고 슬슬 걱정이 밀려왔다. 나는 시속 서너 권으로 달리는 독자였다면 친구는 한 권에 그쳤다. 빨리 달린다고 좋은 게 아니었다. 그만큼 기름 값이 더 든다는 걸 의미했다. 망설이다 친구에게 말했다.

"우리 다 본 다음에 서로 바꿔보자."

그때였다. 툭 트인 실내에는 몇 개의 소파가 있었고 구석에는 작은 방 하나가 있었는데, 그 방문이 드르륵 열리더니 주인아줌마가 말했다.

"꼬마야, 바꿔 보면 안 돼. 돈 내고 봐라."

화들짝 놀라 방 쪽을 바라보니 아줌마 뒤편으로 익숙한 얼굴이 보였다. 같은 반 친구였다. 나중에 그녀는, 만화는 친구들끼리 모여서 함께 빌려 읽는 편이 낫다는 것을 귀띔해주었다.

그때부터 만화방을 들락거리기 시작했다. 그림 그리기를 좋아하던 나에게는 무궁무진한 학습의 기회이기도 했다. 만화를 잔뜩 빌려 읽고는 그림을 따라 그렸다. 각 작가마다 스타일이 있음을 깨닫고는, 좋아하는 스타일의 작가 것만을 빌려 읽었다. 그렇게 읽기 시작한 만화들 중 유독 인상적이었던 작품이 하나 있다. 이혜순의 《핑크 드레스》. 같은 작가의 작품으로 《상급생》, 《하급생》, 《은숙이》 등이 있다. 만화가 이혜순은 시대극이나 판타지 위주였던 다른 만화와는 다르게 현대(그래 봤자 교복 세대를 주인공으로 삼았으니, 작가는 우리 엄마 세대쯤 되지 않았을까 싶다)를 배경으로 잔잔한 이야기를 선보였다. 여기서 잔잔하다고 함은, 다른 만화들의 극적 흐름에 비교해서 하는 말이다. 《핑크 드레스》는 여느 만화와 달랐다. 미국의 현대를 배경으로 하여, 고등학생들의 삶과 그들이 꾸리는 클럽 내부에서 벌어지는 다툼과 우정, 그리고 사랑 이야기를 다뤘다. 외화를 열심히 보았던 나에게는 익숙한 판타지였기에 더 설레고 궁금했다.

그러던 어느 날, 도서관이나 헌책방을 전전하며 오후를 보내다가 반가운 책을 발견했다. 동명의 소설을 발견한 것이었다. 앤 알렉산더라는 작가의 작품이었다. 소설 《핑크 드레스》를 완독하고 난 뒤 책의 뒷장에 실린 문고 작품 목록을 읽었다. 놀랍게도 '토요명화'나 '주말의 명화' 같은 TV 영화 프로그램을 통해 접했던 제목들이 군데군데 보였다. 《슬픔은 그대가슴에》,《슬픔이여 안녕》,《제복의 처녀》,《아가씨 손길을 부드럽게》,《내 청춘 마리안느》 등등. 아마 일본의 전집을 베껴냈을 것으로 추측되는 '레먼문고'는 그때부터 내 헌책방 레이더망에서 우선순위를 다투게 되었다.

방과 후에는 헌책방에서 시간을 보내다가 집으로 돌아가는 일상이 반복되었다. 비 오는 오후면 더욱 어두워진 헌책방 구석으로 눅눅한 책 냄새가 피어올랐다. 추리소설에 미쳐 지내던 꼬마가 그렇게 청춘물에 빠져 들었다. 초등학교를 졸업하며 그 시절도 막을 내렸지만.

내 손에 들어온 레먼문고 중에서 유일하게 끝까지 읽지 못하고 버려진 책이 한 권 있다. 그것도 우리 동네가 아닌 옆 동네까지 가서 공터 쓰레기장에 버렸다.《파란 눈의 아가씨》라는 소설이었다. 책 속에 나오는 편지가 문제였다. 주인공인 파란 눈의 아가씨와 하룻밤을 보낸 남자가 그녀에게 열렬한 사랑의 편지를 보냈다. 남자는 그녀의 가슴에 대한 예찬을 실어 놓았다. 그것도 기가 막힐 노릇인데, 그는 태연자약하게, 내가 알고는 있지만 차마 입에 담지 못하는 단어를 사용했다. 그 무시무시한 '유방'이라는 단어를. 혹시나 내가 이 책에 손을 댔다는 것을 누군가 알까 겁이 났다. 콩닥거리는 가슴으로 버스에 올라 몇 정거장을 지난 뒤, 익숙한 얼굴의 흔적도 찾을 수 없을 성 싶은 공터 쓰레기장에 책을 버렸다. 검은 구멍으로 떨어뜨린 책이 바닥으로 안착하는 소리가 들리자 자리를 떠날 수 있었다. 집에 들어와서도 그 책이 제대로 쓰레기차에 운반되어 남김없이 소각되었는지 걱정했다. 완전범죄는 없다 하였거늘, 과연 나는 금기의 단어를 눈으로 보고 읽은 죄에서 벗어날 수 있을까.

이십 대 중후반을 보낸 프랑스 유학 시절, 부모님 댁이 이사를 했다. 나의 동의도 구하지 않고 내 책과 레코드판을 모두 도서관에 기증하거나 고물상에 팔아 버렸다는 사실을 뒤늦게 알게 되었다. 조금은 마음에 걸리셨는지, 몇십 권의 책은 남겨 두셨다. 손도 안 댔던 법전들과 몇 권의 낡은 책이었다. 그때까지만 해도 부모님은, 내가 돌아온 탕자처럼 당신들 곁에 돌아와 눈물로 사죄할 날을 기다리셨던 걸까. 법학도의 길이 바로 제 길이었습니다, 라는 말을 대비하셨던 걸까.

그 딸은 돌아온 탕자처럼 부모님 품에 안기기는커녕 느닷없이 결혼을 선포하고 또다시 미국으로 도망갔다. 몇 년 뒤 아버지가 미국을 방문하셨고 책 두 권을 품고 오셨다. 보라색 포장지로 곱게 싼《핑크 드레스》와《겨울 해바라기》라는 책이었다.《겨울 해바라기》란 책은 기억에 남아 있지 않았지만 수십 년의 시간을 지나 내게 다시 안착했다. 나머지 짐을 정리하면서, 그래도 옛 추억으로 한두 권쯤은 전해줘야 할 것 같았다고 아버지는 말씀하셨다. 나는 그들에게 돌아가지 않았지만, 헌책 두 권이 그렇게 미국까지 나를 찾아왔다. 미국의 청춘물을 읽던 꼬마 소녀는 이제 엄마가 되었다. 미국에서 태어나 자라는 그녀의 두 딸은 열렬히 사춘기를 보내는 중이다. 오래전 아이처럼 청춘물을 읽는 대신, 엄마는 딸들의 청춘을 곁에서 살아낸다. 마흔을 훌쩍 넘었는데도 여전히 청춘의 이야기에 설렌다는 건 딸들에겐 비밀이다.

사랑은 성장하는 것 중 가장 느리다

"남자에게 제2의 여자로 남는 편이 더 좋아. 당연하고 편안한 여자가 되는 느낌이 싫거든."

나의 이십 대, 프랑스에서 공부하던 시절에 만난 친구에게 들은 말이었다. 그녀의 말이 생경해서 어지러웠다. 도발적이고 자극적인 발언이긴 했다. 그녀의 숱한 연애담을 들으며 이른 봄의 한때를 보내고 있었다. 그녀의 마음을 헤아리는 것은 실마리가 부족한 추리소설의 범인을 밝히는 것만큼 어렵고 종잡을 수 없었다. 애인 있는 남자만 골라 사귀는 그녀의 행각을 이해할 수 없었다.

그렇다고 그녀가 자신이 창조한 불행에 중독되었거나 자신의 가치를 낭비하는 사람으로 느껴지지도 않았다. 남자의 마음을 얻기 위해 전전긍긍하고 기다림의 시간으로 자신의 삶을 허비하지 않았다. 그녀는 적극적으로 관계의 유희를 즐기는 듯 보였다. 알 수 없는 건 당시 내 연애도 마찬가지였다. 차라리 확신범에 가까운 그녀의 연애가 부러웠다. 그녀의 삶을 경외감으로 엿봤던 것도 같다. 그녀가 내게 보낸 비웃음의 한도가 넘치기 전까지는 말이다. 그녀의 삶이 자유롭고 흥미진진했어도 나의 지지부진한 삶을 비웃을 자격은 없었다. 차츰 거리를 두기 시작했고 어느덧 그녀와 나는 연락조차 주고받지 않게 되었다. 그러고 보면 한때의 조우로 폭발적으로 가까워졌다가 스러지듯 멀어진 관계가 꽤 있다. 이름마저 희미해진 경우도 있다. 만남만큼이나 숱한 이별이 있었다. 만남만큼 강렬한 기억으로 인생의 좌표에 자리 잡지는 못하더라도.

그녀가 남겼던 말이 불현듯 떠오르는 시기가 내게도 찾아왔다. 결혼 생활이 10여 년쯤 흐른 때였다. 그녀의 삶 속 맥락과 일치하지는 않지만 어렴풋이 그 말의 의미를 알 것 같았다. 나는 남편에게 너무나도 당연한 존재로, 지루한 일상처럼 항상 거기 있는 존재로 살아가고 있었다. 그 앞에 다시 매혹적인 여자로 등장할 가능성은 쉽게 상상되지 않았다. 애써 그런 역할을 위한 계기를 만드는 시도조차 어색하고 귀찮았다.

편안하고 안정적인 행복보다 삶의 권태가 더 막막했다. 젊지도 늙지도 않은 상태로 보내야 하는 시기가 지나치게 길어 보였다. 림보 같은 구역을 잠시 지나가는 것이 아니라 대부분을 그곳에서 머무는 건 아닐까 두렵기도 했다. 어느새 아이들로 가득 차버린, 남편과 아내라기보다는 아이들의 엄마, 아빠로 결속된 관계가 아이가 떠난 뒤 어떻게 지탱될 수 있을지 겁부터 났다.

눈을 돌리면 세상은 사랑과 열정, 운명적 만남 이야기로 가득했다. 나와 남편은 서로를 운명적인 사랑이라고 믿고 살았지만, 운명 이후의 일상은 알지 못했다. 너무 일찍 안심했고 서로의 존재가 당연해졌다. 함께하기까지 기울인 노력은 뜨겁고 열렬했지만, 안정이 찾아오자 급속도로 나태해졌다. 서로 알고 이해하고 관계의 성질을 협상하기까지 필요한 시기를 제대로 보내지 않고, 너무 일찍 서로를 묶어버리고 계획 없이 아이를 가졌다. 그러면서 성숙한 사랑으로 향하는 진입로를 잃어버렸다. 낭만적 만남과 사랑이라는 관념에 도취되어 일시적으로 상승한 정념과 그리움이 비정상적으로 삶을 지배하던 순간, 결혼을 결정했다.

그럼에도 우리의 행운은 꽤 오래 지속됐다. 나와 그는 중

산층 가정에서 자란, 반항적인 둘째 성향을 가진 행동파 로맨티시스트였다. 안정적인 조건을 버리고 무작정 꿈을 좇아 삶의 경로를 급작스럽게 변경시킨 과정도 비슷했다. 비슷한 연애 패턴을 반복해온 사람이기도 했다. 로맨틱한 만남을 시작으로 네 차례 정도 공식적 연애를 했고, 그사이에 가볍고 유쾌한 만남을 양념처럼 얹어 이십 대를 보냈다. 헤어짐 또한 비슷한 절차를 밟았다. 권태가 찾아오고 관계의 고통이 행복을 압도하고 불화의 횟수가 잦아지면 때마침 새로운 사람이 나타났다. 기존 관계가 지지부진할수록 새로운 만남이 주는 자극과 행복은 컸다. 새로운 상대는 날씨를 바꾸듯 지난 문제들을 새롭게 배치했다.

16년 전 우리의 만남 또한 그러했다. 아니, 서로에게 미친 영향력은 너무나 어마어마해서 기존의 모든 관계를 다 폭파시키고 날려버렸다. 내게 그는 용기와 확신과 자신만만함으로 넘치는 사내였다. 머나먼 이국의 땅에 등장한 정복자이기도 했다. 그는 나에게 일생을 건 사랑이라는 깃발을 앞세우며 진군했다. 그리고 3개월 만에 우리는 부부가 됐다. 달콤한 신혼이 이어졌고 모든 것이 순조로웠다. 피임을 끊자마자 바로 임신이 됐다. 첫아이를 순산했고 모유 수유를 마친 직후 다시 임신을 했다. 남편은 육아에 적극적이었고 집안일에도 능숙

했다. 흔하디흔한 시댁 문제도 겪지 않았다. 하지만 삶이 펼쳐 보이는 경험의 부챗살은 행복의 의외성처럼 고통의 너비 또한 예상 밖을 넘나들었다.

이제는 생각한다. 행복은 수동적으로 받았다가 방어적으로 지켜나가는 것이 아니라고. 단지 오래 머물렀던 행운을 나는 행복으로 착각했음이라고. 행운을 당연하게 여기고, 불운을 원망하는 내 자세는 삶을 향한 철없음이자 오만함이었다고. 한때의 고난으로 폐허가 되고 쉽게 복구될 수 없음에 더 좌절하고 마는 관계는 아이처럼 미숙하고 나약했다. 관계는 되돌리는 것이 아니라 그 자리에서 다시 시작하고 만들어가야 하는 것이었다. 우리는 물려받은 재산을 탕진하며 그것이 언제까지나 계속될 것이라 믿는 아이처럼 사랑했다. 크고 작은 고난이 찾아왔을 때 버티는 법을 함께 모색하지 못했고 너무 쉽게 상대방을 비난했다. 그토록 행복했던 시간이 견딜 수 없는 지옥의 얼굴로 모습을 드러내자 각자 도망가기 바빴다.

그럭저럭 다시 안정을 찾았지만 성숙으로 이어지지 않은 관계는 권태에 쉽게 항복했다. 고난에는 버텼지만 권태에는 비에 젖은 흙담처럼 스르르 무너졌다. 권태의 자리에 서니 행복했던 기억은 짧았고, 분노하고 비난했던 기억만이 생생히 남았다. 우리는 갈 길이 보이지 않는 절벽 끝에 서 있었다. 함께 서 있다고 느꼈다면 달랐을까. 각자 다른 절벽 앞에 서 있는 꼴이었고, 누구도 그 간격을 뛰어넘어 상대에게 도달할 수 있으리라 믿지 못했다. 우리는 사랑의 고난을 극복하고 자란 경험이 없었다. 시련은 관계에도 성숙의 디딤돌이 된다는 걸 체험할 기회를 얻지 못했다.

연애도, 그리고 결혼 생활도 두 사람의 선의만으로는 충분하지 않다. 사랑만으로 충분한 관계는 어디에도 없다. 부모와 자식 간의 관계에서도, 학생과 제자, 친구들 간의 우정에서도 마찬가지다. 관계란 것은 관계의 당사자만이 아니라 그들이 자라온 환경, 역사, 사회, 그리고 경험으로 빚어진 가족관과 습관의 커다란 영향 아래 있다. 낭만적 사랑에 환상을 갖게 되면, 사랑에 감당할 수 있는 것 이상의 힘과 환상을 부여하고 기대한다. 사랑이 결실을 맺는 바로 그 순간, 감정이 상호적이란 것을 알게 되고 평생을 함께할 것을 약속하는 그 순간, 지난 고통과 갈등의 시절이 쉽게 마무리될 수 있을 것이라 믿는다.

하지만 사랑의 선서 이후 더 지난한 노력과 이해와 타협과 협상과 상호 성숙의 시간이 요구된다. 어릴 적 동화책이나 문학 작품에서 이상화했던 낭만적 사랑은 우리가 살아가야 할 삶들을 '나머지'로 만든다. 하지만 눈물겨운 사랑 이야기가 만들어지던 그 시절의 인간 수명은 지금처럼 길지 않았다. 아이의 출생과 성장을 다 보지도 못하고 부부 중 한 사람이 세상을 뜨는 일이 흔했던 시절이었다. 아쉬움과 미련이 남는 관계가 곳곳에 가득할 때, 그들은 평생을 꿈꾸는 관계에 용감할 수 있었다. 평균수명이 50살 이하에 머물렀던 1900년과 80살을 웃도는 현대인의 삶을 비교하면, 한 사람과 약속하는 평생이 무려 30년이나 늘었다.

더욱이 한정된 인간관계에 머물렀던 과거와 달리 현재는 남녀 모두 교류의 폭이 넓어졌다. 관계가 만족스럽지 못하다면 다른 관계를 상상할 여지 또한 훨씬 커졌다. 지지부진한 관계에 머무는 기회비용이 새로운 관계를 찾아나서는 기회비용보다 더 크게 느껴질 확률도 높다. 삶 곳곳을 채우고 자극하는 미디어는 매혹적인 만남과 사랑 이야기를 끊임없이 생산해낸다. 더 완벽한 아름다움과 기막힌 성생활의 가능성 또한 제시한다. 우리의 경쟁 상대는 옆집의 그 사람이 아니라 인터넷 접속과 클릭 몇 번으로 마주할 수 있는 완벽한 몸매와 성적 판타지로 그득한 '그'와 '그녀'다.

이혼이 마무리된 뒤 꽤 오랫동안 지난 사랑을 돌아보며 지냈다. 후회나 미련 때문이 아니라 반복적 패턴을 학습하지 않으면 상대만 바뀔 뿐 과정은 비슷할 것이 명확해 보였기 때문이다. 내가 나빠서 혹은 상대가 잘못해서 그토록 완벽해 보였던 사이가 달라진 것이 아니다. 눈에 보이는 원인 제공자가 있는 관계일지라도, 사랑이 무너지는 징후는 이미 오래전부터 도처에 있다. 나는 거듭 낭만적 사랑의 신화에 눈이 멀어 성찰과 노력을 게을리했다. 이룩하고 싶은 사랑과 관계의 형상을 함께 나누고 구체적 방법을 배우고 실천해야 했음에도 너무 일찍 정복의 기쁨에 도취됐다.

가슴 뛰는 조우와 매혹적인 사랑 이야기는 여전히 내게 힘이 세다. 하지만 그것의 부재가 예전만큼 쓸쓸하거나 다시 찾아오지 않을까 두렵지는 않다. 연애세포를 날뛰게 하고 일상을 뒤흔드는 만남보다는, 좀 더 성숙한 단계로 나아가는 관계에 더 흥미를 느낀다. 만일 새로운 사랑 이야기를 쓴다면 기존의 사랑을 폐허로 만드는 절대적 낭만 위에 세워진 이야기가 아닌, 꾸준히 복구하고 다듬고 삶의 성숙과 함께 이뤄가는 어른의 이야기를 쓰고 싶다. 제2의 연인이 되어 누릴 수 있는 자극보다 꽃을 피운 자리에 다시 자란 싹과 생명의 연속성에 더 심장이 뛴다. 숱한 사랑이든 단 하나의 사랑이든 결국 사랑이 이르는 길은 통한다는 믿음이 있다. 사랑은 다양한 얼굴을 가진 하나의 세계다. 그 성숙은 평생을 두고 이룰 만한 것이다.

"사랑은 아주 빨라 보이지만, 성장하는 것들 중 가장 느리다. 결혼 25주년이 될 때까지는 남녀 모두 완벽한 사랑이 무엇인지 제대로 알지 못한다."

마크 트웨인의 말은 옳다. 하지만 그는 1세기 전 인물이고 나에게는 더 늘어난 평균수명이 있다. 결혼 25주년까지 가보지는 못하더라도, 사랑의 구도자로 25년을 보내다 보면 다가갈 수 있을까 희망을 품어본다. 조급해하지 않을 것이다. 가장 느린 성장일지라도.

간결하고 눈부신 끝

재산 분할 판결에 대한 판사의 최종 승인이 이뤄졌다는 소식을 변호사에게 받았다. 아침에는 아이 학교 교장과 진학 상담을 했고 이후에는 산부인과에서 정기검진을 받았다. 그리고 생명보험 관련 서명할 것이 있어 전남편의 재정담당자를 만나러 갔다. 그러니까 나의 생명보험이 아니라 그의 생명보험이다. 수혜자는 나다. 이혼 조정 과정에서 나는 7년 동안의 부양비와 아이들이 열여덟 살이 될때까지 양육비를 받도록 결정됐다. 10년이 넘는 결혼 생활을 생각하면 7년은 긴 기간이 아니다. 대개는 10년 이상은 받는다. 우리는 다르게 협의했을 뿐이었다. 보다 짧은 기간에 더 큰 액수를 받기로 한 것이다. 그 외에 생명보험을 들어주기로 했다. 그가 나를 부양하기로 한 7년 동안 혹시라도 그가 사망할 시 내게 특정 액수를 지급하는 내용이고 보험료는 그가 부담한다. 나의 재정담당자는 받을 금액이 전체 부양비에 미치지 못하니 내가 비용을 대더라도 보조로 전남편의 생명보험을 드는 편이 좋겠다고 조언했고 그의 재정담당자와 의견을 주고받았다. 의견이 오가는 과정에서 몇 달의 시간이 흘러갔다. 어쨌든 그가 들기로 한 내 앞의 생명보험은 빨리 처리하는 편이 낫다는 생각에 재정담당자 사무실에 들렀다. 서명을 마치고 그에게 별도의 보험에 가입할 의사가 있다고 밝히고 그 까닭을 이야기했다. 전남편이 사망하면 미지급될 수 있는 부양비에 대한 보호 차원이라고. 그러자 재정담당자는 말했다. 그는 결혼 기간 내내 나를 위해서도 일했던 사람이라 그럭저럭 잘 아는 사이다.

"만일 부양비와 양육비가 걱정이라면 그건 염려하지 않아도 돼."

그는 이미 전남편이 상당한 액수의 생명보험을 따로 들었고 그 안에서 나의 부양비와 아이들 양육비 보장을 포함한 모든 처리를 마쳤다고 설명했다. 그다운 선택이라고 생각했다. 그는 결혼 생활 중에도 상당한 액수의 생명보험을 내 앞으로 들었던 사람이니까. 일어서서 나오는데 눈물이 차오르려고 해서 황급히 선글라스로 눈을 가렸다. 만감이 교차했다. 무엇보다도 전남편에게 고마웠다. 이혼 과정에서 어떤 일이 있었든 그는 괜찮은 남편이었다. 그리고 마지막 마무리를 그답게 해주었다. 이런 마음으로 헤어질 수 있어 다행이었다. 내가 결혼한 남자가, 맨 처음 판단했던 것만큼 괜찮은 남자였다는 걸 그는 증명해주며 헤어졌다. 그리고 여전히 아이들에게도 최선을 다하는 좋은 아빠다. 결혼 생활 동안 그에게 많은 것을 배웠다. 성실함과 근면함, 책임감과 노력, 차가움과 따뜻함의 조화, 베풀 때와 거둘 때를 아는 것, 그리고 성공에 따른 교만에 빠지지 않고 건조함과 냉정함을 유지할 줄 아는 모습을 보았다. 비록 어느 순간부터 메울 수 없는 깊은 골이 생겼지만 대부분 행복한 결혼 생활을 보냈다. 마지막까지 그가 얼마나 노력했는지 알고 있다. 그리고 모든 것이 너무나도 확실해졌을 때, 서로가 더 이상 사랑하지 않는다는 걸 알았을 때, 지지부진 버티면서 서로를 비참하게 만들지 않은 것도 고마웠다.

우리가 사랑에 빠진 건, 어쩌면 비슷한 기질 때문이었다. 둘 다 전부가 아니면 아무 것도 아닌 사람들이었다. 자신과 자신의 삶을 자부심으로 대했고 그건 상대에게도 마찬가지였다. 그러므로 사랑하지 않는 사람과 함께하는 건, 나에게도 상대에게도 할 수 없는 일이었다. 그렇다고 무책임하게 손을 놓지도 않았다. 결혼 상담 기간을 거쳤고 이혼의 합의를 결정한 이후 기나긴 조정과 협상이 있었다. 갈등도 있었고 감정이 격앙된 순간도 있었지만, 결과가 나오자 깨끗이 승복했다. 그리고 그는 죽음 이후에도 그 결과를 책임지기 위해 자신이 할 수 있는 안전망을 쳐 놓았다. 나라면 고려하지 못했을 선택이었다. 헤어지면서까지 그에게 한 수 배웠다. 원하는 것이 있다면, 그가 내게 품고 있는 오해를 언젠가는 풀 수 있는 날이 오기를 바랄 뿐이다. 이루어지지 않는다면 그 역시 내가 안고 갈 몫이다. 언젠가 모 작가를 인터뷰할 당시 그가 한 말이 참 인상적이었다. 가장 가까운 사람에게 인정받는 것만큼 보람된 것이 없다는 말이었다. 그래서 그는 애인에게 가장 멋지고 훌륭한 사람이 되고 싶다고 했다. 나의 전남편은 그런 사람이었다. 물론 자기만의 방식으로, 때로는 지나치게 독단적이었다고 할지라도, 그는 최선을 다했고 나는 그런 그를 오래도록, 전부로 사랑했다. 그러므로 끝. 참으로 간결하고도 눈부신 끝이다.

감각 속

열쇠를

여는 일

아이 둘을 학교에 데려다주는 길은 무척이나 막힌다. 운전자도, 행인도, 다들 서두르는 바람에 고도의 집중력이 필요하다. 나 역시 서두르는 날이 대부분이라 위험은 배가된다. 엘에이에서의 운전은 서울보다 더 까다롭고 위험하다. 고속도로는 어마어마하게 빠르고 시내 운전은 난폭할 뿐 아니라 감으로 대응해야 하는 경우가 잦다. 서울처럼 신호 체계가 잘되어 있지 않고 수시로 비보호 좌회전을 해야 한다. 반대편에 비보호 좌회전 운전자가 있는지도 확인해야 한다. 곳곳의 스톱 사인들도 제각각의 규칙을 가지고 있어 확인하지 않고 가다가

부주의한 운전자를 만나면 어김없이 사고의 위험을 떠안는다. 아침 운전은 아무리 서둘러도 오고 가는 시간을 다 합쳐서 한 시간이 조금 넘는다. 오후에 아이들을 데려올 때도 줄어들지는 않는다. 같은 길로 다니는 걸 싫어해서 이리저리 길을 바꾸어 다니긴 하지만, 점점 그 길이 이 길이 된다. 지루함을 지나가는 방법은 끊임없는 발견 말고는 없다. 날씨의 변화, 달라지는 하늘 색깔, 시시각각 새롭게 떠오르는 건물 빛, 미처 발견하지 못했던 간판 혹은 지나가는 운전자나 행인의 움직임과 얼굴 표정을 클릭하듯 주목한다. 바라보되 판단은 하지 않는 연습을 하는 중인데, 사진을 찍듯 보고 관찰하고 빠르게 넘어간다. 머릿속은 비우려고 한다. 이게 가능한 일인지 모르겠지만, 지루한 운전 길의 나만의 놀이 정도라고 해두자.

요새는 되도록 아침에 요가 수업을 듣는다. 수업을 들으려면 아침 운전을 제시간에 완수해야 한다. 수업 시작 시간을 맞출 수 있으면 다행이지만 조금만 길이 막혀도 놓치기 일쑤다. 오늘은 요가 수업에 약간 늦게 들어갔지만, 열심히 했다. 수업을 마치고 요가원의 바깥 계단을 따라 내려오는 길이 가뿐했다. 간밤에 누군가 지리고 간 오줌 냄새가 희미하게 풍기는 뒷골목을 지나 찬란한 햇빛 아래 연둣빛으로 부서지는 나뭇잎 가득한 길로 들어선다. 나의 빨간 차가 저 멀리 보인다. 내가 근처에 가면 알아서 귀를 쫑긋하듯 차 미러를 펼치고 운전석 문을 연다. 주인을 반기는 강아지 같아 사랑스럽다. 내가 지닌 제 열쇠에 반응하는 것이지만 말이다.

우리가 누군가 알아보고 반기는 것 또한 감각 속 열쇠들을 느끼고 인지하기 때문은 아닌가 싶다. 문득 내 삶 속 흘러가는 인연들을 떠올린다. 우리는 서로에게 열쇠를 쥐어주지 않더라도 짐작하고 헤아릴 수 있었던가. 어쨌든 예전과 달리 아는 것이 하나 있다. 열쇠는 전부가 아니다. 긴요하긴 하지만, 그 모든 조직체가 움직이고 반응하는 데에는 더 많은 요소와 질서가 존재한다. 아무리 열쇠를 손에 쥐고 있다고 해도, 그것만으로 도착지에 이르지 못한다. 차에 오르면 그 차에 맞는 운전법을 알아야 한다. 길을 찾을 줄도 알아야 하고 그 길을 지배하는 운전 규칙은 물론이고 다가오는 차들의 흐름 또한 주의해야 한다. 끊임없이 발견하고 배우고 익숙해지되 당연하지 않아야만 유지된다. 노력 없이 지나가는 건 없다. 있는 모습 그대로, 거기 그렇게, 거저 버티는 건 어디에도 없다. 열쇠가 있다고 하더라도 말이다.

오랜 시간과 함께 애정과 신뢰로 무르익은, 삶의 동지이자 연인으로 살아가는 부부들을 가끔 마주친다. 운 좋게도 그들 중 두 커플을 가까이서 관찰하고 함께 생활할 기회가 주어졌다. 한 부부와는 몇 차례 짧은 여행을 다닐 기회가 있었고 다른 한 부부는 우리 집에서 2주가량 머물렀다. 두 부부 모두 직업 특성상 함께 지내는 시간이 하루 24시간에 이를 정도로 밀착된 관계였는데, 다툼 없이 다정히 그리고 성실하게 사랑하고 일하고 생활하고 있었다. 그들이 특별한 이유를 들라면 꾸준한 존중과 일상 속 노력을 꼽겠다. 상대가 무슨 말을 하든 일단은 인정한다. 상대의 의견이나 감정을 수용하고 확인한 뒤 공감을 보내거나 이해가 되지 않을 때면 공격적이지 않게 묻는다. 다른 의견이나 감상이 있다면 그 뒤에 덧붙인다. 상대 또한 같은 과정으로 대화를 이어간다.

들어보면 별거 아닌, 당연한 대화의 과정 같지만 하루에도 수없이 벌어질 때는 쉽지 않은 일이다. 당황할 때 피곤할 때 짜증날 때 바쁠 때 등등 나 자신을 추스르기도 힘든 상황에서도 상대에 대한 존중을 잃지 않는 건 오래도록 쌓인 신뢰와 행동, 습관 없이는 어렵다. 긴 시간 반복해온 그들만의 의식 같아서 큰 힘을 들이지 않고 흘러나오는 듯하지만, 그 단계에 이르기까지 상당한 시행착오 또한 있었으리라. 이와 같은 꾸준한 존중은 상대를 인정하고 나아가 그 존재에 대한 성실한 관심을 바탕으로 한다. 상대가 무얼 원하고 느끼고 생각하고 있는지 궁금해하지 않고서는 마음 깊은 존중은 일어나지 않는다.

그렇다면 관심과 존중은 저절로 생기는 것일까? 운명의 상대를 만나서, 서로의 존재에 다다르는 열쇠를 쥔 인연이기에 모든 것이 가능한 걸까? 물론 특별한 상대는 있다. 세상 속, 인생 속, 단 한 사람처럼 다가오는 사람을 우리는 아주 가끔 만난다. 그렇지만 축복받은 만남만으로 관계는 완성되지 않는다. 두 존재가 같이 성숙할 수 있는, 지속적이면서 삶 속에 굳건히 자리 잡는 관계를 원한다면 끊임없이 노력하지 않고는 불가능하다. 그 노력은 운전을 하기 위해 차의 동작에 대한 이해와 훈련을 연습하고, 길을 알고 주변을 파악하며 주의와 관심을 가지고 노력하지 않고서는 불가능한 것과 비슷하다. 객기와 무모함으로 점철된 운전은 종종 사고로 마무리되듯 관계 또한 그러하다. 물론 아무리 노력하고 주의를 기울여도 사고는 발생한다. 그때는 사고에 맞게 상황을 처리하고 해결하는 게 급선무다. 다친 몸과 마음을 보살피는 것은 더더욱 중요하다.

나와 당신을 하나로 만드는 관계, 단 하나의 열쇠로 열고 들어설 수 있는 당신과 나의 세계란 지속 불가능한 신기루와 같다. 지난 시절 나의 사랑은 열쇠를 거머쥐고 있다는 벅참만으로 관계의 대부분을 완성한 듯, 오만하게 달려가는 식이었다. 열쇠로 문을 열었음에도 꿈쩍 않는 당신의 문을 두드리고 무작정 부딪쳐 보기도 했다. 원망하며 돌아선 적도 있었다. 문이 열렸다고 해도 꿈에 그리던, 잃어버린 반쪽과의 재결합 같은 것은 일어나지 않았다. 사랑은 상대의 질서를 인정하고 끊임없이 재발견하고 감탄하고 그럼에도 그 자리에 머물지 않고 서로의 관계를 재탄생시키지 않고는 유지되지 않는 것이었다.

아이를 돌보고 함께 성장하던 지난날을 돌이켜 보니 무엇 하나 당연한 건 없었다. 그럼에도 우리는 연인 간의 사랑에 관해서는 너무 쉽게 완성품을 얻고 싶어 한다. 사랑이 삶 속에서 누릴 수 있는 가장 창조적인 활동이라면 그건 끊임없이 변화하고 움직이는, 서로 다른 존재들의 향연이기 때문이다. 사랑은 게으른 자에게 태어나지 않는다. 상상력이 부족한 자에게도.

가끔은,

일시정지를

전남편과의 이별은 스스로를 설득하듯 천천히 찾아왔다. 긴 세월에 걸친 납득 과정이 차분히 이루어져서 생각보다 감당하기가 어렵지 않았다. 헤어졌다고 행복한 지난날을 부정하지 않을 만큼 사랑의 생로병사를 마음으로 받아들일 수도 있었다. 그런데 늙어서까지 함께 다닐 여행지 목록을 고민하며, 전남편보다 더 구체적인 노후 생활을 꿈꾸던 두 동성 친구가 멀어졌다. 그것도 나로서는 온전히 납득할 수 없는 이유로. 정확히 말하자면, 이해할 수는 있지만 납득하고 싶지 않은 이유로.

하루아침에 엄마에게 버림받은 아이처럼 나는 당황했고 고통스러웠고 서러웠고 때로는 분노로 휘청거렸다. 그들에 관한 꿈을 수차례 꿨고 잠에서 깰 때마다 지난 관계를 잊지 못하는 내 미련함을 자책하기도 했다. 꿈에서 돌아온 그들을 눈물로 환대하고, 어떠한 비난도 책망도 없이 다시 곁에 있다는 것만으로도 고마워서 행복에 들떠버렸다. 기쁨이 클수록 눈을 떴을 때 고통은 컸다. 날이 선 칼날로 심장을 여기저기 베이고 만 기분이었다.

그러다 문득 깨달았다. 우정도 사랑이다. 우정도 사랑처럼 생로병사가 있고, 탄생과 성장과 절정을 거쳐 때로는 죽음을 맞이한다. 살릴 수 있다면 좋겠지만, 어디 죽음이 방어할 수 있는 병이나 징후로만 오는가. 심장발작이나 교통사고처럼 급작스러운 사고도 있다. 어처구니없이 손 놓은 채로 보기만 해야 하는 무기력은, 삶에도 사랑에도 우정에도 찾아온다.

그 자리에 있지 않았더라면, 그 말을 듣지 않았더라면, 후회하고 자책해도 소용없는 순간이 있다. 왜 나에게 그런 일이 생겼는지 원망할 대상은 어디에도 없다. 삶을 완벽히 통제하고 장악할 자는 아무도 없고, 사랑이나 우정도 나 혼자 꾸려가는 작업이 아니다. 타인과 나의 숱한 조건과 여러 상황이 맞물려 벌어진다. 최선을 다할 수는 있어도 최선을 보장할 수는 없다.

며칠 전에는 가까운 친구로부터 가슴 아픈 호소를 들었다. 그가 힘든 시기를 수년에 걸쳐 지켜준 친구가 언제부터인가 적대감을 표시한다는 것이었다. 고통의 순간에는 최고의 친구였지만, 고통이 잦아들고 그에게 일시적 평안이 찾아오자 친구는 역할을 잃은 듯 혼란을 겪는 모양이었다. 주어진 행복에 감사하고 그것을 최선의 노력으로 유지하려는 그를 어색해하고 때로는 불편해했다. 그의 행복을 가장 낯설어하는 이는 다름 아닌 고난 속 투철한 동지였던 바로 그 친구였다.

고통을 기꺼이 나눠주는 친구도 소중하지만, 행복을 온전히 기뻐해주는 친구는 얼마나 드문가. 나와 멀어진 두 친구 중 한 명은 내가 가장 고통스러운 시기에 떠나갔고, 다른 한 명은 더디고 지난했던 시기를 나보다 더 굳세게 버티다가 내게 안정이 찾아오자 떠났다. 첫 번째 친구는 반짝반짝 빛나던 시간 속 가장 찬란한 친구였고, 두 번째 친구는 암울한 시간을 지나는 동안 등불이 되어준 친구였다.

누군가는 그들의 떠남을 평가했다. 고난을 버텨주지 못하는 우정은 진정한 것이 아니며 고통은 나눠도 행복을 함께 누리지 못하면 진실한 우정이 아니라고. 친구들의 떠남보다 더 큰 상처가 된 것은 그와 같은 평가의 말들이었다. 내 사랑과 우정의 진실은 내가 더 잘 알고 있음에도, 누군가는 위로의 말로 그 사랑과 우정을 폄하했다. 위로를 의도했으나 그 말은 상처로 도달했다.

그들은 내게 진실한 우정이 아니었을까. 행복으로 멀어진 내 친구의 우정은 고난을 버텼지만 기쁨을 통과하지 못했으므로 진정성의 시험에서 탈락한 것일까? 사랑이든 우정이든 그것의 진정성을 따지는 것은 어쩌면 부질없지 않은가. 그들은 나를 버티게 했고 지탱해줬고 기쁨을 줬다. 필요한 시기에 곁에 있었고 그것만으로 충분했기에 나는 감사하고 싶다. 사랑에게 영원을 요구하지 않듯, 생명에게 영원을 기대하지 않듯, 우정에도 흔들림을 허락할 수 있지 않을까.

우리가 명명하는 배신은 우리가 바라보는 배신일 뿐 상대의 관점에서는 자연스러운 흐름일 수 있다. 때가 되어 움직였고 시간이 다하여 떠났을 수 있다. 내가 믿었다고 하여 내 믿음을 무한히 책임질, 어떤 상황이든 충실할 우정과 사랑을 기대한다는 것은 나의 일방적 욕망이자 때로는 폭력에 가까운 강요일 수 있다.

나는 타인의 사랑과 우정을 함부로 판단할 자격이 없다. 진심과 선의, 나눔의 기쁨을 부정하는 것은 아니다. 다만 그것의 진정성을 영속성에 기대어 판단해선 안 된다고 스스로 타

이르는 것이다. 그 순간의 진심과, 그 순간을 넘어서 이어가려 했던 마음과, 한동안 머물렀던 온기를 누리고 감사하고 또 만족하는 편이 내게 주어진 사랑과 우정을 받아들이는 길이라고 믿을 따름이다. 그것이 내가 할 수 있는, 고맙게 다가와준 사랑과 우정을 대하는 내 몫의 진정성이 아니겠는가. 그들의 진정함은 그들의 속성에 맞게 이해해야 한다. 자의적으로 부여한 의미에 타인이 알아서 맞춰주어야 하고, 세월이 흘러가도 변치 않아야만 진정성이 있다고 규정한다면, 우리 삶에서 남아 있을 사랑과 우정의 수는 얼마나 빈곤해질까. 높은 담벼락을 세워서 스스로를 정원에 가두고 세상의 봄으로부터 멀어져버린 동화 속 거인처럼 말이다. 나는 담벼락이 허물어진 뒤 느닷없이 찾아온 봄과 햇살과 기쁨의 아이들로 넘실대던 정원을 관계에서도 꿈꾼다. 높은 장벽을 넘어서야만 진정한 마음을 보여주는 것이 아니다. 내가 문을 열거나, 담을 허물 때 뜻하지 않은 사랑이 찾아온다.

겨울이 지나고 봄이 올 것이며 연둣빛 싹이 여름의 녹음으로 찬란해졌다가 가을의 깊고 그윽한 색채로 거듭날 것이다. 빛을 거둔 잎들은 하강의 날갯짓으로 또 다른 상승을 꿈으로 품을 테고 서늘한 눈송이의 흐드러진 춤사위는 정원을 하늘과 땅 구분 없이 또 다른 빛으로 지워낼 것이다. 아이들이 뛰어노는 자리마다 생명이 기억될 것이고 살아 있음은 변화하는 것임을, 뜻하지 않은 놀라움을 품고 뻗어나가는 것임을 깨달으리라. 설렘은 가두거나 한자리에 머무르지 않음을, 쏟아지는 물방울과 빛과 바람의 뒤흔듦이 만나 탄생하는 것임을 증언하며 살고 싶다. 함께 뛰어놀되 목격하는 증인이 되어, 탐구자가 되어 관계의 역사를 살아내고 싶다.

어제는 중간 보고처럼 우정에 관한 나의 변화된 태도를 가까운 언니에게 털어놨다. 그에게 들은 말은 더 큰 위안이 되었다.

"서희야, 나는 사람과의 관계에서 멈춤의 순간이 올 때면 생각해. 잠시 일시정지 버튼을 누르거나 눌러졌을 뿐이라고. 그렇게 생각하면서 내 몫은 결코 극단적인 말을 남기지 않는 것이라고 추슬러. 관계의 과거와 미래, 성질까지 모조리 결정할 말을 해버리지 않는 거야. 슬픔에, 홧김에, 복수심에 치미는 극단적인 말들을 일시정지 버튼과 함께 미뤄놓는 거야. 그 관계를 멈춘 상태 그대로 남겨둬. 만일 훗날 어떤 기회가 찾아와서 인연이 이어질 수 있다면, 그 멈춘 자리에서 다시 시작하면 되도록. 헤어짐이 됐든 다시 이어짐이 됐든 지금 당장 예측하지 않고 말이야."

그는 내게 '판단 중지'의 힘을 역설하는 듯했다. 관계의 본

질을 나의 주관과 해석으로 함부로 판단하지 말고 괄호 안에 넣어두라는 깨우침을 주었다. 우리는 상처에 더 큰 상처를 더하기 싫어서, 혹은 상처받기 두려워서, 미리 단언하고 섣불리 공표한다. 음악이 끝나가는 의자 뺏기 놀이 속 참가자처럼, 피해자의 자리에 혹은 가해자의 자리에 재빨리 앉아버린다. 어쩌면 음악은 끝나지 않았는데도, 어쩌면 음악은 잠시 멈췄음에도 말이다. 담벼락을 세워서 기쁨을 쫓아버린 사나이처럼, 변화하는 계절의 경이로움과 생로병사의 축복, 기다리되 판단할 수 없고 장악할 수 없는 관계의 풍성함을, 앙상한 높이로 진정성의 잣대를 쌓아올려 무수히 낮은 기쁨을 외면하고야 만다.

사랑하는 누군가를 향한 기대에 매달려 갈 길을 잃은 듯 마음이 어지러울 때면, 나는 그 마음속에 버튼 하나를 그린다. 그리고 마음의 손가락으로 그 버튼을 누른다. 호흡을 가다듬고 온 마음을 다해서, 걱정과 불안과 분노로 출렁이던, 감당되지 않아서 버거웠던 그 힘들을 모아서 일시정지 버튼을 누른다.

때가 되면 알 것이다. 모르는 걸 성급히 안다고 말하거나 내 앎의 틀 안에 구겨 넣는 일은 고통스럽다. 모르는 걸 모른다고 받아들이는 것만큼 안전한 일은 없다. 일시정지의 모름은 아늑한 서랍 같은 위안이 될 수도 있다. 우리의 지금을 차곡차곡 정성껏 접어 소중히 넣어둘 뿐이다. 판단 정지의 서랍 속으로.

성실한 사랑의 학교

제 3 부

제 3 부

성실한 사랑의 학교

딸에게 물었다.

"너, 행복해?"

이제 9학년인 딸이 활짝 웃으며 바로 고개를 끄덕인다.

"응!"

"왜?"

"온종일 하고 싶은 거 하면서 노니까."

웃음이 터졌다.

"그럼, 학교 다닐 때는 어때? 그때는 행복해?"

딸은 또 고개를 세차게 끄덕이며 그렇다고 한다.

"응!"

"왜?"

"학교 가면 친구들과 놀 수 있으니까."

엄마인 내가 아이에게 할 수 있는 최소한이자 유일한 일은,
행복의 감각을 심어주는 것이라고 믿는다.
행복을 미루지 않고 지금 행복할 수 있는 능력,
스트레스에 떠밀리지 않고 여유를 누릴 수 있는 자세,
이런 것들이 갖춰진다면 사는 일이 그럭저럭 괜찮으리라
생각한다.
아니, 그랬으면 좋겠다.
내 아이에게 바라는 건,
'내가 나인 것을 편하고 기쁘게 누릴 수 있는 삶'이다.
내가 나에게 바라는 것 또한 그렇다.

행복한 고독

삼십 대는 온통 아이를 키우며 사는 기간이었다. 행복했지만 이를 두고 며칠 전 딸아이에게 말했다.

"행복한 노예 생활이었어. 다시는 반복하고 싶지 않지만 후회하지 않고, 어쩌면 모르는 채 시작해서 감사하는."

아이는 까르르 웃어대며 그 말이 마음에 든다고 했다. 너희들이 고등학교만 졸업하면 엄마는 떠돌며 살 계획이라고 하니 고등학생인 딸이 말했다.

"나는 엄마가 그 말을 할 수 있는 게 왜 이렇게 후련하지?"

아이는 세상의 숱한 행복 속에서 내 행복이 길을 잃을까 전전긍긍한다. 아이와 나의 관계를 생각하면 미안해진다. 내가 그들을 염려하는 것보다 그들이 나를 더 염려한다는 느낌이 자꾸 들어서다. 나의 무심함은 그들에게 축복이었을까? 얼마 전에는 성적표가 나왔음에도 확인조차 안 했다는 걸 몇 주가 지나서야 깨달았다. 뒤늦게라도 찾아봐야 하나 망설이는데 아이가 말했다.

"엄마, 엄마가 나한테 말했지? 지금 당장 행복할 수 있는 능력이 중요하다고. 난 그에 관해서는 상당한 능력이 있는 것 같아. 지금이 행복하고 미래가 두렵지 않아. 무얼 하든 나는 나대로 잘살 수 있을 거란 생각이 들어. 그래서 남의 평가에 흔들리지 않아. 그건 엄마랑 아빠 덕분이라고 생각해. 요새 친구들 보면서 느낀 건데, 난 존재의 불안 같은 건 그다지 느끼지 않아. 다만 친구들에게 무언가를 해줘야 한다는 채무감이 자꾸 들어서 그게 버거워. 피곤할 때도 있어. 어떻게 해야 하는 거야?"

나는 그걸 고독감으로 설명했다.

"해야 할 일을 하고 보듬어줄 수 있는 만큼은 다하는 것이 네 마음의 빚을 털어내는데 좋을 거야. 하지만 네 존재를 그들 혹은 그들과의 관계를 통해 모두 설명할 수 있다고는 생각하지 마. 유독 외로운 사람이 있어. 그건 네 잘못도 아니고 그들의 잘못도 아니야. 어쩌면 그들도 스스로 외로운 사람이라고 느끼고 있을 테고. 자신의 고독을 잘 알고 파악하고 다룰 줄 알게 되면, 비슷한 고독을 지니고 있는 사람을 더욱더 잘 알아볼 수 있게 돼. 사람은 어쩌면, 자신과 비슷한 고독을 가진 사람을 만나려고 삶의 숱한 퀘스트를 수행하며 사는지도 몰라. 비록 완수하지 못해도 자신의 고독을 파악하게 되면 말이야, 앞으로 살아가야 하는 삶이 덜 버겁게 느껴져. 네가 좀 더 넓은 세상으로 나아가서 더 많은 경험을 하길 원하는 건 오직 그 이유 때문이야. 고독을 나눌 수 있는 관계만큼 매혹적인 건 없거든. 아니, 자신의 고독이 어떤 성질인지 알게 되는 것만큼 막강한 건 없거든. 정해진 공부를 하지 않아도 좋아. 하지만 통로를 마련해둬. 네가 좀 더 만나고 싶고 넓히고 싶은 세상을 향해서."

아이는 내 대답이 무척이나 마음에 들었던 모양이다. 나를 꼭 껴안으며, "난 엄마의 대답이 정말 좋아. 엄마는 나를 정말 잘 아는 것 같아"라고 말했다.

"이런 엉뚱한 대답을 해도, 내 대답을 좋아하는 너를 만난 건 내 노예 생활의 가장 큰 보답이야. 고마워. 엄마의 존재를 다해서, 네게 고마워하고 있어."

우리는 새벽 세 시가 넘도록 손을 잡고 있었다. 내일 학교를 가야 하는데도 손을 놓을 수가 없었다. 그때 경험한 건 세상에서 가장 따뜻한 손이었고 나는 조금도 외롭지 않았다. 아이는 어땠는지 모르지만 나는 감사했다. 아이는 그때만큼은 나의 고독을 가장 잘 아는 사람이었고 나 역시 아이에게 그런 존재임을 느꼈다.

사랑의 중력

작년 가을의 일이다. 매주 월요일과 수요일 오후는 내가 중학교 2학년인 첫째와 친구 두 명을 학교에서 픽업할 차례였다. 아이들과 가는 동안 그들의 대화를 듣는 재미가 쏠쏠했다. 사춘기 소녀들의 터질 듯한 에너지로 차 안이 가득 차면 내부가 풍선처럼 부풀어 올랐다가 두둥실 날아올라 대기를 떠다니는 기분이 들기도 했다. 그들의 이야기에 귀를 기울이면 나의 지난 시절도 눈앞의 풍경처럼 생생해졌다. 들뜨는 마음에 입술이 들썩여도 흐름을 깨뜨릴까 귀만 팔랑거렸다. 그맘때쯤 친구 G는 처음으로 남자친구를 사귀어 매일이 설레는 나날이었다. 그러던 어느 날 G가 차에 오르면서 말했다. 꿈꾸는 듯한 표정으로.

"아아, 오늘은 토비와 사귄 지 한 달이 되는 날이에요."

"벌써 한 달이니? 축하해."

"내일 토비를 만나면 터져버릴 때까지 꼭 안아줄 거예요."

G는 얼굴 가득 터질 듯한 미소와 함께 대답했다. 두 팔로 자신을 감싸 안으면서, 꿈꾸듯 다정하고 사랑스런 눈빛으로. 그전 주말에는 G의 엄마인 데브라와 함께, 토비를 비롯한 친구들을 데리고 영화를 보며 저녁을 먹었다. G와 토비는 걷는 내내 잡은 손을 놓지 않았다. 데브라와 나는 아이들 뒤를 따라 걸으며 사랑하기에 참 좋은 나이라는 이야기를 나눴다. 사랑과 성에 관한 관심이 폭발하는 시기에는 서로의 몸과 마음을 소중히 다루고 배우는 법을 가르치는 것이 중요하다는 이야기도. 둘 다 같은 나이의 딸을 키우고 있어서 나눌 수 있는 이야기가 더 많았다. 아이들은 학교에서 정기적으로 성교육을 받고 가정의 보호자로부터 개방적인 성교육을 받아왔다. 성에 관한 관심과 이야기를 금기시하지 않고 존중과 배려와 함께 알아나가야 하는 것임을 학습해 왔다. 나의 경우는 특히, 타인은 물론 자신의 몸과 마음을 차분히 살피고 존중하고 배려하는 습관을 지녀야 함을, 부당함을 느끼고 표현하기를 두려워

하지 않을 때 상대의 불편과 부당함도 더 잘 알 수 있음을 가르치려 애썼다. 그리고 그날 데브라와 나눈 이야기 중 가장 마음에 남는 것은, 여자의 성을 방어하고 보호해야 하는 것으로만 가르치지 말자는 다짐이었다.

성이란 기쁨과 즐거움을 찾아가는 삶의 재료이기에 소중히 잘 다루어야 한다. 지금까지 우리가 받은 성교육은, 여성의 성을 위축시키고 삶을 제한하는 도구로 쓰이기도 했다. 여성의 몸은 임신과 출산의 도구이기에 함부로 다루어서는 안 된다고 말하면서, 여성 스스로 자신의 몸을 타인과 사회의 수단으로 소외시키도록 만들었다. 자신의 몸을 자신의 즐거움의 원천이기 전에 타인의 욕망 속 대상으로써 가치 있다고 느낀다거나, 아이를 낳아 키워야 할 몸이라는 조건 아래 조심히 다루어야 한다는 설정은 성의 즐거움과 가치를 외부의 조건과 판단에 맞추는 일이다. 자신의 욕망 앞에 타인의 욕망을 세우고 사회의 잣대를 더 중요하게 놓아두는 습관은 스스로 원하는 것을 파악하는 능력을 저지시킨다. 남자에게 성은 당연한 즐거움이되 여자에게 성은 즐거움 이전에 보호하고 방어할 영역인 양 구분하는 사고방식은 연애에 있어서도 여자를 더 취약한 상태로 만들기도 한다. 연애의 끝을 여자에게 더 큰 실패이자 지우기 힘든 낙인처럼 여기게도 만든다.

다행히 G는 운이 좋은 편이다. 아직은 편견에서 자유롭게 자라는 중이다. 아이는 오래전부터 남자친구를 사귀고 싶어 했다. 토비와의 연애에 돌입해서 그들이 하는 일은, 점심시간에 함께 점심을 먹는 것이다. 마주 보고 앉아, 다른 아이들 속에 있어도 둘만이 고립된 듯 둥둥 떠 있는 일이다. 중력으로부터 잠시 해방되는 일, 그러다가 사랑의 공간을 데구루루 구르는 일.

지난가을 오후, G와 내 딸은 중력에 관한 멋진 이야기를 들려줬다. 다음과 같은 이야기였다.

G는 전생에 '졸탄'이라는 행성의 거주자였다. 졸탄 행성에는 중력이 없었고 그곳에 살고 있는 졸토니모들은 지구의 새와 같은 모습이었다. 그들은 새를 닮았지만 날지 않았다. 허공을 데굴데굴 굴러다녔다. 다른 졸토니모들과 함께 온종일 허공을 구르면서 지내는 행복한 나날이 이어졌다. 그러던 어느 날 졸탄 행성에 불행이 찾아왔다. 중력이 생기고 만 것이었다. 중력의 지배를 받게 된 졸토니모들은 더 이상 허공을 구를 수 없는 삶을 살게 되었다. 그건 무척이나 갑갑한 일이었다.

그때 옆자리에 앉아 있던 딸이 말했다.

"나는 졸탄 옆의 행성 쏠탄에서 살고 있었어. 비록 행성은 달랐지만, 너를 멀리서 사랑하고 있었단다. 그래서 중력을 무릅쓰고 너를 찾아갔어. 함께 구르려고. 언덕을 함께 구르는 것도 꽤 재밌는 일이거든."

G는 이야기를 듣자마자 딸의 손을 잡고 외쳤다.

"오오, 나도 기억이 나!"

둘은 두 손을 마주잡고 까르르 웃어댔다. 사랑스러운 아이들. 그들의 성장을 지켜볼 수 있는 건 얼마나 멋진 일인가. 나 역시도 중력이 있는 지구, 허공을 더 이상 데굴데굴 구를 수 없는 갑갑한 세상에 불시착했지만, 너희들과 함께해서 행복하구나.

대부분의 연애는 허공에 떠 있는 일이 아니다. 우리가 사는 세상에는 사랑에도 중력이 작용한다. 일상으로 끌어내려진 사랑은 때로 바닥을 각자 뒹구는 일이 될 수도 있다. 함께 굴러줄 누군가를 만나 즐거운 구르기를 이어갈 수 있다면 좋겠지만, 그런 사람을 만났더라도 따로 구르기는 멈추지 않는다. 함께 구르는 사람을 연인 한 사람만 두지 않고 주변에 든든한 구르기 친구를 만들고 살면 좋겠다. G와 내 딸의 우정처럼 말이다. 그러나 우정이든 사랑이든, 함께 구르기는 어처구니없이 끝을 맺기도 한다. 새로운 만남이 곧 시작될 수도 있고 그렇게 되기까지 긴 시간이 필요할 수도 있다. 모두 괜찮다. 연애의 끝도 연애를 하지 않음도 '실패'로 규정하지 않기를 바란다.

글을 쓰는 과정에서 많은 여성들을 만났다. 그들에게 긴급구조요청 같은 메시지를 받기도 했다. 힘든 연애의 과정과 고통스러운 끝맺음을 자존감 추락으로 이어버리는 경우도 자주 보았다. 사랑과 성에 대한 방어적 태도를 깊이 내면화해오면서 체득한 습관이기도 하다. 삶을 살아가는 것도 마찬가지다. 살다 보면 좋을 때도 나쁠 때도 있고 사랑 또한 그러하다. 우리는 종종, 행복해야 보람 있고 사랑받아야 가치 있다고 느낀다. 자신의 존재를 외부에 걸어놓는 일이다. 줄이 끊기면 추락하고 상대가 놓아버리면 허우적댄다.

삶의 기본 값은 행복이 아니다. 나는 항상 사랑받아야 하는 존재 또한 아니다. 우리가 할 수 있는 최소한이자 최대한은 삶으로부터 성장하는 일이다. 여기서 쉬이 무너지지 않는 즐거움이 온다. 어느 순간 부쩍 성장해서, 예상했던 모습과 다른 인생을 누리는 자신을 발견할 때가 있다. 그것이 삶의 선물이자 기쁨이다.

G는 그로부터 한 달 뒤에 토비와 헤어졌다. 이유를 묻자 다음과 같이 대답했다.

"충분한 포옹과 키스가 없었거든요. 나에게는 더 많은 포옹과 키스가 필요해요."

아이는 자신의 욕망과 필요를 배워가는 중이다. 스스로 고유한 자신의 무게를 파악할 때 중력 구르기는 더 즐거워진다. 졸탄의 아이들부터 지구의 아이들까지, 그들의 여정에 건투를 빈다.

성실한

사랑의 학교

며칠 전 첫째 딸 학교 과학 선생인 마크의 소개로 그의 사위이자 할리우드에서 성공한 직업 아티스트인 제러드를 만났다. 토요일 오후 그의 집 초인종을 눌렀을 때 우리를 맞은 사람은 마크의 딸 줄리엣이었다. 풍성하게 출렁이는 붉은 머리를 늘어뜨린 줄리엣에 이어 마크와 제러드가 우리를 맞았다. 중키에 다소 긴장한 인상의 제러드는 몇 마디 이야기를 나눈 뒤 아이의 작품을 보고 싶다고 했다. 만남에 앞서 신경이 곤두선 듯했던 아이는 머뭇거리며 작품들을 펼쳐 보였다. 작품이 마음에 들지 않는다는 말을 되풀이하는 아이에게 제러드는 연거푸 다행이라며 말했다.

"만일 재능이 없는 친구가 오면 뭐라 해야 하나 무척 걱정했어. 난 거짓말을 못하거든. 그런데 너는 기대를 훌쩍 넘어서는구나. 대단한 재능이야. 지금 실력으로도 전시가 가능할 정도란다. 물론 이해해. 네가 네 작품을 견디지 못하고 좌절감에 빠지는 것도. 그게 아티스트의 운명이야. 아이러니하게도 그걸 극복하고 세상에 네 작품을 보여줘야 또 앞으로 나아갈 힘을 얻는 거란다. 네가 나를 찾아온 건 정말 다행스러운 일이야."

한두 시간 이야기하는 걸 예상하고 갔는데, 그의 집과 작업실에서 세 시간 넘게 머물렀다. 제러드는 집 옆의 작업실에 데려가 작업 과정을 보여주고 프로그램을 이용해 3차원 이미지를 만드는 법도 가르쳐줬다. 실질적 조언은 물론이고 원한다면 학교 추천과 입학에 도움이 될 편지까지 써주고 싶다는 말도 전했다. 얼마나 외롭고 힘든지 잘 안다는 제러드의 말에 수줍게 물러서 있던 아이의 긴장이 녹아내리는 게 보였다. 제러드가 말했다.

"난 어릴 때 괴물 그림만 그리고 싶었어. 그런데 학교를 가야 했고, 하물며 그림을 배우러 간 곳에서조차 별 관심 없는 정물화나 풍경화 같은 것을 그리게 하는 거야. 어디를 가든 부적응자 같았고 세상은 지루하게만 돌아갔지. 지독하게 조용하고 혼자 있기를 좋아하는 아이로 지내는 건 당연한 일 같았어. 그런데 여기 줄리엣을 길에서 우연히 만나 그의 파티에 초대받았어. 아마 그날 마크를 처음 만났을 거야. 마크는 그때도 스스럼없고 개방적인 사람이었지. 그날 이후 우리 모두는 좋은 친구가 되었어. 줄리엣과 나는 같은 중학교를 나왔지만 그때까지 말조차 거의 섞지 않는 사이였는데도 말이야.

줄리엣은 언제나 사람들 중심에 있는 유쾌하고 인기 절정의 아이였고, 나는 고독한 늑대 같은 소년이었지. 줄리엣은 나처럼 비관적이고 냉소적인 인간에 비해 너무 낙천적이고 밝고 쾌활한 사람이라고 생각했어. 그러다 중학교 졸업이 다가왔고 마지막으로 한번 가보자는 생각에 파티에 갔다가 줄리엣이랑 많은 이야기를 나누게 된 거야. 그리고 인생이 바뀐 거지. 거기서 평생의 사랑을 만났고, 내가 가야 할 길로 가기 위한 첫 발걸음을 뗀 거나 마찬가지였으니까. 그날 줄리엣이 자기가 가기로 한 예술고등학교를 내게 추천했어. 너야말로 거기에 꼭 가야 할 사람이라고. 이미 원서 접수가 끝나서 뒤늦게 준비해서 다음 학기에 들어갔지. 그리고 어떤 일이 벌어진 줄 알아? 나는 거기서 쿨하고 멋진 아이가 되었단다. 하물며 농구팀 주전으로 뛰었지. 왜 그런 줄 알아? 다른 아이들이 나보다 더 농구를 못했거든, 하하."

임신 6개월인 줄리엣은 활짝 웃으며 말을 이어갔다.

"나는 연기를 전공했어. 다른 전공이라도 서로 잘 아는 분위기인 학교 전체가 새로 들어온 신비로운 아티스트에 대한 관심으로 들끓었어. 난 그를 먼저 안다는 이유로 굉장히 으쓱했단다. 그곳에서 그가 어떻게 활짝 피어나는지 지켜볼 수 있었지. 함께 성장한다는 기쁨은 어마어마한 거였어."

제러드는 할리우드 영화나 대형 비디오게임 제작사에서 캐릭터 디자이너로 일하는 동시에 뜻이 맞는 친구들과 단편영화를 만들고 있다. 그가 만들어낸 많은 캐릭터들이 아내 줄리엣을 모델로 했다. 제러드는 자신이 만든 엘프(요정)와 괴물, 기이한 창조물을 보여주며 말했다.

"이건 화난 줄리엣이야. 이 엘프는 우울한 줄리엣, 이건 유쾌한 줄리엣…."

줄리엣의 다채로운 특징을 담아서 새로운 캐릭터를 창조해냈다. 줄리엣뿐 아니라 마크의 특징적 모습을 담은 캐릭터도 있었다. 제러드는 마크와 줄리엣은 물론 다른 친구들을 배우로 단편영화도 제작했다며 스틸컷을 보여줬다. 두 사람은 서로의 작업을 구체적으로 알고 소통하는 듯 관련 이야기를 자유롭게 주고받았다. 아직 줄리엣은 이름을 널리 알린 배우는 아니지만, 피트니스 강사로 일하며 크고 작은 영화와 연극에 출연하고 있었다. 현재 얼마나 사회적 인정을 받는지와 상관없이 그들은 서로 존중하고 성장하는 중이라는 것이 분명해 보였다. 관계의 균형은 한눈에 보이기 마련이니까. 그들은 어릴 적부터 차곡차곡 쌓아온 관계를 통해 두터운 신뢰를 만들었다. 알면 알수록 나눌 것이 더 많아져서 사랑과 신뢰가 더 깊어진다는 것이 그들의 주장이었다. 일흔이 다 되어가는 마크도 기꺼이 그들의 작업에 참여했고 그 모든 기록이 제러드의 작업실에 정리돼 있었다. 사랑과 관계의 박물관을 찾은 기분이랄까. 한 가족의 기록이 세월의 더께를 입고 크고 작은 작품 형태로 컴퓨터 파일 안에, 작업실 안 사진과 포스터와 모형물로 남아 있었다.

돌아오는 길, 많은 상념이 쏟아졌다. 그간 외로움이 많았던 듯 아이는 울음을 터뜨렸다. 너무 좋았다고, 같이 가줘서 고맙다고. 아이는 긴장이 풀렸는지 바로 잠에 빠졌다. 잠들기 전 아이는 말했다.

“제러드와 줄리엣이 중학생 때 만나서 지금까지 성실히 사랑하며 산다는 거, 참 멋지지 않아?”

사랑에 성실이란 말을 붙일 수 있다는 게 얼마나 소중한지 이제는 안다. 열정적 사랑의 매혹도 좋지만, 성실한 사랑이 가진 깊고 듬직한 힘을 살면서 더욱 깨닫는다. 함께 성장하고 서로 격려하고 끊임없이 상대를 알고 배려하는 삶이란 성실함과 주의 깊음 없이는 이뤄지지 않는다. 나는 내 아이를 둘러싼 성실한 사랑의 과정을 아이의 학교에서 느끼고 있다.

나와 아이들은 현재 공교육 시스템이 잘 자리 잡지 못한 미국 엘에이(LA)에서 살고 있다. 학군이 좋은 지역으로 이사를 가지 않는 이상 몇몇 유명한 사립학교에 지원하는 수밖에 없다. 2년 전 한창 이혼소송으로 정신없던 시간을 보내던 때, 첫째의 중학교 입학 과정을 치러야 했다. 그때만 해도 아이들을 데리고 어떻게든 한국으로 돌아올 계획이었기에 한국 학교만 알아봤지 미국 학교 입학을 위해 별다른 준비를 하지 않았다. 부모 모두의 동의 없이는 아이 거주지를 함부로 옮길 수 없다는 제약과 아이 아빠가 급작스럽게 마음을 바꾸는 바람에 한국행은 무산됐다. 나에게도 아이에게도 혼란스러운 과정이었다.

우여곡절 끝에 두 차례 학교를 옮겨야 했고, 중학교 2학년에서 과정이 끝나는 현재의 학교에서 중2 과정 1년만 다닐 예정으로 아이를 입학시켰다. 그곳에서 아이는 과학 선생 마크를 만났다. 그는 수업에 집중하지 않는 아이가 수업 중 친구에게 보낸 쪽지에 그린 그림을 보고 아이에게 귀띔했다. 과학 숙제를 글로 쓰는 대신 만화로 만들어보는 건 어떻겠느냐고.

그렇게 제출한 과제로 아이는 훌륭한 점수를 받았다. 처음에는 수학과 영어 수업에서 꽤 우수한 실력을 보이던 아이가 몇 차례 수업이 이어지자 집중력을 잃는 것을 보고 교장인 홀리는 아이를 만나 긴 시간 이야기를 나눴다. 면담 뒤 홀리는, 수업 과정보다 높은 실력을 보이는 스페인어 수업 대신 그 시간에 미술 선생을 도우라는 특별 미술 수업 임무를 아이에게 맡겼다.

조건은 있었다. 조금 지루하더라도 수학과 영어 수업에 집중하도록 노력해볼 것. 당장 재미있지 않더라도 너무 일찍 가능성을 닫아버리지 말고 관심을 두고 기다리는 연습을 해볼 것. 학기 말 학부모 면담 시간에 알게 된 사실로는, 아이는 홀리에게 학교가 지루하고 다닐 이유를 찾지 못하겠다고 말했던 모양이다. 원서를 넣은 고등학교 어느 곳에도 들어갈 의사가 없다는 말도. 그 말을 듣고도 홀리를 비롯한 다른 선생들은 언성을 높이지 않고 아이를 차분히 설득하려고 했다.

그들의 설득은 자신이 옳다는 관점에서 시작하지 않았다. 아이의 재능과 욕망을 인정하고 그것을 자신의 방식으로 실험하고 추구하는 마음을 존중했다. 다만 그들의 역할은, 아이가 가진 것을 더 현명하고 유용한 방식으로 그들의 시스템 안에서 소화할 수 있도록 도와주는 것이라고 밝혔다. 학부모 면담에서조차 고등학교에 들어가 학업을 계속할 마음이 없다고 당당하게 말하는 아이에게 홀리는 말했다.

"세상에는 좀 더 많은 가능성이 있단다. 우리가 여기 있는 건 네가 더 큰 가능성을 찾도록 도와주기 위해서야. 우리 모두 네가 얼마나 예술을 좋아하고 뛰어난 재능을 가졌는지 알아. 오직 예술에만 집중하고 싶은 마음도 이해해. 그렇게 한다면 멋진 경험을 할 수 있을 거라고 생각해. 하지만 예술이란 건, 삶과 세계를 경험하고 배우면서도 깊어질 수 있지 않을까? 네게 주어진 가능성을 미리 결정하고 닫아버리기엔 너는 아직 경험해보지 않은 것이 많잖니. 만일을 위해서라도 기회를 미리 차단하는 일은 하지 말자는 거야. 그런 면에서 학교교육이 그렇게 나쁜 선택은 아닐 수 있어. 물론 네게 맞는 학교를 찾아야겠지만. 우리는 너와 함께 네게 꼭 맞는 학교를 찾고 싶단다."

학부모 면담 뒤 학교로부터 아이가 갈 수 있는 예술학교 목록을 전자우편으로 받았다. 포트폴리오를 준비하기에는 지원 기간이 빠듯하다는 생각에 나와 아이는 지레 포기하고 말았다. 얼마 지나지 않아 마크는 제러드와의 만남을 조심스럽게 제안했다. 아이에게 흥미로운 만남이 될 수 있을 것 같아 승낙했지만, 큰 기대는 없었다. 그리고 제러드와 만나고 이틀

만에 마크와 고등학교 입학 상담 선생 조이에게 연락이 왔다. 비록 입학 지원 기간은 지났지만 제러드가 졸업한 예술고등학교에 원서를 넣는 것이 어떻겠느냐고 했다. 제러드는 추천서를 써줄 의사가 있다고 강력히 표명했고 부모가 허락한다면 마크와 학교가 나서서 원서를 준비하겠다고 했다.

나는 이 과정이 어떻게 마무리될지 알지 못한다. 그럼에도 아이가 성실히 사랑받고 성장할 기회를 누리는 모습을 볼 수 있음에 감사하다. 성장은 홀로 이뤄지지 않는다. 학교는 아이가 성장하는 장소인 동시에 선생과 부모가 함께 자라는 곳임을 경험하고 있다.

붉은 깃발, 생리의 성배, 우리들의 디너파티

"난 너의 버자이너Virgina(질)에서 나왔지만 다시 들어가고 싶지 않아."

며칠 전 첫째가 내게 말했다. 나는 지난 4년 동안 미레나를 끼고 지냈다. 미레나란, 자궁 내 루프 장치에 호르몬을 이용한 피임법을 결합한 장치로 보통 5년간 사용이 가능하다. 산부인과에 가서 삽입하고 나면 생리 양이 급격히 줄고 피임에 대한 스트레스에서 벗어날 수 있다는 장점이 있다. 성병 예방은 되지 않는다. 많은 여성이 피임을 위해서도 택하지만, 생리의 불편함에서 조금 자유로워지고 싶어 택하기도 한다. 나는 미레나 착용 후 생리 양이 급격히 줄어서 생리의 존재 자체를 거의 잊고 살았다. 올해가 5년째인 줄 알고 정기검진을 받으면서 빼달라고 했는데, 아직 1년이 남은 것을 며칠 뒤에 알았다. 새 것을 끼기로 했던 예약을 취소하고 한동안 미레나 없이 지내보기로 했다. 이 모든 건 뜻이 있어 벌어진 일이리라. 일단 벌어지면 뭐가 됐든 즐기고 본다는 평소의 원칙을 따르기로 한 것이었다. 그러나 첫 번째 생리를 맞이하는 순간부터 나의 선택을 엄청나게 후회했다.

생리 이틀째 되는 날은, 후회를 넘어서서 회한의 눈물을 쏟을 지경이었다. 일상생활이 불가능했다. 지난 4년간 때를 기다려온 피의 사제들이 마침내 축제를 벌이는 기분이었다. 폭포수처럼 흘러나오는 생리혈의 장엄함 앞에 나는 그만 압도되었다. 성배를 바치는 기분으로 생리컵이란 걸 처음으로 사용하기로 했다. 한국에서 사온 생리 팬티도 혹시 몰라 함께 착용했다. 질 안으로 집어넣는 건 유튜브 채널을 보며 그럭저럭 성공했다. 한층 진보된 여성으로 재탄생한 것 같아 사뭇 자랑스러웠지만, 그마저도 잠시, 아랫배가 아파오기 시작했다. 생리컵을 잘못 삽입한 걸까. 불편함이 사라지지 않았다. 케겔 운동을 하듯 힘을 줘서 안으로 더 밀어 넣었다. 상황은 나아지지 않았다. 배의 더부룩함은 커져만 갔다. 피가 차고 또 차올라 빵 터지는 건 아닐까 하는 공포마저 찾아왔다.

생리컵이 걸려서 못 나오면 어쩌지? 더 늦기 전에 빼야 할 것 같아 시도해 보니, 손가락이 미끄러져서 생리컵 끝을 잡을 수가 없었다. 식은땀이 흘렀다. 도움을 청해야 할까? 유튜브를 다시 찾아보았지만, 눈에 들어오지 않았다. 병원에 가야 할까? 첫째 딸한테 도와달라고 할까? 그 애가 무슨 수로 나를 돕지? 한동안의 씨름 끝에 빼낼 수는 있었지만, 곤두선 신경은 쉽게 가라앉지 않았다. 당장이라도 눈물을 터뜨릴 것 같은 일그러진 얼굴을 펴고 땀으로 범벅이 된 몸을 가볍게 씻었다. 그럼에도 여전히 기세를 멈추지 않는 생리의 물결 때문인지 코끝에서 피의 잔향이 사라지지 않았다. 온몸에서 피비린내가 나는 기분이었다. 친구 집에 놀러 간 첫째 딸을 데리러 가야 할 시간이 촉박했다. 대충 옷을 갈아입고 향수를 뿌리고 머리를 다 말리지도 못한 채 차를 몰고 달려갔다. 딸을 차에 태우고 집으로 돌아오는 길, 아이에게 물었다.

"엄마한테 피비린내 안 나니?"

"잘 모르겠는데? 무슨 일 있어?"

지난 상황을 집요하고 자세하게 설명했다. 딸이 듣더니 한숨부터 푹 쉰다.

"엄마."

"응?"

"온종일 G한테 생리 이야기만 들었거든."

"그래서?"

"그런데 엄마한테 또 들어야 해?"

"G는 왜?"

"오늘 생리 이틀째인데, 그 느낌에 대해서 시도 때도 없이 자세하게 설명한단 말이야."

"야, 그래도 만약 엄마가 생리컵을 빼지 못해서 도와달라고 했으면 어떻게 했을 것 같아? 정말 무서웠단 말이야."

"엄마! 내가 비록 엄마 질 속에서 나왔지만, 다시 들어가는 일만큼은 사양하고 싶어."

아이가 대답을 마치기도 전에 우리 둘은 미친 듯이 웃어대기 시작했다. 생리컵을 빼기 위해 질 속으로 들어가는 아이의 모습이 상상돼서다. 아기로 빠져나왔다가, 엄마 키를 훌쩍 넘긴 소녀가 되어 성배가 아닌 생리컵을 찾아 나선 딸아이의 엄마 몸속으로의 여행이라니. 집에 도착하자마자 차에서 내린 나를 보고 딸이 팔을 벌린다.

"고생 많았어, 엄마. 이럴 땐 허그가 필요한 거야."

"그럼, 그럼. 나 좀 안아줘."

이제는 나보다 큰 딸의 품에 쏙 안겼다. 여전히 말랑말랑한 품인데 넉넉하고 든든하다. 그의 품에 안겨 말했다.

"혹시 가지고 있으면 오버나이트 생리대 좀 줄래?"

"응, 그럴게. 조금만 기다려."

딸은 나를 자기 방으로 안내하더니 커다란 가방을 꺼냈다.

"자, 우선 눈을 감고 여기에 손을 집어넣어. 이건 나의 마법의 생리 가방이야. 손을 집어넣고 엄마가 원하는 걸 꺼내는 거야. 이 안엔 온갖 생리용품이 다 들어 있거든."

딸의 지시에 따라 눈을 감고 가방을 뒤졌다. 두툼한 패드 하나가 잡혀서 그대로 꺼냈더니 딸이 내 등을 두드리며 말한다.

"엄마는 참 운이 좋아. 첫 시도에 원하는 걸 얻었잖아."

생리혈보다 더 센 기세로 눈물이 나올 것 같았다. 내가 아이를 키웠던 그 모습 그대로, 아이는 내게 돌려주고 있었다. 아이가 우울해할 때면 눈을 감기고 향수를 뿌려주며 기분이 좋아지는 마법의 향이라고 둘러대고는 했다. 사소한 일상의 선택이라도 신나는 모험인 양 엉뚱한 이야기를 지어내고는 했다. 아이는 어느덧 자라서 나를 돌보는 법을 가장 잘 아는 소녀가 되었다. 나는 일상에서도 두근거리는 이야기를 만들어서 살고 싶은 채 마흔 중반을 지나가고 있으니까. 내가 자라고 싶었던 모습으로 아이의 삶을 다채롭게 꾸며주고 싶었는데 생각만큼 잘 해내진 못했다. 그래도 한 가지는 확실했다.

나는 딸에게 일방적인 보살핌을 주는 존재가 아니었다. 우리는 함께 성장했고 서로를 헤아리며 상대를 보살피는 법을 더디게 배워가며 여기까지 왔다.

또래 친구보다 다소 늦게 생리를 시작한, 첫째의 가장 친한 친구 G는 생리 때 느끼는 기분과 신체의 변화를 세세히 관찰하고 묘사하길 좋아한다. 생리에 관한 넘쳐나는 관심을 최근 미술 숙제에도 반영했다. 미술 수업 시간에 접한 페미니스트 아티스트 주디 시카고Judy Chicago의 〈붉은 깃발Red Flag, 1971〉과 〈디너파티Dinner Party, 1974-79〉에 영감을 받아 제출한 작품이었다. 〈붉은 깃발〉은 생리 중인 여성이 성기에서 탐폰을 꺼내는 모습을 담았는데, 피로 물든 탐폰의 붉은색을 주목하지 않는다면 얼핏 남성의 성기처럼 보이는 이미지다. 굴복하지 않음을 알리는 상징으로 공격받는 자들이 휘날리는 붉은 깃발을, 생리혈에 젖은 탐폰으로 대체한 것이다. 주디 시카고의 또 다른 대표작 〈디너파티〉는 정삼각형의 테이블에 〈최후의 만찬〉을 여성의 입장에서 재구성한 작품이다. 열세 명의 남성 대신 서른아홉 명의 여성 예술가들의 이름이 적힌 냅킨을 놓아두고 서른아홉 개의 성배와 여성 성기를 상징하는 문양의 접시를 테이블 위에 올려놓았다. 여기서 성배는 예수의 피를 담은 잔이 아니라 여성의 성기를 의미한다.

G는 〈디너파티〉의 이미지 위에 익살스런 표정으로 만찬에 참여하고 있는 자신의 모습을 겹쳐 놓았다. 양쪽 귀에는 피로 흥건히 젖은 탐폰을 귀걸이처럼 걸고서. 이와 같은 이미지를 만들기 위해, 가짜 피로 탐폰을 물들이고 온몸 여기저기에 붉은 물감을 발라야 했다. 한동안 방에서 나오지 않고 자신의 몸을 작품으로 형상화한 G는 엄마인 데브라의 도움으로 제 모습을 사진으로 찍었다. 함께 작품을 만든 이야기를 전해주는 데브라의 목소리에는 걱정이나 귀찮음의 흔적은 찾아볼 수 없었다. G의 통쾌하고 재미난 아이디어가 마음에 들었다며 자랑스러워했다. 데브라는 말했다.

"우리의 아이들은 자신의 몸을 숨기거나 부끄러워하지 않으며 자랄 수 있어서 다행이야. 여성이기에 겪는 부당한 고통이나 일방적 불편함에 대해서도 무작정 감수하지 않고 떳떳이 말하고 사회적 대책도 요구하며 자랄 수 있었으면 좋겠어."

나의 딸과 그의 친구 G의 성장에는 천진함과 성숙함과 그 중간 어딘가의 다양한 탐색이 느슨하게 자리 잡고 있다. 그들은 자신의 몸을 아이를 낳아 기르기 위한 신성한 도구로 여기지 않는다. 어느 누구도 그들의 몸을 두고, 생명을 잉태해야 하는 몸이므로 귀하고 소중히 다뤄야 한다고 말하지 않는다.

내 몸이 소중하고 귀한 이유는 내 삶의 원천이기 때문이지 다른 삶을 담보로 했기 때문이 아니다. 그들의 몸은, 생명으로서의 몸, 끊임없이 알아가고 발견하고 돌보며 사랑하는 삶으로서의 몸이다. 수치의 근원도 아니며 숨겨야 할 이야기도 아니다. 보호받을 대상이나 숭배받을 아름다움으로만 존재하지 않는, 독자적인 힘이며 물질이며 움직임이다.

우리의 딸들이 자라고 있다. 붉은 깃발을 든 피의 전사들로, 즐겁고 유쾌하고 여유롭게. 그리고 피처럼 찬란하게. 이들의 성장에는 나와 데브라의 여정도 함께한다. 나는 데브라의 도움으로 생리컵의 알맞은 사용법을 터득했다. 내 손가락을 질 안으로 깊숙이 집어넣는 일은 생각만큼 공포스럽지 않았다. 미리 패닉에 빠져 허둥대지 않으면 생각보다 수월하게 사용할 수 있음에도 나는 생리컵의 존재에 지레 겁먹었고 물러섰다. 도움을 청할 수 있다고 느끼고 그에 대해 부끄럼 없이 말할 수 있게 된 건 내 삶의 힘이자 위안이다. 그걸 아는 데까지 사십 년이 더 걸렸다. 매년의 산부인과 정기검진 때마다 펼쳐지고 두 번의 출산으로 아이를 끄집어냈던 나의 성기를, 내 스스로 만지고 그에 대해 말하기를, 더는 두려워하고 싶지 않다.

엄마에게도 자격증이 필요할까

12년 전 가을이었다. 첫째를 태우고 신호등이 듬성듬성 있는 길을 달리고 있었다. 속도를 좀 내기는 했지만, 좌회전 금지표지가 있는 길에서 갑자기 차 한 대가 튀어나올 줄은 예상하지 못했다. 상대는 한국 여성 운전자였고 직진으로 달려가는 내 차를 보지 못하고 달려오다가 그대로 추돌. 상대편 과실 백 퍼센트의 사고였지만 결과는 참담했다. 상대 차는 전복되었고 내 차도 앞면이 그대로 찌그러졌다. 당시 막 세 살을 넘긴 딸아이는 뒷자리에 앉았는데, 머리를 앞좌석에 부딪쳐서 이마에 피를 흘리고 있었다. 너무 당황한 나는 그저 "오 마이 갓"

만 연발하며 아이를 안고 어쩔 줄을 몰랐다. 잠시 후 구급차가 도착했고 우리는 응급실로 옮겨졌다. 다행히 아이는 이마에 난 상처 말고는 큰 외상은 없었지만, 나는 위기대처능력이 심각하게 떨어져서 넋이 나간 채 아무 말도 못했다. 그때 아이가 이마에 피를 흘린 채 내게 말했다.

"엄마, 괜찮아?"

나는 아이를 바라보며, 엄마는 괜찮다는 말만 반복했다. 아이는 차분한 어조로 내 눈을 응시하며 답했다.

"엄마, 나도 괜찮아. 걱정하지 마."

아이는 그 뒤로도 급작스러운 상황이 닥칠 때마다 놀랄 만큼 침착했고 의연했다. 길눈이 지독히도 어두운 나와는 달리, 한 번 간 곳은 절대 잊어버리지 않는 아이는 내가 낯선 길에서 어리둥절할 때마다 내 손을 잡고 방향을 이끌었다. 학교에 들어가서도, 다른 아이들이 모두 놀러 나간 뒤 자리에 남아 교실을 정리하고 선생님을 돕고 그다음에야 뛰어나가는 아이라서 선생님들로부터 신기한 아이라는 말을 들었다.

가르쳐주지 않아도 자기 방을 깨끗이 정리했고 여행을 가기 위해 짐을 쌀 때면 나보다도 깔끔하게 옷을 개어 넣고 차분히 준비를 했다. 둘이서 파리로 여행을 떠났을 때는 무거운 여행 가방을 옮기는 나를 돕겠다고 기를 쓰다가 문 옆에 튀어나온 못에 발톱을 다쳤다. 발톱이 들릴 만큼 피가 났음에도 놀라서 울다가는 금세 별일 아니라고 나를 안심시켰다. 약을 바르고 반창고를 붙였지만, 엄지발톱은 이미 절반 이상이 부러져버렸다. 그럼에도 아이는 새로운 풍광에 취해 나와 함께 여행을 감행했다. 시차 때문에 식당에 앉을 때마다 꾸벅꾸벅 졸면서도 잘 먹고 잘 놀았다. 숙소에 돌아오면 샤워를 하며 콧노래를 흥얼거렸고 목욕을 마치자마자 아기처럼 잠이 들었다. 멈추는 곳마다 친구를 사귀었고 바다를 보면 거침없이 달려갔다. 아직도 절벽 위에 올라가 두 팔을 벌리며 온몸으로 바람을 즐기던 그 모습이 잊히지 않는다. 누군가 무거운 물건을 들고 있으면 달려가 도움을 주다가 자기가 다치기 일쑤였고 그림 그리기와 만들기에 탁월한 재능을 보였다. 남을 도와주기 좋아하는 천성 때문에 어디를 가든 사랑받았다.

아이가 3학년에 오르면서 성적표가 나오기 시작했다. 고등학생이 되면서부터 나아지긴 했지만, 그녀의 수업 태도는 종종 문제가 됐다. 고집이 세고 자신이 빠져 있는 문제를 해결할 때까지 움직이지 않는 성정 때문에 그룹 활동에서 가끔 문제를 일으킨다는 점, 관심이 없는 주제에 관해서는 눈길조차 주지 않고 남들보다 빨리 습득하는 대신 금세 흥미를 잃어버려 주위가 산만한 점, 다른 아이들은 중요시 여기는 테스트에

진지하게 임하기는커녕 흥미가 가는대로 들쑥날쑥 반응하니 결과도 일관적이지 않다는 점을 반복적으로 지적받았다. 내가 은근슬쩍 아이에게 성적을 물어봐도, 반응은 언제나 시들했다. 다른 아이들의 성적은 물론 자신의 결과에도 관심을 갖지 않았고 나도 대체로 별 문제 삼지 않았다. 평소대로 내버려두듯 아이를 키웠고 몇 차례 선생님들의 연락을 받고도 딱히 다그칠 생각은 하지 않았다. 그럼에도 실수를 하기도 했다. 학교에 불려가서 선생님들에게 아이 태도에 관한 이야기를 듣고서는 아이에게 화를 낸 적도 있었다. 제일 큰 실수는 그녀의 단짝친구와 비교했던 일이었다. 선생님 말씀에 누구보다 잘 반응하고 주위에 누를 끼치지 않는 그 친구에 관해 말을 꺼내자 아이가 대답했다.

"벨라 이야기를 여기서 왜 해야 해요, 엄마?"

부끄러웠다. 도대체 내가 무슨 짓을 한 것인지. 솔직히 말하면, 그녀를 보면서 아이 아빠를 떠올렸다. 사려 깊고 자립심이 강하지만 고집불통에 실패를 인정하지 않는, 독불장군식으로 문제를 해결했던 그에 대한 불만이 딸아이라는 통로를 통해 터진 것이었다.

훈련조차 받지 못한 채 덜컥 엄마가 되어버리는 일이, 때로는 아이에게도 엄마에게도 참으로 잔인한 일처럼 느껴진다. 나는 얼마나 우스꽝스러운 편견으로 똘똘 뭉쳐 아이 앞에 서 있는지. 그럼에도 엄마라는 이유만으로 용서받을 것을 미리 알고 뻔뻔하게 자리를 지키는지. 실수를 했다고 느낄 때마다 정중히 사과를 하곤 하지만, 나를 선택한 것도 아닌 아이에게 모자란 엄마 모습을 강요하는 것 같아 부끄러울 때가 많다. 그럴 때마다 다짐한다. 나의 아이에게도 적절한 거리감이, 예의가 필요하다. 내가 존중받고 싶다면 그 이상의 사랑과 존중을 주어야 한다. 매일 배우고 반성하고 돌아봐야 한다.

나는 좋은 아빠가 되기로 했다

부당한 일과 처우에 저항하라. 아이를 키우면서 내내 했던 말이다. 그리고 아이들이 사춘기에 들어선 지금, 나는 이들의 삶에서 가장 자주 맞서 싸워야 하는 부당함의 상징이 되었음을 실감 중이다. 물론 아이가 어렸을 때는 상상하지 못했다.

"어느 누구라도 너희들을 부당하게 대하면 그것이 옳지 않다고 말할 수 있어야 해. 필요하다면 아니라고 말할 수 있는 용기가 필요해. 상대가 누구든지 말이야. 엄마한테라도 마찬가지야"라고 말할 때는 자신만만했다.

아이들이 나의 부당함에 분노하는 상황은 다양하다. 세상에서 제일 친한 친구 아이패드와 놀지 못하게 할 때, 늦게 자고 싶은데 억지로 자라고 할 때, 바쁜 아침 등교 시간 느릿느릿 준비하는 아이들에게 소리 지를 때, 정확히 말하면 '소리 지를 때'에 방점을 두어야 한다. 늦게 자고 싶은데 억지로 자라고 소리 지르고 아이패드 그만하라고 소리 지를 때 아이들은 짜증 내고 거듭 높아지는 내 언성에 분노한다. 하지만 나에게는 엄마로서의 나뿐 아니라, 내가 살아가는 일상과 일정이 있다. 그것을 아이들의 것과 조화시키려면 대체로 시간이 모자라다. 아이 둘을 준비시켜 각각 다른 학교에 데려다주고 아침마다 도시락을 싸고 먹기 싫다는 아침을 먹여서 보내는 일이란 느긋한 모닝커피로 시작하는 아침 일상(누가 그런 삶을 사는지는 잘 모르겠다만)과는 전혀 다르다. 부엌은 초토화되고 나는 세수는커녕 옷에 붙은 밥풀도 떼지 못하고 집을 나서기 일쑤다. 늦게 자는 어린이는 일찍 일어나기 힘들다는 진리를 매일 체험하면서도, 잠이 오지 않는데 어떻게 잘 수 있느냐고 항의하는 아이들 때문에 골치가 아프다. 어릴 적에야 품에 안고 침대에 들어가서 책도 읽어주고 노래도 불러주는 게 통했지만, 지금은 서로가 불편하다. 어쩌다 한 번씩은 좋지만 매일은 서로 못할 짓이다.

이제 우리의 삶은 각자의 리듬으로 흘러가지만, 나는 여전히 그들을 향한 의무와 책임감에 허덕인다. 서로 다른 리듬의 개체들이 서로의 삶에 난입하여 무언가 해내려고 하니 부딪침이 생긴다. 규칙을 만들고 의기투합도 해보고 며칠 잘 지내는가 싶어도 어느새 되돌아오고 만다. 때로는 이게 다 무슨 소용인가 싶다. 더 이상 품 안의 아이도 아닌 애물단지들을 내려놓고 어디론가 멀리 떠나고 싶을 때가 한두 번이 아니다. 비단 나만의 경우가 아니라는 것을 종종 확인한다. 한창 사춘기에 들어서는 만 열세 살 둘째 딸은 확실히 그래 보인다. 그녀는 학교에서도 알아주는 논쟁가다. 논리를 사랑하고 잘못된 것을 보면 지적하고 싶어 하고 부당한 것을 보면 지나치지 못한다. 덕분에 억울한 친구들을 나서서 돕기도 하고 학교 대표로 지역신문에 글을 쓰기도 할 만큼 자기주장도 강하고 그걸 잘 표현하는 훈련이 되어 있다.

다만 그녀와 긴 시간을 보내는 건 피곤하다. 그녀의 지적은 일상의 사소한 부분까지 침투하고 나는 그녀가 원하는 만큼 옳음과 정당함을 실천하는 인간이 아니기 때문이다. 아이에게 관용과 혜량의 미덕도 가르친 것 같은데, 아이가 보다 깊게 흡수한 자질은 저항과 비판 정신인 것 같아 속이 몹시 쓰리다. 게다가 그녀는 내 약점마저 잘 알고 있다. 누가 아이는 모두 착하고 순수하고 사랑스럽다고 했던가. 아이는 본능적으로 자신을 보호하는 법을 아는 존재다. 약하기에 사랑받는 법을 알고 자신을 사랑하는 자를 협박하고 채근하여 원하는 것을 얻어내는 법 또한 알고 있다. 그리고 이와 같은 재능은 상황에 따라 다르게 발달한다. 우리 가족처럼 부모가 이혼하여 공동양육을 하는 경우, 둘째는 가장 긴박한 순간 내 마음을 어떻게 찢어야 하는지 잘 알고 있는 듯 보인다. 얼마 전 크게 말싸움을 벌이다 아이가 말했다.

"엄마는 정말 끔찍한 엄마야. 엄마 같은 엄마 밑에서 자란다는 건 정말 불행한 일이야. 난 엄마랑 살고 싶지 않아. 아빠한테 보내 줘."

3년 전 첫째의 초등학교 졸업 파티에서 열세 명의 졸업생이 차례로 연단에 올라와서 엄마, 아빠, 조부모, 형제, 그 외의 특별한 친구나 가족 혹은 가족이나 다름없는 사람에게 보내는 편지를 읽었다. 보충 설명을 덧붙이자면, 두 아이가 다녔던 학교는 엘에이 지역에서도 진보적이고 자유로운 곳으로 손꼽히는 학교다. 동성애 커플이나 싱글 맘, 싱글 파더, 이혼 부부 및 재혼 부부가 자연스럽게 어우러져 있다. 그럼에도 불구하고 아이들이 읽는 편지 속 엄마와 아빠의 전형성은 우리의 생각과 크게 다르지 않았다. 엄마는 일상을 담보하고 아이들의 삶을 세세히 챙겨주지만, 잔소리 많고 걱정 많고 때로는 귀찮은 존재, 하지만 누구보다도 필요한 존재로 묘사되었다. 아빠는 재밌고 종종 어리석지만 문제가 있을 때 의지할 수 있는 든든한 대상으로서 형상화됐다. 당시 나는 자랑스러웠다. 내 딸이 묘사한 나는 조금 달랐기 때문이다.

"나는 엄마가 자랑스러워요. 당신은 누구보다도 독립적이고 지적이고 현명한 나의 롤 모델이에요. 웃기고 재밌고 엉뚱하며, 어떤 일이 있어도 주저앉지 않고 일어나서 나아갈 수 있는 엄마를 나는 존경하고 있어요."

그렇다. 그때까지만 해도 나는 좀 다른 엄마인 줄 알았다. 그리고 이와 같은 환상은 3년 만에 둘째 딸 앞에서 무너지고 말았다. 왜 그럴까 곰곰이 생각했다. 3년 전의 우리는 이혼 과정을 함께 건너는 중이었다. 모두에게 힘든 시기였고 누구보다도 서로를 보살피는데 전력을 다했다. 위기 상황에서는 사소한 불편이나 문제는 적당히 넘어가기 쉽다. 더 위급한 상황이 앞에 있기 때문이다. 우리는 지난 3년을 똘똘 뭉쳐서 보냈다. 첫째는 든든하게 내 곁을 지켜줬고 둘째는 나를 정서적으로 보듬어줬다. 매일매일 사랑한다는 말이 우리 사이를 떠돌았다. 나는 엄마, 아빠의 이별이 그들의 잘못이 아님을 인지시키는데 모든 노력을 했다. 우리는 단연코, 훌륭한 사고전담팀이었다.

하지만 긴급 상황이 정리된 후, 일상의 평온이 찾아오자 그동안 빗장을 걸어두었던, 사소했기에 밀어두었던 문제들이 봉지 터진 쌀알처럼 쓸려 나왔다. 그리고 둘째는 언제부터인가 엄마의 자격 같은 걸 논하기 시작했다. 엄마는 다른 엄마랑 달라서 좋다고 말하던 아이들이, 이제는 좋은 엄마와 나쁜 엄마를 구분하고 나를 나쁜 엄마의 지옥으로 단숨에 밀어 넣었다. 나는 비틀비틀 고꾸라지며 불구덩이 속으로 빠져든 기분이었다. 무얼 하든 죄책감이 따라오는 건 가장 힘든 부분이었다. 인정하지 않았지만 아이들이 태어나기 전부터 나를 괴롭혔던 문제였다. 나는 좋은 엄마가 될 수 있을까? 그들을 책임질 자격이 있을까? 세상에는 숱한 예시와 기준이 있고 좋은 엄마의 모델은 넘쳤다. 나쁜 엄마의 사례 또한 악몽처럼 그 밑바닥을 흘렀다. 천국과 지옥처럼 두 모델 사이를 떠돌면서 나는 언제나 주눅 들었다. 좋은 엄마의 천국에 머무는 기간은 깡충 뛰어오른 허공만큼 짧았다. 나는 대체로 나쁜 엄마의 지옥 언저리를 맴돌며 저기에는 떨어지지 말아야지 몸서리치며 지내곤 했다. 육아 기간은 행복한 만큼 강박적이었다.

나쁜 엄마라는 말은 잘 마른 건초에 떨어진 불씨와도 같았다. 화르르 타오르듯 분노에 휩쓸린 나는 평소보다 더 쉽게 인내심을 잃었다. 아이에게 잠시 생각할 시간을 갖자고 말한 뒤

방에 들어왔다. 곰곰이 생각을 더듬었다. 나는 왜 이토록 나쁜 엄마란 말에 민감할까. 엄마로서의 역할 규정에 대한 부담과 패배감은 왜 이렇게 나를 압도할까. 어쩌면 좋은 엄마라는 거대한 천국은 대부분의 엄마를 지옥으로 몰아넣는 환상이 아닐까. 생각을 바꾸기로 했다. 잠시 후 아이들을 불러 놓고 선언했다.

"난 좋은 엄마 안 해."

"그럼 뭘 할 건데?"

"난 좋은 아빠 할래."

아이들은 기가 막힌 표정을 지었다.

"벗어나려고 애를 써도, 여전히 나를 옥죄이는 성역할과 모성 신화에서 자유로워지고 싶어. 무엇보다도 나와 너희들이 행복해질 수 있는 우리 가족만의 방법으로 당분간 나는 좋은 아빠인 양 살기로 했어. 난 너희들이 생각하는 만큼, 당연히 너희에게 잘해야 하는 존재가 아니야. 너희들이 아빠에게 갖는 기대치 정도로만 나를 바라봐주면 좋겠어."

가벼운 저항도 있었다. 나는 엄마가 필요하다고 깔끔하게 답한 둘째는 거듭되는 내 논리에 한마디 남겼다.

"음. 이해는 하겠는데, 너무 그렇게 의식적인 운동가처럼 굴지 말아줬으면 좋겠어."

아이의 비아냥거림에도 내 시도를 포기하지 않았다. 그리고 조금씩 변화가 일어났다. 좋은 아빠처럼 산다고 마음먹으니 조금씩 쉬워졌다. 아이들 식사를 챙기는 것도, 운전해서 여기저기 데리고 다니는 것도, 아침 일찍 도시락을 싸는 것도, 좋은 엄마의 의무라서 당연히 하는 게 아니라, 엄마라서 보살필 줄 아는 게 아니라, 내가 '좋은 아빠'니까 하는 거라고 생각하니 즐거워졌다. 나아가서, 나를 규정하는 것으로부터 자유로울 수 있다는 생각의 전환을 일상에서도 실천하기로 했다. 바로 실천하기 힘들다면, 그냥 역할마다 다른 규정을 내리기로 했다. 예를 들어, 아이들에게 좋은 아빠, 애인에게는 다정한 애인이면 된다. 남자로서나 여자로서 당연한 것들에 압사되지 않는다면, 그건 나를 구성하는 자연스러운 요소가 될 것이다. 여성이라는 틀이 너무 버겁다면 내가 아끼는 관계 속에서 그걸 헐겁게 만들면 된다. 또 그런 사람들과 행복하고 다정한 관계를 만들면 된다. 어렵다면 노력하고 설득하고 협상하고 타협하리라. 무산되어도 노력의 과정은 가치가 있으리라 믿는다. 그 속에서 내가 나로서 자유로울 수 있다면, 그래서 더 행복하고 주변을 기쁘게 만들 수 있다면.

아이에게

사람을 사랑하면 가슴 아픈 순간이 많아진다. 아이들이 어렸을 적 나는 자주 그네들의 잠든 모습에 서글픔을 느꼈다. 깊이 잠든 아이들이 항상 평온한 것만은 아니었다. 악몽으로 몸을 뒤틀 때가 있고 내가 할 수 있는 일이라곤 품에 껴안고서 괜찮다고 속삭여주는 일밖에 없었다. 내가 그들에게 괜찮다고 말해줄 수 있는 근거는 그때도 지금도 빈약하다. 나 역시 악몽을 잘 알고 있고 한여름 더위가 스러지고 해가 기우는 것처럼 지나가리라는 것을 경험으로 알고 있다는 것뿐이다. 무더위는 다시 올 것이고 혹한도 찾아올 것이며 장마 또한 예전과 비슷한 강도로 쏟아부을 것 또한 안다.

한때는 묻고 또 물었다. 과연 인생에 선의라는 것이 있을까요. 왜 나는 이 세상에 어처구니없이 태어나서 풀리지 않는 꾸러미처럼 던져진 인생을 꾸역꾸역 짊어지고 살아야만 할까요. 때로는 지독한 악의로만 똘똘 뭉쳐 배달된 소포 같은 이 인생을 내 것인 양 끌어안고 있어야 할 이유를 물었다. 잠정적으로 도달한 결론은, 인생에는 아무런 의도도 없다는 것. 선의도 악의도 없이, 별다른 실체도 없이, 내 머릿속에서 만들어낸 환영에 가깝다는 것. 적절한 좌표를 찍어 정리하고 해석하고 의미를 찾아내려고 하지만, 그 모든 것은 내 불안을 잠재우기 위한 몸짓에 불과했다. 어리석지만, 별 수 없이 나란 인간은 이 과정을 이어가고 말 것이라는, 체념일지 인정일지 잠정적 포기일지 모를 자리에 이르러 나와 삶을 향해 비탈길을 달려가듯 쏟아지던 질문을 멈춰 세웠다. 속도가 달라지니 풍경이 변했다. 사랑하는 사람들이 풍경을 비집고 하나둘 눈에 들어오기 시작했다.

아이들을 향한 사랑은 부모를 향해 달려갔던 경사진 마음과는 조금 달랐다. 어릴 적 내가 부모를 사랑했던 방식은, 내 존재와 현재의 부정이었다. 내가 더 나아져야만 도달할 수 있는 신기루와 같았다. 아이들로 알게 된 사랑은 내가 해줄 수 있는 것은 얼마 되지 않는다는 깨달음에서 시작된 가난한 마음이었다. 그들은 처음부터 나에게 많은 것을 바라지 않았다. 아이들은 나를 통해 세상에 도착한 것뿐이었다. 나는 그들이 잠시 통과해 나가는 작은 통로, 비좁은 세상이었다. 그들이 내게 바란 것은 아주 기본적인 것들, 그러니까 따스한 품과 순간의 공감과 배고픔의 충족과 함께 있다는 위로였다. 오히려 나의 바람을, 결핍을, 그들에게 투영할 때가 더 많았다. 한동안 자꾸만 미안했다. 이렇게 신산한 삶에, 혼돈뿐인 세상에, 너희들을 뻔뻔하게 던져둔 것 같아서. 그런데 그 역시 오만임을 알았다. 나는 그런 말을 할 수 있을 만큼 그들에게 대단한 존재도 아니었고 그렇게 되어서도 안 된다는 것을 깨달았다. 나는 지나가는 한 자리, 되도록이면 편안하게 지나갈 수 있는 한 자리가 된다면 최선일 존재였다.

둘째 딸이 만 일곱 살이 되었을 무렵이었다. 아이가 눈물을 글썽이며 다가왔다.

"엄마, 이상하게 자꾸 슬퍼져요. 나는 행복하지 않은 것 같아요. 그런데 그 이유를 알 수 없어요."

그리고 내 품에 쏟아지듯 안겨서 잠시 흐느껴 울었다. 순간적으로 할 말을 잃었다. 이런. 너도 나처럼 앓고 있는 거니. 하지만 금세 스스로 추슬렀다. 이 슬픔은 정도의 차이일 뿐이지, 너와 나만 느끼는 감정은 아니다. 그것을 너와 나만의 특별한 연대의식으로 생각하느니 이 세상 모두를 관통하는 슬픔 정도로만 생각해두자. 단지, 내가 너를 조금 더 닮아 그 질감을 더 가깝고 비슷하게 느낄 수 있으니 기쁘고 다행이라고 여겨보자. 아이에게 말했다.

"엄마도 그 느낌을 아주 잘 알아. 혼자만 겪는 일은 아니니까 안심해도 돼. 그런 기분이 파도처럼 밀려올 때면 그 순간에 조용히 집중하는 것도 나쁘지 않아. 어느새 파도가 떠나는 것처럼 그 감정도 지나갔다는 것을 알게 될 거야."

아이는 어릴 때부터 잘 웃고 자주 우울해했다. 엉뚱하고 유쾌했다. 엉엉 울기보다는 사람의 눈을 하염없이 바라보다 눈물을 글썽이며 자리를 떠나곤 했다. 새침하고 주변에 대한 경계가 심했지만, 한번 가까워지면 조곤조곤 말이 많았다. 생각의 가지가 무성해서 때로는 자기가 골몰하는 것 이외에는 보이지 않는 것이 많은 듯했다. 걱정을 찾아 헤매던 엄마였던 나는 그걸 붙잡고 고민하기도 했다. 겉으로는 사교적이고 친구들과 잘 어울리지만, 어딘가 어긋난 느낌을 감지하곤 했다. 타고난 무심함일 수도 있고 게으름일 수도 있고 지나친 자기 세계로의 몰입일 수도 있다고 해석했다. 아무리 애를 써도 안 되는 것이 있다는 걸 사무치게 느끼고 있던 때라 아이가 힘들어질까 미리 걱정을 했다. 꼬집어 설명할 수 없지만, 아이를 보니 알 수 있었다. 아버지가 나를 보며 왜 그토록 화를 냈는지. 당신에게서 나는, 당신의 뿌리로부터 이어진 분리되지 않은 존재였구나. 제 존재의 연장처럼 나를 바라보고 염려하고 분노했구나. 당신은 당신보다 더 나은 나를 통해 자신을 되찾고 싶었구나.

나는 아이에게 변하라고 말하지 않기로 했다. 대신 이해한다고 말하고 싶었다. 네가 언젠가 힘들지라도, 내 몫은 때때로 너를 안고 함께 느껴주는 일밖에는 없다는 걸 받아들이기로 했다. 그리고 마음에 들지 않았던 나를 아끼고 보듬고 잘 살아가고 싶어졌다. 너와 나는 다르다. 하지만 모든 인간이 그러하듯 맞닿은 지점이 있다. 너와 나는 우연히도 더 많이 맞닿은 부분을 갖고 있는지도 모르겠다. 고맙게도 뒤늦게 내게 찾아와준 네 덕택에 나를 온전히 사랑하는 법을 천천히 배우는 중이다. 잘 살아남겠다. 네가 어느 날 내게 와서 인생이 행복하지만은 않은 것 같다고 무작정 울고 싶을 때, 괜찮다고, 하지만 무슨 느낌인지 알고 있다고 꼭 안아줄 수 있으면 좋겠다.

그래도 두려움이 온전히 가시는 것은 아니다. 어느 날 떨칠 수 없는 악몽에 온몸을 뒤틀며 깨어났다. 내 곁에서 자고 있던 아이 역시 신음을 내지르며 작은 몸을 바르르 떨고 있었다.

놀라서 아이를 껴안았다. 아마도 그때 기도란 걸 한 것 같다. 제발, 제발, 나의 악몽이 아이를 찾아가지 않도록 해주세요. 내가 아는 악몽 따위는 모르게 해주세요. 결국 다시 묻고 말았다. 이 세상을, 이 삶을 관통하는 선의라는 것이 존재할까요. 이 아이의 삶을 흐르듯이 놓아주어도 되는 걸까요. 이기심 때문에 무작정 보호하고 싶은 거라고 해도, 극단의 고통으로부터 아이를 보호할 수 있는 기적을 주실 수는 없는 건가요.

시간이 흘렀다. 아이는 열 살을 넘어서면서 하루도 빼놓지 않고 소식을 주고받는 단짝친구가 생겼다. 밤마다 잊지 않고 내 볼에 입을 맞추며 사랑한다는 말을 속삭이는 대신 어쩌다 한 번 내 방을 찾아 침대 속을 파고든다. 며칠 전 무슨 까닭인지 뜬눈으로 밤을 새운 아이가 방문을 열고 살금살금 걸어와 잠든 내 손을 거머쥐었다. 숨을 죽이고 눈을 감은 채 아이의 기척을 살폈다. 잠시 후 고르게 가라앉는 숨소리가 들렸다. 꼬마 때의 숨결을 닮은, 평온하고 깊은 잠의 기척이었다. 슬며시 눈을 뜨니 역시나 까무룩 잠들어 있었다. 아이 곁에 누워서, 다시 잠이 들지 않는 깊은 밤의 한복판에서 나의 사춘기 시절을 더듬어봤다. 잠으로 밤을 지나칠 수 없던 날들이 얼마나 잦았던가. 그 숱한 밤을 넘어 나는, 분리되는 것이 아득하기만 했던 엄마와 아빠의 세상을 조금씩 벗어났다. 비로소 엄마, 아빠를 결점과 모순 또한 존재하는 인간으로 바라볼 수 있게 되었다. 그들과 평생을 함께할 수 없을지도 모른다는 깨달음과 그들 삶에서 나는 일부에 불과하다는 인식은 나를 오히려 자유롭게 했다. 그들의 세상에서 태어난 나는 다시, 작은 알을 깨고 부화하는 중이었다. 그 뒤로도 세상은 수차례 나와 함께 혹은 나와 상관없이 탈바꿈했다. 내가 변한 것인지, 세상이 변한 것인지 구분할 수 없을 때가 더 많았다. 엄마도 아빠도 그들의 속도에 맞게 탄생과 죽음을 반복하는지도 몰랐다. 다 큰 어른처럼 보였던 그들 역시 성장하는 중이었다. 나의 사춘기 딸 또한 그 비밀을 깨닫고야 말았는지, 부쩍 늘어난 일상의 말다툼에서 같은 말을 자주 반복한다. 나에 대한 서늘하고 잔인한 비판이 이어지다 감정이 서로 격앙될 때 아이는 소리친다.

"엄마, 제발 좀 자라라고(Mom, please grow up)!"

의식적으로 성장하지 않으면 머물고 정체될 것 같은 어른이라 아이는 내게 더 강조하는 걸까. 좀 더 자라야 한다는 부추김을 들을 때마다 나는 아직도 자라는 중 같아서 홀가분하다. 아직 덜 큰 터라 비틀거리고는 있지만, 비틀비틀 자라는 중일 걸까.

그런 거니, 아이야?

한강 풍경, 엄마를 부르는 소리

글이 써지지 않지만 마음은 편안하다. 얼마 전까지는 처리해야 할 일에 시달리며 글 쓸 생각조차 들지 않았다면 이제는 몸과 마음을 놀게 하면서 탈탈 털어낸 기분이다. 편안하다. 그리고 오랜만에 집중적으로 사랑을 한다. 막 아이를 낳아 품에 안고 젖을 먹였던 그때 그 시절처럼, 사춘기를 지나가는 아이들을 사랑하는 중이다. 아이들도 차츰 엄마의 사랑의 몰입도가 어느 정도인지 알아가는 것 같다. 감정에 쉽게 흔들리지 않으려면 삶을 최대한 단순화하는 수밖에 없다. 만남을 간소화하는 이유이기도 하다. 자극이 없는 삶이 이어지지만, 지루하지는 않다. 삶에서 이런 순간이 드물다는 걸 알기 때문이다. 누군가를 기다리기도 하지만, 전혀 기다리지 않기도 한다. 이 정도가 좋다. 적당히 간이 심심한 죽처럼 편안하다.

아이들과 한강 둔치를 산책하다 무작정 달려 나갔다. 아이들과 걸을 때마다 종종 하는 짓이다. 엄마의 질주가 시작되면 아이들도 따라 뛴다. 운동 신경이 남다른 첫째는 깜짝 놀랄 속도로 나를 제치고 뛰어가버렸다. 둘째도 이제 나를 이긴다(아니, 이기도록 내가 뒤처진다). 저 멀리 아득해지는 아이들을 숨찬 호흡으로 바라보는데, 뒤편에서 "엄마"라고 부르는 아이 소리가 들린다. 나도 모르게 멈칫한다. 엄마가 된 이후로 시작된 증상인데, 모든 아이들의 엄마 소리는 비슷비슷해서 나를 멈추게 한다. 옅은 물결들이 모여 하나 되어 흐르듯 다 거기서 거기다. 엄마라는 부름에 멈춰 서서 언제나 그 물속. 갓난아기의 울음소리만 들어도 절로 젖이 돌던 시절로 돌아간 듯, 나는 다시 무력해지고 그대로 온전한 복종을 살아버리는 기분이 든다. 울고 싶어지는데, 슬픈 건 아니다.

아이들과 나란히 철봉에 거꾸로 매달려 해 질 무렵의 한강을 바라봤다. 붉게 물든 하늘이 아래 있고 짙은 물색이 위에 올랐다. 대롱대롱 몸이 흔들리고 마음이 흔들리고 몸과 마음 모두 노을 따라 강물 따라 흐르는 시간, 나는 '순간정지'를 경험한다. 흐를 때 비로소 멈출 수 있다는 걸, 순간이 얼마나 무한하게 확대되는지 몸으로 알아버릴 때, 내가 너희들을 얼마나 사랑하는지 깨닫고 만다.

누구나 특별한 이야기를 품고 산다

제4부

누구나
특별한
이야기를
품고
산다

제 4 부

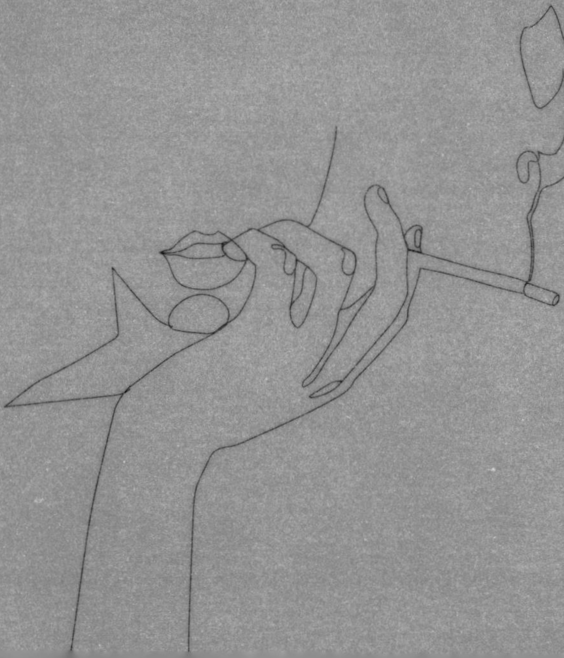

삶이 무한하지 않음을 이제는 물질 자체의 문제로서 느낀다.
사소한 것에 넘치게 화내고 걱정하고 겁먹고 연연하며 살지 않겠다.
내가 누리고 함께하고 이루고 싶은 것에 좀 더 집중하겠다.
다만 그와 같은 집중과 노력이
단기간의 즐거움이나 당장의 이득에 기울어진 가치를
동력으로 두지 않아야 한다.
왜냐하면 삶은 나 하나의 것이 아니요, 여기서 끝나는 것이 아니기 때문이다.
살면 살수록 나를 둘러싼 더 크고 더 위대한 것의 존재를 느낀다.
무엇을 하며 어떻게 살 것인가, 그리고 누구와 함께.
정리할 것은 정리하고 실수는 인정하고 포기할 것은 포기하고 할 일을 한다.
하고 싶은 일을 한다.
마음에 귀를 기울인다.
그녀는 옳았다.
가슴이 뛰는 곳을 향해 서슴없이 나아갔다.
더 이상 고통을 견딜 수 없을 무렵에 미련 없이 떠났다.
이를 두고 너무 오래 슬퍼하기에는 그녀의 삶이
너무나도 아름다웠다.
축복할 것. 삶도, 죽음도, 이후의 그 무언가도.
그녀는 내가 짐작하지 못할 무언가를 안고 나아갔다고 믿는다.
미련은 남은 자의 몫이지 떠난 자의 것이 아니다.

나의 할머니

나이 듦에 대해서 자주 생각한다. 마흔이 넘어서부터는 삶이 예전처럼 막막하게 펼쳐진 것 같지 않다. 관련된 책과 영화도 찾아서 읽고 본다. 늙음에 관한 상념은 어릴 때부터 시작됐다. 중학생 때 친구와 주고받은 교환일기에도 나는 늙음과 상실에 관한 이야기를 힘겹게 써 내려갔다. 나이와 어울리지 않는 이야기였는데도 친구는 그런 나를 잘 다독여줬다.

나는 돌이 지나서 젖을 뗀 후 시골의 할머니께 보내졌다고 한다. 1년을 할머니의 보호 밑에서 자라다 부모님 품에 돌아왔지만, 이후에도 몇 달씩 할머니와 함께 지내곤 했다. 다정하고 유쾌한 할머니의 각별한 사랑을 받으며, 남해의 작은 섬마을에서 어린 시절을 보냈다. 바다와 숲, 한참을 걸어가야 닿을 수 있는 구멍가게, 동네에 하나 있는 학급 하나짜리 학교, 집 앞의 냇가에서 할머니와 엉덩이를 맞대고 조물조물하던 빨래, 돌담 따라 들어가면 대청마루가 보이는 집, 감나무와 머루가 있는 마당, 햇볕에 말린 김과 생선 냄새, 누렁이가 있는 풍경, 그 시절을 생각하면 두서없는 기억들이 떠오른다. 그곳에는 가로등이 없었다. 밤이 되면 사위가 칠흑 같은 어둠으로 내려앉았다. 어둠은 두렵지만 신비로웠고 할머니가 밤마다 들려주는 옛이야기의 멋진 배경이 됐다. 먼 기억의 세상이 꿈틀대고 익숙한 품에 안겨 잠이 들었다. 이야기에 취해 꼬르륵 밤속으로 삼켜지던 나날이었다.

할머니는 역사의 소용돌이 한편에서 조용한 관찰자로 살았고, 역동의 시대를 살던 인물들을 지나쳐서 그들보다 더 길고 아득한 삶을 살다 떠나셨다. 할머니의 이야기 속에서는, 철이 들어 헤아리면 깜짝 놀랄 이름들이 아무렇지도 않게 등장했다. 그들은 그녀의 어린 시절을 함께한 친근한 어른이기도 했고 떠올리기 가슴 아픈 청춘의 배경이기도 했다. 할머니는 당신의 청춘이 얼마나 빛나고 아름다웠는지 종종 속삭였다. 작고 통통하고 잿빛 머리의 할머니에게서 예쁨을 상상하는 건 어린 나에게는 쉽지 않은 일이었다. 그럼에도 그녀의 이야기를 더 듣고 싶어 연신 고개를 끄덕였다.

"내가 어릴 때는 너처럼 눈이 크고 쌍꺼풀이 지면 사람들이 뭘 훔쳐가려고 눈을 크게 부릅뜨냐며 놀리곤 했어. 내가 세상을 잘못 타고난 거지."

할머니 댁에는 여닫이문을 열면 뽀얗게 세월의 먼지가 쌓여 있는 물건들이 어지러이 널린 장소가 많았다. 그곳은 작은 방이기도 했고 다락이기도 했고 1년 내내 음지인 광이기도 했다. 나는 거기서 장남인 아빠가 젊은 시절에 읽었다는 책 더미를 찾아내 며칠을 그 속을 뒤지며 보내기도 했다. 낡은 사진첩을 발견하기도 했다. 발굴에 성공한 모험가인 듯, 옛 기억의 흔적들을 내 것인 양 헤집고 다녔다. 내 백일 사진을 보고는 사진 속 아기를 데려다 달라고 울어 재끼기도 했고 눈이 크고 얼굴이 갸름하고 윤곽이 또렷한 여자가 아이를 업고 서 있는 사진을 찾아내기도 했다. 그 사진을 들고 마당에서 김을 말리던 할머니에게 달려가 사진 속 주인공이 누구냐고 물었던 볕 좋은 오후에, 그 젊고 앳된 여자가 할머니고 포대기에 파묻혀서 잘 보이지 않는 아이가 아빠라는 충격적인 사실을 들었다.

이해가 가지 않았다. 끙끙 앓듯이 헤아리고자 애썼지만 잘 되지 않았다. 아빠가 아기였다는 사실은 그나마 상상 가능했지만, 이 젊고 예쁜 여자가 늙고 쪼그라든 할머니가 된다는 사실은 다리가 후들거릴 만큼 아찔한 여정이었다. 받아들일 수 없어 마음으로는 뒤로 물러났지만, 할머니 얼굴에 맺히고 펼쳐지는 감정들이 터무니없이 깊고 광활해 몸으로는 멈춰 섰다. 넋을 잃고 그녀의 얼굴을 응시했다. 허리를 펴고 사진을 받아들고 빠져들듯 자신의 옛 얼굴에 취한 할머니는 내 표정을 살피지도 않은 채 말했다.

"할머니, 옛날엔 참 예뻤지? 그렇지?"

그렇다고, 너무너무 예뻤다고 고개를 끄덕이며, 지금도 예쁘다고 너무너무 예쁘다고 말해주고 싶었는데 입이 떨어지지 않았다. 쿵, 가슴에 돌덩이가 내려앉는 기분에 무너지듯 마당에 주저앉아 버렸다.

학교에 입학하면서 시골에 머무는 시간은 여름방학으로만 한정됐고 할머니 곁에 머무는 시간도 줄어갔다. 서울 집에 할머니를 모시고자 하는 노력은 매번 무산됐다. 오셨다가 잠적하듯 시골집으로 돌아가신 할머니는 장문의 편지를 보내셨다. 너희들 곁에 있어 서울살이가 즐겁지만, 홀로 지내는 시골살이가 더 몸에 맞는다고. 늙으니까 즐거움보다는 몸에 맞는 일을 따르며 사는 게 더 좋다고도 하셨다.

내가 찾아가는 수밖에 없었지만, 할머니는 나의 빠른 성장만큼 서둘러 늙어갔다. 아이처럼 사탕을 숨겨 놓으시곤 빼앗길까 전전긍긍하셨고 더 이상 인형처럼 예쁘지 않은 나의 변화를 친척들이 모인 자리에서 한탄하시기도 했다. 사춘기가 시작되어 몰래 목욕을 하고 싶어 전전긍긍하는 나를 사람들 앞에서 타박하시기도 했다. "볼 것도 없는데, 뭘 숨기겠다고 야단이야?"라고 말씀하신 건 두고두고 상처가 됐다. 어느새 나는 그녀를 찾아가는 긴긴 여행길을 멈추게 됐다.

그럼에도 하룻밤을 낯선 도시에서 보내야만 다다를 수 있었던, 기차와 버스로 이어진 어릴 적 여행길을 다정한 옛 노래처럼 기억한다. 창밖으로 빠르게 변하던 풍경은 신비롭고 감미로웠다. 길고 긴 다리 위를 건너는 기차 아래의 아찔한 깊이를 깨달을 때면 레일 위가 아니라 하늘을 나는 중이라고 굳게 믿기도 했다.

지금 아버지의 얼굴을 바라보면 돌아가신 할머니의 얼굴이 보인다. 그의 커다란 쌍꺼풀은 어느덧 늘어진 눈꺼풀에 덮여버렸다. 키도 몸도 자그맣게 졸아들었다. 우렁찬 목소리는 그대로지만 나 또한 우렁차지 않으면 안 되어서 예전처럼 다정한 분위기는 나지 않는다.

어제는 첫째 딸이 목욕 후 머리를 말리면서 옆에 있는 내

머리를 흔들어 같이 말리는 시늉을 했다. 거울을 바라보며 까르르 웃다가 아이가 내 어깨를 한쪽 팔로 끌어안고 가슴을 쭉 폈다. 함께 선 채로 거울 속 모녀를 마주 보았다. 아이는 이제 나보다 반 뼘이 더 크다. 아이 아빠를 쏙 빼닮았던 윤곽에서 내 얼굴이 얼핏얼핏 드러난다. 우리는 하루에도 수없이 서로에게 감탄하는 사이다. 어쩌면 이리 예쁠까, 아이, 귀여워, 피부가 이렇게 곱다니, 머릿결이 참 좋아, 너무 똑똑해, 정말 재밌어, 같은 말이 시도 때도 없이 쏟아진다. 훌쩍 자라버린 딸아이가 정말 예쁜데, 어느새 늙어버린 내 모습이 그럭저럭 친근해서 웃어버렸다. 아이에게 말했다.

"이야, 나이 드는 거, 참 좋다. 엄마가 나이 드니 우리 딸이 이리도 예뻐지는 거잖아."

세월이 주는 기쁨과 슬픔은 둘로 가르거나 반목할 수 없는 사이임을 조금씩 깨닫고 있다. 네가 빛나고 영글고 아름다워지는 시간 속에서 나는 쇠락하고 늙어간다. 하지만 오래전 나의 할머니처럼 내 몸에 맞는 일을 따르는 법을 터득한다. 현명함이 먼저 와서 깨달음을 안내하고 천진함이 돌아와서 나와 내 늙음을 편안하게 만든다. 이처럼 존재를 거두어들이리라. 조금은 유쾌하게, 짓궂은 장난도 쳐 가면서. 지금 내 상상력은 여기까지다. 아직은 여기서 멈춘다.

떠날 사람,

돌아온 사람

휴가를 맞아 한국을 방문했다. 점심이나 저녁에 지인들을 만나면 제일 먼저 듣는 말은 언제 떠나느냐는 질문이다. 언젠가 떠날 사람이라는 타이틀은 쓸쓸하다. 미안하다 못해 송구스러운 이름이다. 그런 말을 듣기 시작한 건, 프랑스 체류 시절이었다. 유학 생활을 마무리하고 귀국을 준비하던 1년 동안 나와 친구가 된 오십 대의 그녀는 자신의 상처를 담담하게, 흘리듯이 말하는 버릇이 있었다. 장을 보러 갔다 깜빡 잊고 사지 않은 물건 하나가 생각난 듯 전남편과의 이별을 이야기했다.

"나를 더 이상 사랑하지 않는다고 하더군요. 그러고는 떠나갔어요."

그녀는 프랑스에서 박사 과정을 밟던 이십 대에 현지인과 사랑에 빠져 머무는 것을 선택했고 두 아들을 낳고 가정을 꾸렸다. 남편은 10년간의 결혼 생활 뒤 이제는 사랑하지 않는다는 말을 남기고 그녀를 떠났다. 그녀는 나를 만난 지 몇 시간도 되지 않아 이런 사연을 말했다. 그리고 "떠날 사람들과 교류하는 걸 별로 좋아하지는 않아요"라고 덧붙였다.

나는 그럭저럭 나쁘지 않은 귀국을 준비하는 중이었다. 괜찮은 직장도 기다리고 있었다. 단, 부모님과의 관계가 마음에 걸렸다. 다시 부모님의 영향력 아래 돌아가는 일은 상상조차 싫었다. 그래서 한국의 한 남자와 결혼을 계획했으나 일이 진행되는 과정에 깨달았다. 한국에서 평범한 여자가 이전의 가족을 벗어나는 길은 결혼이겠지만, 그것은 또 다른 가족으로의 편입을 의미한다고. 그 가족이 행복하든 아니든 감당할 자신이 없었다. 그와 함께 내가 정신없이 준비해왔던 귀국이란, 훗날 덜 초라해지기 위해 선택한 기차표 같은 것이란 사실을 깨달았다. 막상 차에 오르더라도 내릴 곳이 아니라고 생각하며 울며 도착할 행선지 같은 것. 그녀의 남편이 떠나면서 남겼다는 말의 선명한 정직성이 차라리 홀가분하다는 생각마저 들었다.

나는 결국 행선지를 바꾸듯 새로운 남자를 만나 결혼의 기차를 탔다. 느슨한 시댁과의 관계나 부부만의 독립적 자리가 중요한 미국인과의 결혼 생활 중에서도 그녀의 남편이 했다는 말은 뜬금없이 내 가슴을 흔들고 지나가고는 했다. 사랑하지 않으니 떠나겠다는 말은 생각만큼 무책임한 선언이 아니었음을 차츰 이해했다. 그녀의 삶을 쓸쓸하다고 느꼈던 것도 나의 서툰 편견이었을지 몰랐다. 어쩌면 그들은 사랑과 자신과 상대방을 향한 정직하고도 용감한 선택을 했을지 몰랐다. 사랑이 진화하지 않고 스러진 이후를 지키는 결혼은 인생의 여정에 고독한 풍경을 채워 넣는 선택일 수도 있었다.

평온했던 결혼 생활 중 종종 인생의 휴가를 꿈꾸곤 했다. 내리지 못해 타고 가는, 막막히 목적지를 헤아리는 기차 여정은 아니었지만, 기차에서 예정 없이 뛰어내려 목적 없이 나아가던 발걸음이 그리웠다. 돌아올 수 있기에 홀가분히 떠날 수 있는 것이 휴가의 특권이지만, 인생의 여정에도 휴가를 누릴 수 있을까 알 수 없었다. 되돌아온다고 해도 돌아온 그 자리는 떠났던 그 자리가 될 수 있을까. 다시 그 자리를 찾는다고 해도 돌아온 나는 떠나기 전의 나와 같은 존재일까. 잠을 자고 일어나듯, 꿈을 꾸듯 휴가를 떠났다가 눈을 뜨듯 돌아올 수 있을까. 다른 언어와 낯선 사람들을 듣고 바라보며, 떠날 것을 알기에 애써 적응 따위는 하지 않아도 되는 홀가분한 상태. 말이 입안을 맴돌다 떠나듯, 풍경이 각막 위를 춤추다 사라지듯, 당신이 내 기억의 연못을 떠돌다 지나가듯, 내 안을 흐르다 가버릴 것들의 아름다움에 압도되는 시간. 그리고 다음과 같은 고백을 떠올리곤 했다. 나는 떠날 사람입니다. 따지고 보면 떠나지 않을 사람이 어디 있겠냐 싶지만, 나는 좀 더 일찍 떠날 사람입니다. 처음부터 그 사실을 알고 있어서 당신에게 휴가 같은 이가 되고 싶은 사람입니다. 어쩌면 다시 돌아올 사람입니다. 인생의 휴가는 종종 찾아옵니다. 나에게도, 아마 당신에게도 말입니다. 꼭 그랬으면 좋겠습니다.

나는 결국 이혼을 하고 인생의 휴가를 떠나고야 말았다. 휴가는 때때로 떠난 자리로 돌아올 수 없는 여정이 된다. 그럼에도 지금 돌아왔다고 느낀다. 혼자가 되니 깨달았다. 십여 년의 결혼 생활이 인생의 휴가였다. 나는 비로소 돌아온 자다.

삶의 용량

'성장'이라고 말하고 싶지만, 내가 그것들을 자양분 삼아 성장할 수 있으리라는 보장이 없으므로 '삶'이라고 바꿔 부르자, 여하튼. 요새 삶에는 거쳐야 할 지분거림의 할당량 같은 것이 있는 건가 싶다. 고통이라고 부르기에는 너무 거창하고, 그냥 지분거림 정도의 것들. 어마어마하게 힘들지는 않지만 작은 상처처럼 거슬리고, 어떨 때는 일상을 온통 뒤흔드는 녀석들. 언젠가 나을 테지만, 괜찮아질 테지만, 해결될 테지만, 어떻게든 되겠지만, 당장은 나를 일렁이게 하는 것들. 위로의 말도 큰 도움이 되지 않고 별다른 깨달음도 찾아올 것 같지 않은 것들. 소음이 오가는 한낮의 거리처럼, 무음보다 더 적막한 느낌 속에 내가 존재하는 것 같다.

어릴 때는 내 그릇이 작아서 이런 건가 싶었다. 내가 너무 소심해서, 내가 너무 예민해서 등등. 그런데 살다 보니, 사람들을 바라보니, 딱히 더 어마어마한 용량의 그릇을 지닌 사람도, 딱히 더 대범한 사람도 없다는 생각이 든다. 용량은 고무줄처럼 변하고 어떨 때는 호쾌했다가 불시에 좀스러워지는 것이 사람이더라. 나도 그런 셈이니 이렇게 종종거리는 것도 괜찮다고 스스로 다독이는 중이다.

10여 년 전이었을 게다. 엄마가 한국에서 전화를 걸었다. 꿈을 꾸었다고. 엄마가 다시 갓난쟁이들의 엄마가 되어 시골집에서 살고 있었다며 당신의 꿈 이야기를 늘어놓으셨다.

"서희야, 네가 그만 우물 속에 들어가 나오지를 않는 거야. 아무리 구멍 속에 머리를 박고 불러도 대답도 없고. 막내를 등에 업고 걱정이 되어 우물 주변을 빙빙 도는데, 언제 그랬냐는 듯 네가 우물 밖으로 기어 나오더라. 아무 일도 없었다는 듯 의연하게."

그리고 덧붙이셨다.

"너는 항상 그랬잖니. 뭐든지 별일 아니라는 듯, 걱정하지 말라고 큰소리를 치면서. 집에 불이 나도 눈 하나 깜짝하지 않고 다들 도망가는 와중에 남아서 불 껐잖아. 나중에 사람들이 몰려와서 보고는 어찌나 놀랐던지. 그 위험한 상황에서도 눈 하나 깜짝 않고 있던 너 때문에."

겨우 열두 살이었던 아이가 집에 불이 났는데도 주변에 피해를 주지 않고 바쁜 소방관 아저씨들 수고를 덜겠다며 동생을 보내고 오지 않는 언니를 기다리며 혼자 불을 끄겠다는 발상은 어처구니없는 게 맞았다. 불은 잦아들 기미가 보이지 않았고 뒤늦게 상황을 파악한 언니가 어른들에게 도움을 청하지 않았더라면 나도 우리 집도 큰 피해를 입었을 일이었다.

엄마는 뒤이어, 엄마를 보호하려다 아빠와 싸우고 엄마와 집을 나온 날을 이야기했다. 정확히 말하면, 나온 게 아니라 쫓겨난 것이었지만. 폭우가 내리는 밤이었고, 엄마는 무서워서 신발도 제대로 신지 못했다. 슬리퍼와 운동화를 각각 왼쪽, 오른쪽에 신고서 내 뒤를 따라나서며 아빠에게 못 지른 큰소리 퍼붓고 도망치듯 집을 나섰다. 이런 경우가 허다했음에도 신발조차 챙겨 나오지 못한 엄마가 안쓰러워 말했다.

"나 좀 봐 봐, 엄마. 아빠 분위기가 이상하면 방어 태세든 전투태세든 갖추기 전에 신발부터 잘 챙겨 놓잖아. 바지 뒷주머니에는 전화 카드와 현금 얼마 꾸겨 넣고."

싸구려 여인숙 바닥에 이불을 펴고 누워 천둥 번개 치는 소리를 들었다. 피식 웃으며 엄마에게 말했다.

"이거 봐 봐, 엄마. 나한테 몹쓸 짓하면 하늘도 분노하는 거야."

엄마에게 많은 거짓말을 했다. 조금만 기다려. 내가 엄마가 하고 싶은 거 다하게 해줄게. 이런 싸구려 여인숙 말고 좋은 데 데려갈게. 나의 약속은, 삼십 대 초반부터 엄마의 사업 실패와 그 빚을 갚아대느라 정신없는 일상으로 이어졌다. 멋진 관광지도 가고 좋은 호텔에도 데려갔지만, 이미 상할 대로 상한 엄마는 예상치 못한 자리에서 뜻밖의 난동을 부리기 일쑤였다. 일이 생길 때마다 엄마는 나를 찾았다. 일이 없으면 일을 만들어서라도 나를 찾았다. 내 거짓말의 대가를 혹독히 치르며 삼십 대를 보냈다. 삶은 마음대로 되지 않는 일뿐인 듯 보였다.

나는 엄마가 좋아하는, 대범하고 그릇 크고 화끈한 딸이 싫어졌다. 한동안 내가 얼마나 소심하고 능력 없는 인간인지 증명해 보이려 했다. 그러다 문득 생각했다. 엄마에게 보이기 위해서가 아니었다고. 이를 테면, 할당량 같은 거라고. 삶에는 작고 미세한 불안과 그로 인한 균열의 자리도 있는 법이라고. 어쩌면 나는 크고 버거운 일들을 감당하느라 그 작은 것들의 힘을 잊었는지 모른다고. 어쨌든, 그 쪼잔한 녀석들이 슬금슬금 찾아와 내 일상에 무늬를 그리고 있다. 내가 누구인지, 그들의 시각으로 바라볼 수 있게 한다는 점에서는 역시 고마운 녀석들일지도 모르겠다. 삶은 멈추지 않고 흘러가고 이제 내 시선은 좀 더 미세해지는 중이다. 보이지 않던 것들이 보이기 시작한다. 그릇은 여러 용량별로 가지고 있는 편이 좋다. 나만 크다고 믿는다고 살아지는 세상은 아니니까.

나의 열렬한 우정

작년 여름 둘째 아이가 초등학교를 졸업했다. 미국은 새 학년이 가을에 시작하고 초여름에 마무리된다. 유아원부터 다녀서 8년을 보낸 곳이라 떠나는 마음이 각별했다. 함께한 친구들도 어릴 때부터 익숙한 얼굴이라 헤어짐이 어색하면서도 새로운 세계로 내딛는 기분에 조금 설레기도 했다. 아이 졸업 앨범에 한 페이지 정도를 아이 헌정 광고로 넣었다. 만 다섯 살부터 열두 살에 이르기까지, 사진 몇 장을 골라 넣으려고 지난 사진을 훑는데 유독 지난 1년 반에 걸친 시간에 울컥해졌다. 특별한 시간이었다. 아이 얼굴을 보는데 내 삶이 배경처럼 떠올랐다. 아이의 성장 곁에서 엄마도 자라고 있었다. 성장통이 유별났던 해였고 아이가 엄마에게 의지하듯 나 역시 타인에게 의지하는 법을 배웠던 시간이었다. 끝도 없이 바닥까지 내려가는 내 모습에 아찔하기도 했지만, 사람들 속을 유영하며 버티고 지나는 법을 배웠다. 고마운 얼굴들이 떠올랐다. 그들이 없었다면 여기까지 올 수 있었을까.

누군가를 길게 사랑하는 것 또한 이제는 할 수 없을 줄 알았는데, 헤어짐과 다시 만나기를 반복하며 고유의 방식으로 그 특별함을 만들어 갔다. 그리고 이 모든 걸 가능하게 한 건 연인의 사랑만이 아니라 지난했던 과정을 함께해준 다른 이들의 보살핌 덕분이었다. 우리는 사랑할 때 단 하나의 사랑을 하는 것이 아니라, 그 사랑을 둘러싼 무수한 사랑 또한 함께하는 것인지 모른다. 내가 지금 감사하는 건, 다시 누군가를 오랫동안 사랑할 수 있다는 안도감과 묵직하고 지속적인 사랑을 받고 있다는 안정감, 그리고 이 모든 변화의 과정 속에 어디 있든 무엇을 하든 변화하는 나를 끌어안고 받아들여준 그대들의 너그러움이다. 단 하나의 연애가 아니라 숱한 연애를 하는 기분이다. 우정의 표피를 쓰고 있다 하더라도 나의 우정은 어떤 사랑보다 열렬했다. 그리고 나는 그중 열렬한 우정 하나를 이야기하려 한다.

내가 지난 2년간 폭 빠진 여자는 나를 꿈꾸게 한다. 그녀는 이제 일흔이 된 관능적인 여자다. 글도, 삶도, 자신만의 감각으로 흥건히 젖어 있는 사람이다. 성공한 사업가면서 소설가이자 시인이고 예술 작품 수집가이자 침향을 모으고 차를 마시는 와인 애호가다. 무국적의 매혹으로 가득 찬 그녀는 도발적인 딜레탕트다. 탱고를 추고 탱고를 추듯 삶을 산다. 음악이 흐를 때 그녀처럼 음악으로 녹아 흘러 움직이는 사람을 몇 알지 못한다. 기쁨과 쾌락을 충만히 누릴 줄 알고 슬픔은 바닥까지 슬퍼한다. 그녀와 함께 시간을 보낼 때면 세월을 잊고 지금을 잊고 여기를 잊는다. 유랑하듯 기쁨과 슬픔을 넘나들고 덩달아 감각에 취해버린다. 시간을 단숨에 지워내는 능력을 발휘하는 그녀는, 나의 가장 아름다운 마녀다. 나를 비롯한 내 또래 혹은 나보다 젊은 여자들은 그녀를 보면 나이 듦이 가슴 뛰는 미래로 느껴진다는 고백을 거듭한다. 그녀는 삶으로 주변을 감동시키니까. 그녀가 살아온 이야기와 살아가는 모습만으로도 바라보는 이를 설레게 하니까. 그리 멀지 않은 봄날 저녁, 우리는 두 병의 이탈리아 와인을 나눠 마셨고 팔짱을 낀 채 밤거리를 휘젓고 다녔다. 그녀의 이야기를 듣는 게 너무 좋아서 헤어지기 싫었던 밤이 지금도 백일몽처럼 나의 낮과 밤에 찾아든다.

도시의 숲이 우거진 커다란 창을 마주하고 그녀가 말했다. 며칠 전 달콤한 꿈을 꾸었다고. 그 꿈을 꾸고 일어난 뒤 깨달았다고. 그 일이 내 인생에 다시는 찾아오지 않을 일임을. 그녀가 묘사한, 다시는 찾아오지 않을 풍경이 봄밤의 만개한 꽃처럼 나를 홀렸다.

첫사랑으로 만나 결혼한 남자와 여자는 마흔이 넘어 다시 사랑에 눈을 떴다. 저녁이면 함께 바둑을 두었고 사랑을 나눴다. 사랑을 나누기 전 오늘은 어떤 사랑을 시도할까 속삭였다. 혼곤한 밤을 보내고 나른한 아침을 맞았다. 아침에 달콤하게 부은 얼굴을 마주하는 날들이 이어졌다. 십 년, 십 년 동안의 나날이었다. 그리고 권태가 찾아왔다. 그녀가 말했다. 내가 이제 일흔인데, 그 꿈을 꾸고 깨달았어. 내 인생에서 그런 날들은 딱 한 번뿐이었구나. 그 이후에도 사랑은 있었지만, 혼곤한 밤과 나른한 아침이 굽이굽이 이어진 사랑은 한 번뿐이었구나. 그 말에 나는 잠시 휘청거렸다. 70년의 세월이 그토록 구체적인 무게로 내 가슴 위로 내려앉은 순간이 이전에는 없었다. 인간의 삶에 주어진 사랑과 관능의 찬란함은 얼마나 눈부신 것인지, 세월이 지난 후에도 아득함으로 눈을 멀게 하는 건 아닌지. 숨을 가다듬고 그녀의 사랑 이야기를 귀 기울였다.

그녀가 들려주는 이야기는 거침없고 다채롭고 관능적이

다. 화려하게 짠 태피스트리처럼 이국적이고 황홀하다. 귀를 기울여 듣다 보면 눈앞에 정교한 풍경이 펼쳐진다. 언제까지고 이야기를 듣고 싶다. 밤이 지지 않기를 바라는 심정으로 그녀를 홀린 듯이 바라본다. 어느새 창밖은 커다란 어둠으로 가라앉았고 테이블 위로는 촛불이 타오른다. 일렁이는 아름다움이라 생각하며 창 너머를 바라보는 그녀의 하얀 얼굴에 머무는데, 그녀가 시선을 돌려 눈을 맞춘다.

"서희 씨는 다시 결혼할 생각 없어?"

"없어요."

나의 대답은 너무 일렀고 지나치게 단호했다. 그녀의 웃음이 불빛처럼 번진다.

"아직 많은 날들이 있잖아. 또 결혼해서 한바탕 살아보는 것도 나쁘지는 않을 거야. 단 한 번의 사랑을 한 사람은 단 한 번으로 휘청거리지만, 많이 사랑하고 깊이 유영한 사람은 세상이 뭐라 말하든 승자가 되는 거야."

나의 성급함과 어설픈 단호함이 부끄러워 웃는다. 그녀의 여유로움과 넉넉함이 든든해 또 웃는다. 어떻게 살 것인가 되물으며 서성이던 날들 너머 여명이 비치는 기분이 드는 건 두 번째 와인 병도 비어가서 오는 착각이었을까. 이제 막 실연을 겪은 또래 친구와 함께 비아냥거리듯 "사랑은 무조건 축복이란다"며 주고받던 자조적 농담이 떠올라서 등을 곧추 세운다.

관계를 이어갈 사정보다 그만둘 사정이 더 많은 것이 사람 사는 일이다. 그럼에도 가꾸고 보살펴야 할 인연이 있음을 알아보는 것이 삶을 살아가는 밝은 눈이다. 풍부한 삶의 경험을 품고 앞서간 시간의 힘을 아는 친구가 주는 조언이 값진 것은, 우리는 자주 눈이 어둡고 마음이 두렵고 몸이 귀찮기 때문이다. 불현듯 눈앞이 밝아지고 두려움이 걷히고 새로운 힘이 혈관을 따라 솟아나는 기분이다. 그녀 덕분에.

나는 그녀에게 며칠 전 본 영화 이야기를 들려줬다. 2007년 안드레 애치먼이 출간한 동명 소설을 영화화한 루카 구아다니노 감독의 〈콜 미 바이 유어 네임〉(2017)에 관해서였다. 영화는 1983년 이탈리아 북부 지방에서 40일 동안 펼쳐진 혼곤한 사랑의 이야기를 담아낸다. 조숙한 17세 소년은 여름을 맞아 그의 가족을 방문한 24세 미국 청년과 걷잡을 수 없는 사랑에 빠진다. 두려움과 오해를 지나 서로의 마음을 확인하고 얼마 남지 않은 숨 가쁜 사랑의 나날이 펼쳐진다. 하지만 미처 다 누리지도 못하고 격렬한 이별의 고통 앞에 내던져진 아들에게 아버지는 말한다.

"너희 둘은 아름다운 우정을 나눴어. 우정 이상일지도 모르지. 난 너희가 부럽다. 내 입장에서 말하자면 대부분의 부모는 그냥 없던 일이 되기를, 네가 얼른 회복되기를 바랄 거다. 하지만 난 그런 부모가 아니야. 네 입장에서 말하자면, 고통이 있으면 보살피고 불꽃이 있으면 끄지 말고 함부로 대하지 마라…. 순리를 거슬러서라도 빨리 치유되기 위해 자신의 많은 부분을 뜯어내면 서른 살이 되기도 전에 빈털터리가 되고 말아. 새로운 사람을 만나 다시 시작하려 할 때마다 줄 것이 별로 없어져버리는 거지. 근접한 적은 있었지만 나는 네가 경험한 걸 살아내지 못했어. 언제나 무언가가 나를 저지하거나 막았지. 네가 삶을 어떻게 사는지는 네 선택이다. 하지만 기억해. 우리의 가슴과 육체는 평생 한 번만 주어지는 거란다. 대부분의 사람은 마치 두 개의 삶을 살 수 있는 듯 살아가지만 말이야. 하나는 실물 모형의 삶, 또 하나는 완성된 버전으로서. 그리고 그 사이에 온갖 유형이 존재하지. 하지만 삶은 하나뿐이고 자신도 모르는 사이에 가슴을 닫아버리기도 한단다. 육체의 경우에는 아무도 바라보지 않고 가까이 오려고도 하지 않는 때가 오고, 마침내 슬픔이 찾아오지. 나는 고통이 부럽지는 않아. 그저 네 고통이 부러운 거야."

영화는 두 젊은이의 우정과 사랑을 중심에 놓았지만, 그 사랑을 씨줄과 날줄처럼 엮어주는 또 다른 사랑과 우정을 풍경처럼 펼쳐놓는다. 아름다운 청년들의 사랑과 이별, 슬픔을 보살펴주는 것은 소년의 아버지와 어머니의 너그럽고 현명한 시선과 적절한 눈감음과 때를 맞춘 다독임이다. 나는 거기서 또 다른 형태의 우정을 본다. 우정은 연인 사이에도, 그리고 부모와 자식 사이에도 피어나는 가장 소중한 기적일지도 모른다.

그녀와의 만남이 있은 며칠 뒤 무더운 이국의 도시로 여행을 떠났다. 도시의 한적한 카페에서 여행의 친구들과 맥주를 마시던 이른 저녁, 인터넷에 접속하자마자 전화가 창백한 알림 소리를 전해왔다. 화면에는 한때 익숙했던 이름 하나가 불시착한 우주선처럼 떠 있었다. 옛 연인의 소식이었다. 오랜만에 안부를 전해온 그는 내 이십 대의 절반을 기원전과 기원후처럼 동강냈던 연인이었다. 이메일함에는 '1990년대 후반, 너와 나'란 제목 아래 그가 낡은 상자에서 발견한 그와 나의 흑백 증명사진이 첨부파일로 동봉되어 있었다. 난 그 상자를 잘 알고 있기에 가슴이 갈라지는 기분이었다. 오래전, 그가 출근해서 없는 늦은 오전의 아파트에서 큰맘 먹고 뒤져봤던 책장 속 그만의 비밀 상자였다. 나는 거기서 마지막 남은 내 사진 몇 장을 훔쳤고 며칠 뒤 그에게 이별을 선언했다. 이번에 이메일로 받은 사진은, 뺏고 또 뺏어도 그가 내게 훔쳐내던 사진이었다. 우리는 서로에게서 그 사진을 자꾸 훔쳤다. 나는 도망가기 위해, 그는 잡아두기 위해. 결국 그가 이겼다. 그는 아직도 그 사진을 가지고 있었다.

그가 말했다.

"우리는 그때 참 아름다웠어, 그렇지?"

과연 그랬다. 그의 섬세하고 눈부신 젊음이 쩍 갈라진 가슴 한구석을 도려내듯 아프게 했다. 눈부신 것은 부서진다. 부서짐은 아프다는 걸 이제야 안다. 죽음 가까이 다가갔다 돌아온 남자는 내게 말했다. 삶의 축복을 누리라고. '삶'과 '사랑'이 맞닿아 있듯, 'live'와 'love' 또한 닮아 있음을 그의 글에서 확인했다. 도처에 부추기는 사람투성이다. 그들 덕택인지 몰라도 나는 아직 봄밤처럼 혼곤히 사랑하고 늦은 아침처럼 나른한 나날을 보내고 있다. 사랑과 우정으로 흥건한 날들이다. 결국 어떤 형태든 사랑은 축복이란 말은 옳다. 연애하듯 우정을 쌓는 나에게는 더더욱 그러하다.

당신을 귀여워해

남자는 가벼운 사회 불안증을 앓고 있다. 원치 않는 약속이나 모임에 나가야 할 때면 눈빛이 흔들리고 안절부절못할 때가 있다. 여자는 함께 있을 때조차 불안해서 대화에 집중하지 못하는 그를 보고 말했다.

"혹시 다음 약속 걱정돼?"

"응. 티나?"

"잘 안 나. 그래도 나는 그걸 알아볼 수 있어서 좋아."

"아, 자꾸 왜 이러는지 모르겠어."

"아니야. 약속 나가는 게 불안하면 억지로 괜찮은 척하지

마. 네 불안한 모습도 귀여우니까."

남자는 그가 어찌할 바 모르는 상황을 헤아리는 여자가, 그리고 무너지는 그를 무안하지 않게 대하는 태도가 좋다. 심장을 꽉 누르는 걱정거리들이 지나고 나면 별거 아니라는 것도 예감하게 해준다. 걱정하는 그의 모습조차 여자는 사랑스럽다고 해준다. 그녀는 그를 '귀여워한다'. 남자는 난처한 상황에 놓인 자신이 싫어질 때마다 그를 귀여워하는 그녀를 떠올린다. 그녀의 귀여움이 그의 불안을 해결해주진 않는다. 그렇지만 불안을 느끼는 자신을 견디지 못하고 스스로를 타박하는 일을 잠시 멈추게 한다. 남자는 그가 귀여워하는 그녀가 귀여워하는 사람이다. 그의 불안은 그녀가 귀엽게 바라보고 그 너머의 마음을 헤아리게 하는 그들만의 신호등이다.

우리의 우울이나 슬픔, 혹은 고통은 무찌르고 없애고 당장 해결해야 하는 것이 아니다. 성폭행과 아동학대 생존자이자 사회 활동가인 아미타 쇼딘Amita Swadhin은 치유를 우리가 다다라야 할 하나의 목적지가 아니라 반복해서 실습하고 실천해야 하는 행위라고 말한다. 상처는 지워버려야 할 부끄러운 과거가 아니라 우리 존재의 크고 작은 무늬와 같다. 흐려지기도 하고 진해지기도 하며 우리의 작은 일부가 되기도 한다. 누구도 상처로부터 자유롭지 않다. 우리는 크건 작건 불균형한 정신과 아픈 마음을 가지고 있다. 과거의 상처나 환경으로 존재를 규정하고 부끄러워하는 마음은 우리 자신의 영혼마저 가난하게 만든다.

우리는 서로의 상처와 고통과 크고 작은 징후들이 삶과 운명을 결정하지 않도록 함께 도와 갈 동반자가 필요하다. 서로의 고통을 사소하게 여기거나 무심하게 지나가지 않고, 기꺼이 받아주되 그 무게에 압사되지 않는 용기와 가뿐함을 지닌 동지들은 색다른 힘이 되기도 한다. 내게 보이는 내 존재의 못생긴 부분을, 웃음과 사랑스러움의 대상으로 환치시키는 사람을 만나면 마음을 누르던 돌무더기 중 하나쯤은 굴러떨어진 기분이 든다. 문제를 말끔히 해결해주지 않아도 좋다. 치유란 이뤄야 할 목표가 아니라 끊임없이 실천하고 익숙해지는 행위니까. 혼자 익히고 배워야만 하는 일이 아니라 동료나 가족, 친구 혹은 전문가, 사회와 공동체의 도움을 받을 수 있다면 더 편하게 접근할 수 있다. 내 결점이 추하고 역겹고 기피하고 싶은 대상이 아니라는 것을 발견해주는 시선 또한 도움이 된다. 누군가는 내가 집착하는 나의 결점을 우주의 조금 다른 별처럼 신비롭고 흥미롭게 들여다본다. 그리고 나를 끌어안고 외치기도 한다. 당신은 귀여워. 나는 당신을 귀여워해.

누군가 나를 존경한다거나 사랑한다고 말할 때 나는 기쁜

만큼 불안하다. 나의 무수한 결점들 중 무언가를 들켜 그의 존경이나 사랑을 잃어버리게 될까 봐. 사랑만큼 황홀한 감정은 없지만 때로는 너무 크고 너무 대단해서 자꾸만 내 가치를 숨죽여 점검하게 된다. 하지만 귀여움은 다르다. 사랑보다 더 느슨하고 편안해서 안전하다고 느낀다. 못남이나 부족함이 사랑의 대상이 되는 길은 멀어 보이지만 귀여움의 대상이 되는 건 귀여운 기적처럼 지금 바로 가능할 것도 같다. 왜냐하면 나 역시 내 주변에서 숱한 귀여움을 발견하기 때문이다. 바람에 흔들리는 작은 꽃잎이 귀엽다. 다리 짧은 강아지의 발발거리는 발걸음이 귀엽다. 아이의 빠진 앞니 자리가 귀엽다. 일흔이 다가와도 자꾸 또 사랑에 빠지는 엄마가 귀엽다. 카메라만 들이대면 눈을 꼭 감아버리고 마는 친구의 어색함이 귀엽다.

다시 여자와 남자의 이야기로 돌아가자. 남자는 여자를 생각할 때면 가장 먼저 떠오르는 행복의 순간으로 그의 불안 앞에서 경쾌하게 웃어주던 그녀와의 시간을 꼽았다.

"제 문제가 저를 한심하게 만드는 게 아니라는 기분이 들게 해요. 마음이 조금 홀가분해져요. 그녀가 웃는 모습을 보면 나도 모르게 따라 웃게 되고요. 내 미세한 불안함을 먼저 알아봐주는 것도 좋고 그런 나를 괜찮다는 듯이 바라봐주는 모습도 좋아요. 게다가 괜찮은 정도가 아니라 귀엽다고까지 해주니 그녀 앞에서는 나를 숨기거나 더 나은 사람처럼 가장하지 않아도 될 것 같아 편안하기도 하고요. 나란 존재가 무겁고 답답하게만 느껴지지 않고 좀 더 가뿐해지는 것도 같아요. 그리고 무엇보다 기뻤어요. 왜냐하면 그녀는 제가 가장 귀엽다고 느끼는 존재거든요."

"어떨 때 귀여운데요?"

"저한테 실수하고 그걸 만회하기 위해 비장해질 때요. 바로 사과하기 미안하니까 더 심각해지는 걸 알거든요. 얼마나 미안해하는지도 느낄 수 있고요. 그녀가 늘어놓는 온갖 깨달음의 말들이 사실은 우렁차게 '미안해, 미안해, 용서해줘'라고 소리치고 있다는 걸 알아요. 그 쑥스러워하는 그녀만의 진실이 귀여워요."

서로 귀여워하는 관계는 막강하다. 존재를 향한 너그러움과 연민이 함께할 때 우리는 잠시나마 안전과 자유를 동시에 느낀다. 대체로 우리가 누리는 안전은 약간의 지루함을 동반하고 불안 없는 자유란 아주 드물다. 그런데 귀여워함이 선사하는 넉넉함에는 함께 가기 어려운 두 즐거움이 사이좋게 어우러진다. 서로를 귀여워하는 순간은 끝없이 지속되지 않는다. 귀여워하기 역시 우리가 다다라야 할 목적지이자 모든 것을 내려놓고 쉴 수 있는 안식처는 아니기 때문이다. 귀여워하기는 실천이다. 우리가 배우고 실습하고 익혀야 할 행위이자 상태다. 치유처럼 말이다. 이렇게도 말할 수 있겠다. 서로 귀여워하기는 치유의 꽤 좋은 방법이기도 하다.

누구나 특별한 이야기를 품고 산다

집을 바꾸었다. 친구 A와 세운 여름 맞이 계획을 실행에 옮겼다. 나와 두 아이는 A의 서울 집에서 여름 한 달을 나고 그의 가족은 엘에이에 있는 우리 집에서 지내는 중이다. 내가 주로 생활하는 집을 누군가에게 내준 것은 처음이라 떠나기 전에는 긴장이 됐다. 깔끔하고 세련된 미적 취향을 가진 친구에게 보일 우리 집의 허술하고 어정쩡한 면모가 염려됐다. 게다가 그의 남편 또한 합류할 예정이었다. 친구와는 친밀한 관계로 맺어진 신뢰가 있기에 괜찮지만, 남편의 경우는 달랐다. 나의 궁색한 모습이 적나라하게 드러나는 건 아닐까 겁부터

났다. 하지만 다정하고 긍정적인 A는 도착하자마자 얼마나 우리 집과 우리 동네가 마음에 드는지 실시간으로 연락을 쏟아냈다. 덩달아 나도 신이 났다. 나의 걱정을 덜어주려는 A의 따뜻한 배려, 그리고 캘리포니아의 화창한 날씨 덕분임을 알면서도 마냥 좋았다.

5년 전의 이혼과 동시에 떠안게 된 오래된 집을 떠날 생각도 했지만 아이들은 태어나 자란 집에서 머물고 싶어 했다. 작년에는 집 전체를 공사했고 이번 여름에는 정원을 손볼 생각이었지만 친구 가족이 오기 전에 끝낼 수 없을 것 같아 공사는 중단했다. 친구 가족에게 최대한 안락한 공간을 선물해주고 싶었는데 기대만큼 되지 않아 애가 타기도 했다. 내가 할 수 있는 최선은 집을 정리하고 청소하고 그들이 편히 사용할 만큼의 수납공간을 만들어주는 게 전부였다. 지난여름 집 공사를 시작하면서 새로 꾸미는 집은 멀리 있는 이들을 위해 열린 공간으로 바꾸고 싶었다. 그러나 공사를 끝낸 이후에도 생활 습관은 쉽게 바뀌지 않았다. 바뀐 집은 나를 숨기고 조용히 기거하기에 더 좋은 공간이 되었고 그 고요와 평안을 쉬이 내려놓지 못했다. 가까운 친구 몇 명을 맞이할 수 있었고 덕분에 그들과의 추억도 겹겹이 쌓여나갔다. 이제는 통째로 집을 열어놓을 만큼 과감해졌다. 나의 책상, 나의 식탁, 나의 주방, 나의 소파, 나의 정원, 나의 침대, 나의 옷장, 그리고 나의 책까지. 신뢰하는 이에게 모조리 내어놓는 기분이 그럴 듯했다. 그와 그의 가족이 다녀간 후에 그들의 행복이 꽃가루처럼 살포시 내려앉을 것 같은 예감이 들기도 했다.

A는 내게는 당연해서 시들해진 삶의 터전을 반짝반짝 빛나는 감탄과 설렘의 공간으로 탈바꿈시켰다. 그의 사진 속에 담긴 동네 장터, 식당, 거리는 모두 빛이 났다. 내가 이토록 아름다운 곳에서 살고 있었다는 게 믿어지지 않을 정도였다. 넓지만 소용없이 방치됐던 주방도 요리를 좋아하는 A 덕분에 활기가 돌았다. A의 남편이 상그리아를 만드는 모습까지 사진으로 전송돼 왔다. 우리 집 거실의 팝콘 메이커에서 폭포처럼 쏟아지는 팝콘 제조 과정을 경이로운 눈빛으로 바라보는 A의 딸을 담은 동영상을 수차례 반복 재생해서 보기도 했다. 내가 있던 자리에서 누군가는 저토록 모든 것을 누리는구나 싶어 뜨거운 감사가 가슴 깊은 곳으로부터 올라왔다. 서재 또한 그들의 열렬한 사랑을 받았다. A는 책장의 책을 읽어도 되느냐고 물었고 괜찮은 책을 추천해달라고 했다. 나는 그에게 어울릴 만한 소설로, 베른하르트 슐링크의 《계단 위의 여자》와 오르한 파묵의 《눈》을 골랐다. 그리고 여름에 와인과 함께 읽기에 안성맞춤인 《여름 거짓말》 단편집도 추천했다. 말을 꺼낸

다음 날 A에게 연락이 왔다.

"언니, 《계단 위의 여자》 단숨에 읽었어. 정말 재밌었어. 읽는 내내 언니를 생각하면서 보니까 더 특별하더라. 지금은 파묵의 《내 마음의 낯섦》을 읽고 있어. 이국적이고 흥미로워. 언니가 말한 책은 바로 찾지 못해서 같은 작가의 다른 책으로 골랐어. 이 집도, 여기서 읽는 책도 다 좋아. 언니, 정말 행복해."

그가 내 책장 앞에서 책을 고르는 모습을 상상하니, 이십 대의 내가 사랑했던 한 남자의 집과 그의 책장이 떠올랐다. 격렬한 사랑의 한가운데 태풍의 눈처럼 평온했던 그의 서재 속 장면이 눈앞에 그려졌다. 그가 출근한 뒤 펼쳐졌던 느린 오전의 날들 속에서 그의 책을 몰래 꺼내 읽었다. 책 구석구석 숨겨진 메모를 탐닉했고 그의 필체를 눈동자로 핥으며 따라갔다. 그리고 지금 누구에게도 개방되지 않았던 나의 책들이 무방비 상태로 A에게 주어졌다. 어느 순간 어디에서 펼쳐질지 모른 채, 깊고 오래된 저마다의 비밀을 간직한 채. 내 책의 미묘한 설렘이 대륙을 건너 이곳까지 전해지는 기분이었다. 책장의 팔랑이는 감촉도, A의 손끝에 닿을 종이의 떨림도, 춤을 추듯 시선을 따라갈 활자들의 흐름도, 때로는 폭죽처럼 솟아오를 단어의 향연도, 스며들다 퍼져나갈 은밀한 기억과 책이 속삭여줄 오래된 지혜, 그 감동의 파동도.

나와 두 딸이 머물게 된 A의 집은 커다란 통유리 너머로 한강 전경이 펼쳐지는 곳이다. 나는 이 집에 얽힌 A의 이야기를 그에게 들어 알고 있다. 그가 새벽을 맞이하며 바라봤던 일출의 장면과 한때의 절망과 슬픔에 귀 기울였다. 그의 이야기 속 배경에 내가 있다는 게 신기해서 한동안 그의 모습을 상상하며 옛 영화를 상영하듯 장면을 그려봤다. 사람은 누구나 특별한 이야기를 품고 산다. 그들의 이야기를 그들의 자리에서 재구성할 수 있는 기회는 더더욱 특별했다. 나는 A를 좀 더 구체적으로 이해할 것 같았다. 그의 시선을 거슬러 한강 저편의 풍경을 더듬듯 훑어가는 나날이 이어지고 있다. 어느새 그의 공간이 익숙한 자리가 되는 것 또한 특별한 경험이었다.

동시에 내 삶의 사건이 이곳을 배경으로 펼쳐졌다. 헤어진 누군가를 떠올리며 가슴 아파한 밤도 있었다. A의 소파에 앉아 간만에 연락이 닿은 친구와 뜨거워지는 전화기를 귀에 대고 옛 기억을 더듬어가며 이야기를 나눴다. 식탁 의자에 앉아 이제 막 사랑을 마감한 친구 B의 이야기를 들었다. 덥고 축축한 도시 여행과 짧은 로맨스를 만끽한 후배 C의 모험담을 경청하기도 했다. 딸아이가 흥얼거리는 한국 아이돌 가수의 히트곡을 원곡 한 번 들은 적 없이 따라 부를 수 있게 되었고 아이가 새로 완성한 애니메이션을 시청했다. 아이와 함께 안방

침대에 누워 올해는 자신의 유튜브 채널 팔로워를 십만 명까지 늘리겠다는 목표를 들었다.

"엄마, 내가 아홉 살 때 꿈이 유명한 유튜버가 되는 거였는데, 조금은 이룬 듯해서 뿌듯해."

그가 세운 계획은 차곡차곡 실행되는 중이었다. 계획에 맞춰 성격을 바꿔가며 작품을 업로드 하고 있음을 설명을 듣고 알았다. 그리고 바로 지금, 나의 유튜버 첫째 딸보다 한 살 많은 A의 아들 T는 온라인상에서 만난 캘리포니아 여자 친구를 처음 만난 감격에 구름 위를 걷듯 들떠 있다. 거리에서 흘러나오는 프랭크 시나트라의 노래를 따라 부르며 기회가 닿을 때마다 사람들과 하이파이브를 나눌 지경이라는 소식이 들려왔다. 아이들이 각각의 공간에서 눈부시게 성장하고 있다는 소식은 두 엄마를 설레게 했다. 우리는 이렇게 자리를 바꾸어 서로의 행복에 기뻐하고 있다. 서로의 자리에 각각의 행복을 남기고 떠날 마음으로 살아가니 오늘 하루의 행복이 예사롭지 않다. 나의 행복은 나만의 행복이 아니라 이 공간을 채우고 떠날 행복이다. A도 저 멀리 나의 집에서 그만의 행복을 심고 곳곳에 싹을 틔우는 중이니까.

공간을 바꾸는 일은 삶을 나누는 행위이자 서로의 행복에 좀 더 열렬해지는 일이라는 것을 배우는 중이다. 평범해진 일상에 새로운 기운을 받아들이고 문을 열어 환기시키고 삶이 얼마나 새롭게 재탄생될 수 있는지 타인의 자리에서 모색하는 일이다. 지금 여기 나의 행복이 나만의 행복이 아니라 훗날 다른 행복의 전령됨으로 이어질 일이기도 하다. 물론 이와 같은 기쁨을 누리기 위해서는 서로에 대한 신뢰와 배려가 바탕이 되어야 한다. 공간을 향한 존중 또한 있어야 한다. 나는 내가 머무는 이곳을 그들 삶의 일부를 돌보는 마음으로 지내고 있다. 돌이켜 보면 나는 내 것이라고 여기는 것은 함부로 대하며 살아왔다. 내 것이므로 덜 신경 써도 되고 나중에 돌봐도 되는 것으로 여겼다. 내 몸과 마음도 마찬가지였다. 내 몸과 마음이므로 낭비하듯 써버리고 망가지고 나서야 어리석음을 자책하는 날들이 반복되듯 이어졌다. 나를 가장 미워할 수 있었고 넘치는 물을 쏟아 버리듯 나를 버리고 방기하기도 했다. 세상에서 나만큼 나를 잘 돌봐야 하는 사람이 없음에도 나이기에 마음대로 다뤄도 되는 줄 알았다.

사랑하는 친구의 공간에 들어와서 그의 일부를 맞이하듯 살아가니 지난날의 무책임함이 눈에 띄게 드러났다. 나의 집은 나의 것이기에 사랑받지 못했다. 당연히 여겼고 무심함의 대상이었다. 친구의 사랑과 보살핌으로 피어나는 나의 공간을 바라보니 새삼 미안해졌다. 사랑할 것을 가까이 두고도 사랑할 줄 모르는 삶을 되돌아봤다. 나에게도 마찬가지였다. 가장 사랑한 줄 알았지만 가장 쉽게 따돌리고 가장 쉽게 괴롭힌 건 나 자신이었다. 가장 독한 비난의 대상이 된 것도, 다시는 안 볼 듯이 몰아붙인 자도 바로 나 자신이었다. 그럼에도 매일 마주치는 나에게 미안해하지 않았다. 어차피 나는 죽을 때까지 나와 이별할 수 없으니 가장 쉽고 간단하게 미워할 상대였다.

며칠 전 소파에 앉아 책을 읽고 있었다. 옆에 있던 딸아이가 내 이마를 슬쩍 만지며 말했다.

"엄마, 요새 로션 바꿨지?"

"응, 그때 너랑 같이 샀잖아."

"그거 안 좋은 것 같아. 바르지 말고 다른 거 써."

"왜?"

"엄마 얼굴에 주름이 생겼어."

늘어나는 주름을 나보다 더 먼저 발견하는 딸아이가 사랑스럽고도 애처로웠다.

"괜찮아. 늙으면 다 생기는 거야."

"그래도 이건 갑자기 생긴 거니까 신경 써야 해."

"이왕 산 건데 아까우니까 다 바를 거야. 대신 더 건강하게 먹고 더 신경 쓸게."

불현듯 깨달았다. 나는 내가 가장 사랑하는 아이가 가장 사랑하는 사람이다. 나는 가장 사랑하는 사람을 위해서라도 그가 가장 사랑하는 이를 잘 돌봐야 한다. 그건 바로 나다. 나는 나를 아끼고 돌볼 테다. 바르게 사랑할 테다.

안전함의 감각

떨치지 못한 미련처럼 어젯밤 에어컨을 끄지 못했다. 새벽에 눈을 떠서 창밖 너머 바람 소리를 듣지 않았더라면? 다행히도 나의 잠은 얕고 가늘어서 쉽게 찢어졌고 무심히 찾아온 손님 같은 밤바람을 맞이할 수 있었다. 어린 시절부터 반복해온, 숨겨진 방을 찾는 모험은 나이가 들어서도 꿈에서는 물론 현실에서도 계속됐다. 나는 서울의 구석진 곳에 방을 얻었다. 그곳에서 안전한 은닉의 기분을 느끼기 위해 방을 쓸고 닦고 단출하게나마 가구를 들여놨다. 밥솥을 사고 식기를 구비하고 서랍 속에 일상을 버티는 옷들을 정리해 놓았다. 내 방, 그리고 내 침대에서 보내는 첫날 밤, 나는 오래도록 그리워했던 방과의 해후를 준비하듯 조금은 설레고 조금은 두려운 마음으로 잠에 들었다.

방은 쉽게 품을 열지 않는다는 걸 알고 있기에 초조함을 애써 달랬다. 미국으로 먼저 귀국한 딸아이가 생각났다. 집 마당에 서식하는 길고양이의 마음을 얻기 위해 몇 시간이고 땡볕에 앉아서 먹이를 놓고 곁에서 가만히 공존하기를 실천했다. 아이는 안달하지 않았고 무턱대고 바라지 않았다. 길고양이의 습성을 세심히 조사해서 다가가되 거리를 유지했고 기다림을 두려워하지 않았다. 자신이 원하는 결과를 상대에게 짊어지우고 그 결과만을 얻기 위해 나아가는 과정이 아니었다. 가장 용기 있는 기다림, 무작정의 기다림, 같은 시간 속에 공존하는 것을 즐기고 감사하는 기다림이었다. 다섯 마리의 고양이 중 새끼 고양이 한 마리가 다가와 그의 손가락을 가만히 핥고 갔다. 긴긴 기다림의 과정에서 벌어진 경이를 그 자체로 기뻐할 수 있었다. 좁고 협소한 지점을 목적으로 정해두지 않으니 넓고 평화로운 한가운데 놀라운 기쁨들이 숨은 꽃처럼 피어났다. 그리고 오늘 아침, 나는 긴 잠을 자고 일어났다. 열린 창밖으로 들려오는 바람에 헝클어지는 나뭇잎 소리와 늦여름의 더위를 가르듯 비벼대는 매미 소리, 생명을 노래로 바꾸는 새의 지저귐에 눈을 떴다. 아침을 홀로 차려 먹고 집을 조금 정리하고 배달된 테이블과 의자를 받아 산이 보이는 커다란 창을 보며 앉았다.

요새 박자를 늦추려고 애쓰는 중이다. 최근 상담을 시작하면서 배운 말 "조금 더 천천히"를 주문처럼 외운다. 가만히 멈춰 서서 들여다보는 일도 이제는 조금씩 이루고 있다. 어느새 지난 삶을 지배했던 불안의 감각이 뭉친 털처럼 동글동글 형태가 또렷해진다. 이제 나는 저걸 손으로 만질 수 있을 지도 몰라. 가만가만 어루만질 수 있을 지도 몰라. 상담 선생님은 나를 다시 바라볼 것을 권유했다. 한없이 가혹하고 차가웠던 시선을 조금 놓고, 마치 다른 사람을 바라보듯 거리를 두라고. 상담자의 시선에서 연민을 보았다면 나의 조급한 결론이었을까. 예기치 못한 거부 반응과 분노에 가까운 감정이 치밀어 올라 나를 급히 다잡아야 했다. 그날의 상담 시간에 결국 울음을 터뜨렸다.

"나는 불쌍하지 않아요. 왜냐하면 내가 불쌍하다고 인정하는 순간, 내가 받지 못한 사랑을 인정하는 셈이니까요. 내가 끔찍해서, 내가 못나서 그들이 나를 사랑하지 않았다고 인정하는 게 되니까요. 그러니까 내 불쌍함을 인정하지 않기 위해서, 그들을 이해하고 헤아려야 해요. 그들은 불행했을 따름이에요. 나는 그들보다 강하고 그들 말처럼 많은 것을 가졌어요. 그러니까 그들의 불행을 내 것처럼 돌보고 그들을 행복하게 해줄 수 있다고 믿어야 해요. 나는 그렇게 내 의미를 증명해야 해요."

무너지듯 엉엉 울며 말했다. 얼굴을 가리지 않고는 울지 못했던 내가 보였다. 일그러진 못생긴 얼굴 대신 가린 손과, 가린 손 너머의 마음이 보였다.

나를 품어준 새로운 집에 내가 머무는 방이 벌써 좋아졌다. 이 집에 머물면 바깥의 시간에서 해방되어 온전히 내 안의 시간을 마술처럼 늘렸다 펼쳤다 지낼 수 있다. 안전히 숨을 곳을 찾아다니던 지난 '내'가 옷을 훌훌 벗고 널브러져 있기도 하고 깔깔 웃으며 말을 걸기도 하고 슬프다고 울어대기도 한다. 꿈마다 찾아 헤매던 숨을 곳, 안전한 방은 여기 있었다. 내 마음, 내 안전한 마음에. 나는 더 이상 절벽을 타듯 아슬아슬 버티는 삶을 살지 않아도 될까. 연원을 알 수 없는, 언제 끊어질지 모르는 동아줄에 매달리지 않아도 될까.

느리게 흘러가는 시간 속에서 나는 열지만 긴 잠을 잔다. 깼다가 다시 잠드는 일을 반복한다. 어젯밤 꿈에서 나는 또 다시 집으로 돌아갔다. 방을 열고 어린 시절의 어머니와 아버지가 서늘한 방바닥에 비스듬히 누워 있는 모습을 봤다. 잠깐의 평온이 지나가고 있음을 보고 희미한 안도감을 느꼈다. 그 옆 방으로 넘어가서 나는 상을 차렸다. 밥상에는 밥과 국 한 그릇 놓인 것이 다였지만, 어느새 내 앞에 한 아이가 앉아서 나를 골똘히 바라보고 있었다. 그 시선이 맑고 고요하여 들여다보니, 그 눈빛은 연민이더라. 처음에는 나의 첫째 딸인 줄 알았는데, 자세히 보니 어린 나였다. 아이는 나를 불쌍히 여기는구나. 내가 너를 불쌍히 여기는 게 아니라, 네가 나를 불쌍히 여겨 품어주는구나. 어른을 사랑하는 방법은 오직 그들을 불쌍히 여기는 길밖에 없다고 여겼던 그 아이는, 어른인 나조차도 가엾게 여기는구나. 당황해서 눈을 뜨니 아침이었다. 커다란 창문 너머로는 크고 둥그런 산이 아침 빛으로 푸르렀다.

얼마 전 가까운 친구 둘과 함께 본 고레에다 히로카즈 감독의 최근작 〈어느 가족〉은 혈연으로 맺어지지 않았으나 가족을 이루고 사는 이들을 영화 속에 담아낸다. 아버지로 불리길 원하는 오사무는 그를 아저씨라고 부르는 쇼타와 좀도둑질을 한다. 호명도, 도둑질도, 둘 사이에 강요되지 않는다. 아버지라 불리길 원하지만 그건 그의 바람일 뿐 자신도, 상대도 무겁게 짓누르지 않는다. 혈연이 아니기에 무턱대고 바라지 않고 일상 속에 빛나는 순간을 무심코 함께한다. 예상치 못한 장면에서 시리도록 아름다운 순간을 목격하는 건 이 영화의 강력한 미덕이다. 무더운 여름날 장대비가 쏟아지고 국수를 먹던 연인은 따스하고 유쾌하게 서로를 품에 안는다. 남편의 폭력에서 벗어나기 위해 여자는 남편을 살해했고 남자는 여자를 도왔다는 두 사람의 비밀은 영화의 말미가 되어서야 유추할 수 있을 뿐 애써 드러나지 않는다. 쇼타가 오사무와 헤어져 돌아서는 길에 이르러서야 그를 아버지라 중얼거리는 모습도 오사무에게는 전해지지 않는다. 중요한 말도, 사연도, 그들의 입을 통해서는 발설되지 않는다.

불길한 아름다움, 깨지는 햇빛의 찬란함, 크고 하얀 눈사람의 이튿날 초라한 행색, 입 밖에 내지 못해 입술로만 그려진 감사의 말들, 마음 속 호명의 말들, 선언되지 못한 선언의 말들, 갑작스런 비와 혼곤하고 따뜻한 결합, 차가운 소면, 땀에 젖은 점, 행복을 안 뒤 부쩍 자라난 아이, 희망으로 한 뼘 솟아난 꼬마와 그 기다림이 어쩌면 이 영화의 전부다. 그럼에도 느낄 수 있다. 희미하게 내려앉은 햇살처럼, 강렬하지 않아도 공간을 어느덧 채우고야 마는 빛의 마법처럼, 희망을 알고 행복을 체득한 사람은 결코 불행이 전부인 삶을 살게 되지 않음을. 지붕 위로 던진 이가 새 이로 돌아올 그날을 기다리듯, 나는 영화가 끝난 뒤에도 영화 속 인물들의 행복을 기다릴 수 있었다. 기다림을 지탱하는 건 다음 같은 장면 덕택이기도 하다. 연인인 노부요와는 언제 사랑을 나누느냐는 아키의 질문에 오사무가 가슴을 탁탁 가볍게 치며, 우리는 여기로 연결된 관계라고 대답한다. 이야기가 전개될수록 오사무와 노부요 사이의 담백한 깊이와 대체할 수 없는 공동체로서의 결속이 그들의 역사와 함께 드러난다. 운명의 공동체라는 말을 그들을 통해 다시 새롭게 이해했다. 서로의 존재에 대한 강인한 결속으로 이뤄지는 운명 공동체는 공범의식 이상의 거의 절대적 연민이 자리한다. 노부요는 이미 살인죄가 있는 오사무를 대신해서 이후의 범법 행위에 대한 모든 죄를 자신에게 씌운다. 그리고 오사무는 노부요를, 노부요는 오사무를 기다린다. 감옥이든, 감옥 밖이든 중요하지 않다. 학대받던 꼬마 유리는, 새엄마의 따스한 품을 안 뒤 친엄마의 회유에 더는 넘어가지 않는다. 대신 한 뼘 더 자란 뒤에도 처음 오사무를 만났던 자리에 앉아 막연한 기다림을 이어간다. 우연히 만나서 가족을 이루었다 흩어진 그들은 이별 뒤에도 기다림을 배웠다. 그냥 마음으로 아는 것을 깨달았기 때문이다. 나를 아끼는 마음, 내가 아끼는 마음, 고르고 숨기고 외면하려고 해도, 말로 표현하지 않아도 알게 되는 것들. 서로의 존재를 물끄러미 바라볼 수밖에 없는 힘들. 영화가 끝난 뒤 두고두고 생각했다.

존재가 존재를 바라볼 때 가장 깊은 울림을 주는 건 바로 연민이 아닐까.

깊은 연민을 이길 수 있는 건 없다. 사랑의 모호하고 때로는 굴곡 많은 지형과 달리, 연민은 가장 정확한 자리를 집어 아픈 사람을 품어낸다. 아픔을 즉각적으로 아는 것만큼 인간의 결속을 단단하게 만드는 건 없다. 내가 네가 되는 일은 없지만, 내가 네 아픔을 아는 일은 있다. 그 있음을 다시 내 아픔으로 끌어안아 함께 쉴 곳을 만드는 게 연민이다. 비록 한 뼘의 휴식일지라도.

이제 내게 묻는다. 쉴 곳 없는 새와 같은 마음을 가진 나에게. 내가 나를, 어른인 내가 어린 나를, 어린 내가 어른인 나를 연민하는 건 과연 부끄러운 일일까? 무수히 나뉘어져, 한때는 고통을, 기쁨을, 슬픔을, 환희를 알았던 숱한 '나'를 결속시키는 고리 중 연민이 있을 뿐이라고 다독일 수는 없을까? 답은 알 수 없지만 나 역시 기다림을 배웠다. 안전함을 어렴풋이 알았다. 나는 여전히 집으로 돌아갈 것이고 방을 찾아다닐 것이지만, 이제는 안다. 탐색의 기다림을, 안전의 감각을.

놓아지지 않는 것이 있다. 그 괴로움으로부터 벗어나지 못하고 있다. 자꾸만 그 자리로 돌아가기를 거듭한다. 이제는 생각한다. 놓으려고 하지 말자. 아직 그 자리에 머물고 있다면 질릴 때까지 지겨워질 때까지 그냥 맴돌아버리자. 극복하라고 성급하게 부추기지 말자. 극복은 이루어질 때 되는 것이지 억지로 얻어지는 게 아니다. 이런 나를 지겨워하지 말자. 나마저 나를 견디지 못하면 누가 나를 견디겠는가. 좀 오래 방황하고 있는 나를, 이제는 여유롭게 받아들이자, 내 오랜 방황의 지킴이 같았던 언니가 말했다.

"방황은 유니크함과 보편성 획득을 태동시키는 어머니와 같아."

삶은 천천히 태어난다

미국으로 떠나기 전 집주인인 그녀가 계단을 올라가는 내 뒷모습을 보고 말했다.

"발목의 힘줄이 참 예뻐."

발목의 힘줄이 예쁘다고 말해준 사람은 처음이었다. 그러고 보면 그녀는 수년 전 처음 만났던 날부터 나의 구석구석, 내 안의 무용한 아름다움을 발견해준 사람이었다. 나의 실수와 부끄러움조차 괜찮다고 거듭 다독여준 사람이기도 했다. 지난여름, 덜컥 그녀가 살고 있는 집으로 이사를 들어갔고 미국으로 돌아가던 뜨거운 여름의 끝자락, 그녀가 내게 말했다.

"내가 고향이 되어줄게요. 여기를 고향으로 삼아요."

겨울에 다시 만날 것을 약속하고 와락 껴안았는데, 그게 마지막이 될 줄은 몰랐다. 그녀는 내가 아는, 가장 섬세하고 아름다운 시선을 가진 사람이었고 시선만큼 존재도 아름다운 사람이었다. 어느 화창한 오후 그녀에게 말했다.

"상처를 깊이 입은 사람일수록 극도로 섬세한 감각을 발달시키는 듯해요. 고통을 통과하는 방법으로 감각에 집중하는 길 말고는 보이지 않아서요. 존재의 품위를 지키기 위해 절박하게 그것을 아름다움의 경지로까지 끌어올릴 만큼 내밀해지기도 하고요. 선생님의 시선이 그래요."

"서희 씨는 그걸 어떻게 알았어요? 서희 씨도 그런 사람인 거 난 잘 알아요."

한국에서 여름을 보내고 미국으로 돌아왔다. 한국에 돌아갈 집이 생기자 미국 생활이 예전보다 편안해졌다. 양쪽의 삶을 단정히 꾸리며 잘 지낼 수 있을 것 같은 예감에 들뜨기도 했다. 용기를 내어 전남편에게 평소보다 오래 아이들을 돌봐줄 수 있는지 물었고 그는 흔쾌히 허락해줬다. 덕분에 한 달 남짓 체류할 요량으로 한국행 비행기표를 끊었다. 그리운 이들 곁에 오래 머물고 싶었다. 모든 것이 너무 완벽했다. 여행사에 전화를 마치고 일정을 다시 확인하는데, 설렘으로 가슴이 뛰면서도 슬픔의 예감이 마음 한 자락을 붙잡았다. 너무 깊고 너무 멀리 바라는 건 좋지 않다는 걸 인생은 내게 등불처럼 알려주곤 했으니까. 예감은 틀리지 않았다. 몇 시간도 되지 않아 고향이 되어주기로 한 그녀의 부음을 받았다.

전남편이 평소보다 여유로워진 까닭은 11월이면 태어날 아이에 대한 기대 덕분이었다. 아이들도 새로 태어날 남동생에 대한 기대로 잔뜩 부풀어 올랐다. 아이들에게 함께 한국에 가자고 제안했지만, 꼬마 남동생과 겨울을 보내고 싶다는 대답이 돌아왔다. 갓 태어난 생명을 맞이하는 한 가족의 흥분과 기쁨이 고스란히 전해져서 덩달아 설렜다. 겨울이면 2주 정도의 짧은 일정으로 어렵사리 한국을 방문하곤 했는데, 이번에는 부푼 마음으로 한 달 넘게 계획할 패기마저 생겼다. 딸들에게 오래전 했던 말이 사실로 증명되는 순간이기도 했다. 엄마와 아빠가 헤어지더라도 한때 사랑했던 것이 지워지는 건 아니라고. 각자의 삶을 살아가더라도 너희들을 통해, 그리고 지난 시절을 통해 이어져 있는 거라고. 조금 다른 방식으로 사는 것이니 서로의 행복이 각자의 행복을 지켜줄 거라고.

시간이 흐를수록 그건 말뿐인 이야기가 아님을 나 또한 확인하게 되었다. 새로운 가정을 꾸리고 삶이 안정될수록, 나를 대하는 전남편의 태도에는 여유로움이 깃들었다. 나는 희망을 품듯 그의 행복을 응원했다. 그래야 내 행복도 단단히 자랄 수 있으니까. 새로 태어날 생명을 기다리는 마음이 나 또한 벅차고 황홀한데, 그들 부부에겐 얼마나 감사할 일일까. 우리의 아이들이 새로운 가족이 만들어지는 과정에 통합되는 것 또한 얼마나 커다란 축복인가. 더욱이 내게는 덤으로의 기쁨도 있었다. 아이들을 두고 한국에 가지만 약간의 그늘도 마음에 지지 않을 수 있었다. 내가 행복한 만큼 너희도 행복할 수 있다는 믿음으로 잠시 떨어져 있을 수 있는 상황은, 주 양육자가 나 혼자인 외로운 미국 생활에선 쉽게 얻을 수 없는 일이었다. 너무 기뻤던 탓일까, 오후의 끝 무렵 한국집 입주자의 단체 대화방에, 그리운 이의 이름으로 문자가 떴다. 반가운 마음에 바로 열었지만, 송신인은 그녀가 아니었다. 그녀의 창문을 대신 열어 그녀가 떠났음을 알리는 상주의 소식이었다. 여전히 찬란한 오후의 햇살 아래 올해 겨울을 함께 보내기로 한 약속만이 덩그러니 남아버렸다.

그녀를 처음 만난 순간부터 잘 따르고 좋아했던 첫째 딸에게도 부고를 전했다. 소식을 듣자마자 열다섯 딸아이는 울음을 터뜨렸다. 잠시 둘이 끌어안고 있다가 함께 산책을 나가기로 했다. 길을 조금 걷다가 근처 식당에서 아이와 마주 앉아 저녁을 먹었다. 입맛이 없다면서도 눈앞의 음식을 꾸역꾸역 집어넣다가, 아이가 말했다.

"엄마는 카르마를 믿어?"

"글쎄. 아마도?"

"엄마, 얼마 전에 나한테 새 전화기가 생겼잖아."

"응."

"그래서 가지고 있던 걸 어떤 러시아 친구에게 줬어."

"그 애가 누군데?"

"볼더링 짐에서 알게 된 선수인데, 정말 뛰어난 애야. 열두 살인데 실력이 엄청나."

"왜 그 아이에게 주기로 한 건데?"

"새 전화기가 생겼다니까, 자기는 작동이 잘 안 되는 오래전 모델을 쓰고 있다며 내 옛 전화기를 갖고 싶다는 거야. 그래도 혹시나 부모가 원해서 그 전화기를 쓰는 건지 모르니까 우선 여쭤보고 말해달라고 했어."

"그랬더니?"

"받아도 좋다고 허락을 얻었다고 해서, 줬지."

"만족해?"

"응. 그 친구의 아버지가 그랬대. 카르마를 아느냐고. 내가 그 애에게 원하는 선물을 줬기 때문에 나는 앞으로 3년간 좋은 일이 연속으로 생기는 카르마를 얻었대."

"너한테 3년 동안 좋은 일이 생긴다니 기쁘다."

"그런데 엄마, 그 아빠가 그랬대. 삶에는 슬픔과 기쁨이 함께 있다고. 누구의 삶이든 비슷한 총량의 기쁨과 슬픔이 있대. 그래서 기쁨이 찾아오는 걸 당연하게 여기면서 이후에 찾아올 슬픔에 왜 나여야만 하느냐고 부르짖으면 안 된대. 또 슬픔이 찾아와도 앞으로 내내 슬픔으로 가득 찰 거라고 절망하지 말고 이후에 찾아올 기쁨을 찾아내야 한대. 그러니까 엄마, 지금 엄마가 슬프더라도 내내 슬플 거라고 생각하지 마. 슬픈만큼 기쁨이 또 찾아올 거야."

갑작스런 위로에 숨이 막혔다. 당장은 그 말에 부응할 수 없었다.

"난 내가 좋아하는 사람이 떠나서 느끼는 슬픔을 이후에 찾아올 기쁨으로 바꾸고 싶지 않아."

아이가 차분한 목소리로 대답했다.

"내가 그녀라면, 그녀처럼 친절하고 다정한 사람이라면, 내 죽음으로 비록 슬픔을 줬더라도 그 슬픔 덕분에 사랑하는 사람들의 삶에서 슬픔의 총량이 덜어지고 더 큰 기쁨이 찾아오길 바랄 것 같아."

뭐라고 대답해야 할지 알 수 없었다. 아이를 물끄러미 바라보기만 했다. 눈물이 터질 것 같았다. 우리는 화제를 바꿔서 새로 태어날 남동생에 관한 이야기를 했다. 얼마나 행복한지 고백하는 아이의 얼굴에 미소가 떠올랐다. 오래도록 남동생이 생기기를 바랐는데 이제야 이뤄졌다고 했다.

"근데 그거 알아? 그 애가 지금 내 나이가 되면 나는 서른이 되는 거야. 그리고 아빠는 예순넷이야. 그때쯤이 되면 요기는 이 세상에 없겠지(요기는 아이 아빠 집에서 기르는 강아지다)?"

요기를 언급하자마자 아이는 두 손으로 얼굴을 감싸며 울음을 터뜨렸다.

"세상에. 요기가 없다니. 언젠가 요기가 세상에서 사라지다니. 그토록 사랑스러운 존재가 없어지다니."

"그래. 네가 그렇게 사랑하는 강아지인데, 이 세상을 뜨면 가슴이 아플 거야. 귀엽고 영리한 친구이기도 하고."

"아니, 엄마. 요기는 어처구니없을 정도로 멍청해. 그런데 엄마, 멍청해도 사랑스러운걸. 아니, 요기가 사랑스럽지 않아도 난 요기를 사랑했을 거야. 내가 키우는 개니까."

아이의 눈물을 닦아주며 말했다.

"가끔 말이야, 삶이 오고 가는 것이 부질없이 느껴질 때가 있는데 말이야, 그래도 내가 이 세상에 왔다 간다는 게 감사하다는 생각이 들거든. 네가 말한 슬픔과 기쁨의 총량 이상의 것이 삶에 존재하는 것 같아. 엄마는 너를 이 세상에 맞이하고 이렇게 너그럽고 책임감 있는 사람으로 성장하는 경이를 지켜보는 것만으로 삶이 충분하게 느껴져. 이건 슬픔과 기쁨의 총량 이상이야. 이건 경이로움이야. 요기에게도 우리가 짐작하지 못하는 경이로움이 있을 거야."

아이가 고개를 저었다.

"내가 너그럽다고? 전혀 너그럽지 않아. 엄마, 그거 알아? 내가 친구에게 전화기를 준 건 내게 여분의 전화기가 생겼기 때문이야. 내가 어떤 사람인지 알아? 만약 세 개의 캔디가 있는데 셋 다 내가 좋아한다면 아무에게도 안 줘. 점심시간에도 엄마가 싸준 점심, 보통은 안 싸온 친구한테 절반 정도 주곤 하는데, 너무 맛있으면 안 줘."

"다행이네. 대개는 너무 맛있는 정도는 아니잖아?"

아이는 잠시 머뭇거리다 슬며시 웃어버렸다. 내 엉망인 요리 솜씨를 평생 견뎌준 동지답게. 그리고 말을 이어갔다.

"그래도 한 번 너그러운 적은 있었어."

"언제?"

"엄마가 샌드위치와 핫도그를 둘 다 싸준 날이 있었잖아. 그때 친구가 하나만 달라고 해서 원하는 걸 선택하라고 했어. 난 핫도그가 먹고 싶었는데 친구도 핫도그를 달라고 하는 거야. 그때 난 조금 너그러웠던 것 같아. 약속을 지키기 위해서. 내가 샌드위치를 먹고 친구가 핫도그를 먹었어."

식사를 끝내고 걸으면서도 너그러움에 대한 이야기는 멈추지 않았다.

"기억나? 오래전에 같이 파리 갔을 때? 엄마가 나한테 노숙자 여자한테 남은 동전을 주자고 했잖아. 근데 사실, 주머니 속에 동전 세 개는 남겨두고 줬어. 셋 다 다른 거고 기념으로 간직하고 싶어서. 그러니까 엄마, 나는 너그럽지 않아. 그래서 하는 말인데, 엄마, 나를 낳은 경이로 엄마의 삶이 충분하다고 하지 마. 엄마는 엄마라는 경이로 충분해. 그리고 충분했으면 좋겠어."

참았던 눈물이 다시 터졌다. 아이가 전해준 말은 옳았다. 슬픔이 가면 기쁨이 온다. 이번에는 기쁨의 눈물이었다. 그녀의 카카오톡 배경에 걸려 있던 말이 떠오른다.

"삶은 천천히 태어난다."

지금도 어디선가 눈부시게 태어나고 있을 당신, 선연히 아름다운 당신. 우리의 삶은 여전히 태어나는 중이다. 천천히, 보다 아름답게, 보다 경이롭게. 당신처럼 말이다.

안녕,

인애 씨

예상보다 너무 일찍 찾아온 부고였다. 그녀가 간암 말기임을 알게 된 건 한 달 전 예배 중에 쓰러지면서였다. 6개월에서 1년 정도 버틸 수 있을 거라는 의사의 예상을 벗어나 그녀는 한 달 만에 숨을 거뒀다. 상태가 조금 나아지면 그녀를 한 번쯤 만날 수 있을까 싶었는데, 기대는 무너졌다. 그토록 사랑하던 둘째 아들의 방문을 받은 뒤 얼마 지나지 않아 그녀는 숨을 거뒀다. 집에서도 단정한 옷차림과 한 오라기도 흐트러지지 않은 올림머리를 하고 지내던 그녀는 자신의 궁색한 모습을 보이기 싫어 해서 아주 가까운 가족을 제외하곤 외부인의 방문을 거절했다. 병이 깊어졌다는 소식만 바람처럼 전하고선 너무 급하게 세상을 떠났다. 전남편과 이혼을 하면서, 몇 차례 이어진 그녀와의 대화가 불편해서 내 쪽에서 먼저 연락을 끊었던 게 뒤늦은 회한으로 얹혔다.

그녀와의 인연은 전남편이 나를 만난 뒤 3개월 만에 결혼하겠다고 그녀에게 통고하면서 시작됐다. 결혼 이야기가 오가면서 처음 통화를 했는데, 주변의 갖은 말에 혹한 그녀가 내게 혼수 이야기를 꺼냈다. 한국인 며느리를 맞았으니, 혼례를 한국식으로 치러야 한다는 말을 들었다고 했다. 대화가 오가던 중 그녀가 말했다.

"우리 둘째와 결혼하고 싶어 하던 사람이 얼마나 많았는지 몰라요."

내가 대답했다.

"어머님, 그렇게 말씀하시면 저도 같은 말씀을 드릴 수밖에 없어요. 저랑 결혼하고 싶어 하던 사람도 많았어요."

나처럼 당돌한 며느리를 맞이해버린 그녀에게, 시어머니와 며느리로 지낸 13년간의 시간은 어땠을까. 이야기를 들려줄 그녀가 이제 없으니 내 기억만으로 더듬어볼 수밖에. 첫 통화로 빚어진 갈등을 전남편에게 토로하자, 그는 어머니에게 연락해서 서희를 부당히 대하면 인연을 끊겠다고 대응했다.

당시에는 그의 과격한 반응을 원망했지만, 덕분에 결혼식을 하지 않을 수 있었고 그 밖의 복잡한 절차를 따르지 않고 넘어갈 수 있었다. 혼수도 없었고 상견례도 생략했다. 신랑은 우리 부모님을 만나 인사드렸고 나 역시 시부모님을 찾아뵙고 인사드렸다. 두 부모님 사이에 전화 통화는 있었지만, 미국과 한국을 오가는 만남의 자리는 없었다. 시어머니는 첫 통화 다음날, 다시 전화를 걸어 자신의 무례를 사과했다. 이후 우리 관계는 매우 평화로웠다. 그 뒤로 그녀는 내게 먼저 전화를 걸지 않았다. 아들에게 전화를 걸고 나와 통화할 수 있는지 물었다. 매년 내 생일이 돌아올 때면 편지와 선물을 소포로 보냈다. 친부모님도 잊어버리던 생일을, 가장 오래도록 꾸준히 챙겨준 첫 번째 여자였다.

시댁을 방문할 때면 나는 마음껏 늦잠을 잤고 그녀가 해주는 늦은 아침을 먹었다. 아이들이 그녀 곁에 노는 것이 편했다. 그녀는 서툴지만 다정한 여자였다. 가치관과 삶의 태도는 달랐지만 내가 동의하지 않는다고 말하면 강요하지 않았다. 전남편과의 사이에서 갈등이 생기면 오히려 그녀에게 투정을 부리기도 했다. 그럴 때면 그녀는 내 편을 들 만큼 현명했다. 진실은, 그녀가 자신의 아들을 사려 깊이 사랑할 줄 알았다는 것이겠지만. 그녀는 내게 말하곤 했다. 내가 아들을 잘

못 키워서 그래. 정말 미안하다. 그 애가 잘못한 거야. 다시는 그런 행동 못하도록 잘 말해줘라. 자신의 아들이라 할지라도 그의 잘못은 명백하게 인정했다. 다투는 중에 그가 내뱉었던 말을 두고는, 언어폭력이자 학대에 해당한다며 절대 용인하지 말라는 말씀도 하셨다.

13년간의 결혼 생활과 이혼 후 6년이 지나서 말하자면, 그녀가 키운 아들은 매우 괜찮은 남편이었다. 다만 인연이 거기서 멈췄을 따름이지 그를 원망하거나 그와의 결혼을 후회하지 않는다. 지난 결혼에 미련이 있다면 그녀에게 당신 아들이 얼마나 괜찮은 남편이었는지 제대로 말해주지 못한 거였다. 그리고 그녀가 얼마나 애틋한 시어머니였는지도. 단 한 번도 그녀를 불편한 존재로 느낀 적이 없었음을. 그럼에도 그녀는 내가 아이들을 두고 일할까 봐 전전긍긍하는 시어머니였고, 자신의 아들과 손녀들의 안녕을 먼저 위하면서도 나를 딸처럼 사랑한다고 뜨거운 고백을 안기는 모순의 여인이었고, 헝클어진 머리와 허술한 옷차림의 내게, 평소 화장이라도 좀 하고 지내는 게 어떻겠느냐고 조심스럽게 제안하는 오래된 여자였다. 무심하고 무뚝뚝했던 그녀의 남편이 정신이 오락가락한 채 10년을 머물다 떠난 뒤에도 그가 그립다며 묘지를 찾아가 쓰러질 듯 울음을 터뜨린 어리석은 여자였고(아파도 좋으니 내 곁에 더 있다 가지 그랬어요, 라며 내 품에 안겨 흐느꼈다), 자식들을 키운 곳에서 떠나지 않겠다며 일손 하나 고용하지 않고 혼자서 낡고 적막한 집을 짊어지다가 떠난 고집 센 여자였다.

그녀는 한국인 며느리를 맞이한 것을 무척 기뻐했다. 만나자마자 내게 많은 이야기를 털어놓았고 함께 지낼 때면 아들보다 나와 더 많은 시간을 보냈다. 서울에서 태어나 자란 그녀는 결혼하지 않고 사회에 봉사하는 삶을 살고 싶었다고 했다. 고아원에서 일했고 그 아이들을 자기 자식처럼 여기고 살 결심을 하던 중에 시아버지를 만나 결혼했고 이민을 왔다. 가족을 초대했고, 그들이 미국에서 자리 잡고 살 수 있도록 동분서주했다. 그들이 또 그들의 가족을 초대해서 가족의 규모는 어마어마하게 커졌다. 나는 종종 농담 삼아 말했다.

"어머니는 마피아 패밀리의 두목 같은 분이신 거네요. 이렇게 큰 가족이 가까이에서 서로 도와주며 사는 것도 어머니가 애쓰신 덕이에요."

그녀는 내게 말했다.

"너도 그렇게 하자. 내가 도와줄게."

결혼 생활 중 5년이 넘게 친아버지를 모시고 지내던 나에게도 단 한 번도 서운한 말씀을 하지 않았다. 오히려 아버지에 대한 불평을 그녀에게 할 수 있을 만큼 그녀는 아버지의 건강과 안녕을 염려했다. 한국말을 전혀 할 줄 모르는, 미국에서 태어나 자란 둘째 아들이 무례를 범하는 건 아닐까 미안해했다. 돌아가신 부모님을 좀 더 일찍 미국으로 모셔와 부양하지 못한 것이 회한으로 남았다며, 나라도 잘하라는 당부도 잊지 않았다. 하지만 이혼을 결정하자 그녀는 내게 말했다.

"지금껏 너를 위해 살았잖니. 이제는 애들을 위해 살면 안 되니? 제발 부탁한다. 애들을 위해 살아줘. 대학 갈 때까지만."

그 말이 서러워서 울음을 터뜨렸다. 그녀의 심정을 헤아릴 수 없는 건 아니었지만, 딸처럼 사랑한다는 고백이 한 꺼풀 종잇장처럼 떨어져 내리는 게 야속해서 울었다. 아이들이 아직 학교에 입학하기 전, 그녀가 주도했던 새벽 기도가 떠올랐다. 시댁을 방문하고 공항으로 떠나기 전 식탁에 둘러앉았다. 그녀는 손녀들의 건강과 복된 성장을, 아들의 건강과 성공을, 그리고 며느리의 건강과 현명함을 빌었다. 나의 몫은 다음과 같았다.

"나의 사랑하는 딸 서희가, 자녀들의 훌륭한 엄마이자 남편의 지혜로운 아내로 나아갈 수 있도록 인도해주시옵소서."

나의 엄마는 나를 두고 그와 같은 기도를 하지 않으리란 걸 알고 있다. 나 역시 나의 딸을 두고 그와 같은 기도를 하지 않으리란 걸 잘 알고 있다. 내 엄마의 기원 속 나의 자리는 누군가의 엄마나 아내로 존재하지 않았다. 하지만 결혼 생활 내내 구체적 사랑을 전해주고 일상의 돌봄과 보살핌을 더 자주, 더 진하게 느끼게 해준 건 나의 엄마가 아니라 시어머니였다. 마음을 꿰뚫는 사랑의 기원이 어디에 있든 사랑은 실천으로 막강해짐을 인정하지 않을 수 없었다. 그렇게 나는 시어머니를 인정하고 이해하고 그만큼으로 감사할 수 있었다.

그녀의 부음을 들은 저녁, 미국에서 태어나 자란 친구와 밤늦도록 이야기를 나눴다. 영혼에 관해 이야기하던 중이었다. 그 존재를 믿느냐는 질문에 그녀가 답했다.

"할머니가 돌아가실 때 옆에서 그녀를 지키고 있었어. 고통으로 너무나도 힘들어하실 때 내가 귀에 대고 속삭였거든. 많이 힘든 거 안다고. 두고 가는 사람들 때문에 자꾸 버티다 더 힘든 것도 안다고. 걱정 말고 가시라고. 우리가 남아서 할머니가 바라는 삶을 잘 누리다가 만나러 가겠다고. 잠시 후 할머니의 숨이 툭 끊어졌는데, 그 광경을 설명할 길이 없더라. 여전히 그녀의 육체는 남아 있고 온기도 여전한데, 무언가가 사라진 거야. 그냥 거기에 있기를 멈추고 떠난 거지. 엄마가 돌아가실 때도 마찬가지였어. 더 신기했던 건, 엄마의 숨이 끊어지자마자 집의 모든 화재경보기가 동시에 울렸어."

독실한 기독교 신자로 자랐음에도, 일종의 윤회를 믿는다고 했다. 이곳의 삶을 잘 완성시켜서 다음 생에 더 온전하고 더 나은 존재로 성장할 수 있기를 바란다고 했다. 새롭지 않은 말임에도, 그녀의 절실한 마음과 진지한 눈빛이 더해지자 깊은 위안이 되었다. 만일 우리에게 영혼이란 게 있다면, 지속되는 영혼의 존재와 그 회귀가 있다면, 지금 이곳의 고통과 부당함에도 불구하고 끝내 완성하고 싶은 존재의 임무 같은 것이 있다고 믿고 버틸 힘이 조금은 날 것도 같았다.

명복을 빈다. 기도를 거듭 올린다. 나의 기도 속에서 그녀는 자신의 이름으로 불린다. 안녕, 인애 씨, 부디 평안하기를. 당신의 하나님이 당신을 사랑할 거라는 걸 믿어 의심치 않아요. 오늘은 온종일 그에게 당신의 안녕을 기도해요. 안녕, 나의 사랑하는 인애 씨.

흘러라 삶이여, 존재하라

나 자신으로

백 살 노인에게 1년은 인생의 1/100에 해당하는 시간이다. 네 살 아이에게 1년은 지난 삶의 1/4을 차지하는 어마어마한 시간이다. 같은 1년이라도 똑같지 않다. 누구에게는 자신의 삶의 25퍼센트이고, 다른 누군가에게는 1퍼센트이다. 눈 깜짝할 사이에 1년이 지나갔다고? 그건 그만큼 살아온 세월이 길다는 이야기고 그 속에서 1년이 차지하는 비중이 상대적으로 적다는 의미다.

겉으로는 후회 없이 잘 살아가는 듯 보이지만, 포장 안 된 길가의 돌처럼 여기저기 차이는 게 지난날의 후회다. 별거 아닌 듯 걷어차고 나아가거나 재밌는 발견이라도 되는 양 요리조리 바라보고 굴리고 놀 줄 알면 다행이지만 말이다. 그건 오직, 그 후회들이 결정적이지 않음을 알기 때문에 생긴 거리와 여유다. 인생은 생각보다 길고, 후회하는 일들은 예상보다 덜 막강하다. 유감스러운 지난 1년이 예전에는 인생에서 큰 부분을 차지했는데, 이제 와서 보니 사소한 파편처럼 느껴지기도 한다. 한때는 후회였던 일이 더 지나고 보니 그때 안 했으면 더 값비싸게 치렀을지도 모르는 비용처럼 느껴지기도 한다. 하지 말았으면 했던 일이 훗날 돌아보니 재미난 사건이 되기도 했다. 부끄러워 돌아보고도 싶지 않았던 것이 나를 훌쩍 자라나게 했음을 뒤늦게 깨닫기도 했다. 달리 살았으면 어땠을까 했던 시간이 그렇게 살아서 감사한 시간이 됐고, 지난 선택의 결과로서의 현재가 숨 막히게 다가오다가도 지금 살아가는 이 모습이 나로서는 최선이라는 생각도 든다.

어쩔 수 없는 자기정당화라고, 삶은 계속되니 마련할 수밖에 없었던 자기치유기제라고 해도 할 말 없지만, 이보다 더 강력한 이유는 내 삶은 지난 후회의 총합보다 더 막강한 무엇이라는 믿음 덕분이다. 이걸 알게 한 것은 살아온 시간이요, 회한까지 포함한 경험 덕분이다. 1년을 잘못 보내면 망할 것 같았던 인생이, 4년을 허비한 듯 싶었는데도 멀쩡히 잘 살아졌음을 안다. 어린 날의 1년은 그토록 어마어마했는데, 마흔 중반에 바라보는 지난 1년은 생각만큼 결정적이지 않았다. 오래 사는 일이 주는 부록 같은 선물이다.

지난겨울 친구의 초대로 미국 서부의 PCT를 걸어서 완주한 이십 대 청년들을 만났다. PCT 하이커들이 걸어가야 하는 거리는 4300킬로미터에 달한다. 길도 험하고 여정에 따라 급변하는 자연조건도 크나큰 변수다. 야생동물의 출현이라는 위험까지 감수해야 한다. 식사 및 숙박을 해결할 수 있는 마땅한 곳이 거의 없어서, 캠핑으로 대부분의 잠자리를 해결하고 우편으로 받는 하이킹 식량에 의존해서 이어가야 하는 고난의 길이다. 비용 마련부터 장기간의 여행 기간을 감당하기 위해, 1년가량의 시간을 기꺼이 투자한 하이커들의 모습은 그들만의 특별한 모험담을 꺼내들지 않는다면, 한국 곳곳에서 마주치는 이십 대와 달라 보이지 않았다. 털어놓는 고민 또한 그러했다. 여전히 세상이 막막하고 인생 곳곳의 선택 앞에서 회의를 느끼고 사회를 바라보는 관점에서 혼란을 가지고 있었다.

그들의 가장 큰 두려움은 남과 달랐던 선택이 가져온 여파가 생각보다 너무 커서 한국 사회에 제대로 적응하고 다시 따라잡기에 너무 늦어버린 건 아닌가 하는 것이었다. 또래 친구들은 이미 학교를 졸업하고 저만치 앞장서서 안정을 찾은 듯 보였고 그들이 방황과 발견을 위해 길에 쏟아부었던 일이 년의 시간은 한국 사회에서는 어마어마한 공백처럼 느껴졌다. 엄청난 노력을 기울이고 고생한 만큼 인생을 전환시킬 수 있는 변화나 깨달음을 얻으리라는 기대와 달리, 삶은 천지개벽하듯 달라지지 않았다. 여전한 세상과 비슷한 일상이 기다리고 있었고 오히려 지난 몇 달 간의 놀라운 경험들이 꿈처럼 아득할 뿐이었다. 수시로 일상을 압도하는 무력감은 단번에 바뀌지 않았고 삶은 여전히 알 수 없는 실타래처럼 놓여 있었다. 물론 누군가의 삶은 드라마틱하게 달라지기도 했다. PCT를 걷고 난 뒤 회고록을 써서 미국 전역에 화제가 된 셰릴 스트레이드가 대표적 예다. 그녀의 책은, 작가 닉 혼비의 각색과 장 마크 발레 감독의 연출, 리즈 위더스푼의 연기를 만나 영화 〈와일드〉(2014)로 만들어지기도 했다.

나의 경우는 프랑스 유학 경험이 알 수 없는 뒷맛을 남겼다. 부모와의 타협으로 원하지 않는 과를 갔다는 피해의식은 대학 생활 4년을 내내 붙잡았다. 졸업과 함께 도망가듯 프랑스 유학을 선택했다. 무덤에도 오지 말라는 아버지의 호통 뒤편에는 거두지 못한 기대를 숨겨두고 있음을 알고 있었다. 눈물로 공항까지 나를 배웅한 어머니는 세계적인 인물이 되어 돌아오라는 말을 남기기도 했다. 그때 어렴풋이 예상했다. 부모님의 기대가 철저히 무너지지 않는 한 멀쩡하게 되돌아오는 일은 없을 거라고. 그리고 나의 유학 시절은 영화관과 미술관 및 각종 강의실을 목적 없이 전전하는 일로 채워졌다. 스무 살을 훌쩍 넘기고도 나는 무엇이 되고 싶은지 알 수 없다는 느낌에서 벗어날 수 없었다. 그러다 생각했다. 사실 다른 아무것도 되고 싶지 않다면? 내가 나인 것이 불안하고 어색하고 피로했던 지난날과 다르게 살기를 원한다면? 내가 그저 나로 조화롭게 살 수 있기를 바란다면? 유학 생활 도중 잠시 한국을 방문했던 내게 아버지는 말했다.

"지금까지 증명한 게 없으니, 넌 아무런 재능도 없다는 거다. 정신 차리고 공부해서 법조인이 되는 게 나을 거야. 너처럼 재능 없고 평범한 사람이 할 만한 직업 중 그만한 게 없다는 건 너도 알 거다."

"재능 있다고 생각한 적 없는데요. 증명하고 싶은 것도 없고요"라는 대답만 남기고 프랑스로 되돌아갔다. 무언가 대면해서 노력하고 이루고 성취해야 할 것 같았는데, 여전히 그 무언가가 손에 잡히지 않았다. 부모님의 기대로부터 더 멀리 떨어져 있고 싶어 눈앞에 보이는 결혼이라는 수단을 택했다.

두 아이의 엄마가 되어 낯선 공간에서 다른 사람으로 살아가는 일은 나를 다시 지워내고 새로이 만드는 일과 같았다. 다른 것을 시도해보고 싶다는 욕구가 차올랐지만, 몇몇 영화제에서 했던 단기간의 활동이나 하다가 그만뒀던 숱한 일들은 이력서를 채우기엔 너무 초라해 보였다. 남들은 차분히 경력 쌓고 줄줄이 학위 딸 때 나는 무얼 했던가. 사람들은 내게 여러 조언을 줬다. 학교에 다시 들어가 더 높은 학력을 쌓으라는 말이 압도적이었지만, 수긍이 가지 않았다. 남들처럼 살지 못했다고 내가 어리석었던 걸까? 도주였든 회피였든 방황이었든, 그 모든 과정이 내 삶이고 그때의 나 덕분에 지금의 나 자신을 누리고 있었다. 또 다른 준비 과정이나 자격증이 필요하지 않았다. 부딪쳐서 배워나가면 된다는 걸 지난 삶이 가르쳐줬으니까.

영화 〈와일드〉의 마지막 장면에서 주인공 셰릴 스트레이드는 다음과 같이 고백한다.

"만일 내가 후회했다면? 하지만 되돌릴 수 있다고 할지라도 나는 어떤 일도 달리 하지 않았을 것이다. 내가 만일 그 모든 남자들과 자고 싶었더라면? 마약에 취한 삶에서 무언가 배웠다면? 그 모든 일이 결국 나를 여기에 이르게 했다면? 맨손을 뻗어서 다 만져볼 필요가 없다는 걸 이제는 안다. 물 밑의 물고기를 바라보는 것만으로 충분하다는 걸, 이제는 안다. 다른 삶과 마찬가지로, 신비롭고 돌이킬 수 없고, 이토록 가깝고 여기 존재하는, 바로 나의 것인 인생이여. 그것은 얼마나 야성적이었던가, 그대로 놓아둘 수 있음은."

얼마 전 미국 생활에서 오랫동안 알고 지낸 지인을 만나 저녁을 함께했다. 그녀는 유학 시절 만난 첫사랑과 결혼해서 학업마저 포기하고 남편을 뒷바라지했지만, 직업적 성공 이후 남편의 정신적, 육체적 가해가 심해졌고 마흔이 넘어서 결국 이혼했다. 이제 만 오십을 넘긴 그녀는 십 년 전과 비교해서 놀랄 만큼 빛나는 생기로 가득 차 있었는데, 뒤늦게 그녀가 겪은 학대와 고통의 시절을 알게 된 부모님의 한탄에 다음과 같이 답했다고 했다.

"부모님께 말씀드렸어. 내가 고통스럽게 살았던 세월은 지금까지 내가 살았던 삶과 또 앞으로 살아갈 날을 생각하면 그렇게 긴 시간은 아니라고. 난 무엇보다도 지금 행복하고 또 앞으로 행복하리라 믿고, 또 부모님과 보냈던 어린 시절도 참 좋았다고 말씀드렸어. 현재 누구보다도 만족스러운 삶을 살고 있으니 내 삶을 두고 너무 안타까워하지 말라고 당부도 드렸어. 난 적어도, 나로 잘 지내고 나로 행복하다는 믿음이 있거든. 그게 얼마나 소중한지 알 수 있을 만큼 단단해졌고."

그녀의 말은 내게도 위안이 됐다. 방황을 하지 않았어도 좋았겠지만, 지난 시절의 방황이 지금의 삶을 더 풍요로운 마음으로 바라보게 한다. 이미 지나간 삶을 인정하는 편이 지금의 나를 더 잘살게 한다는 점을 받아들여야 한다. 어리석었다면 그로부터 배우면 되고 낭비했다면 치른 대가에 겸허하면 되는 것이다.

얼마 전 만난 유명한 역술가가 내 삶을 두고 말했다. 25세에서 30세까지가 인생에서 가장 혼탁한 시기였다고. 그의 진단을 듣고 웃음을 터뜨렸다. 돌이켜 보면 가장 자유롭고 가장 재밌게 지낸 시기와 일치했다. 운 좋게도 나에겐 젊음을 낭비하고 누릴 만큼의 자신감이 있었고 그게 지금까지 나를 지탱하고 있다고 믿는다. 남들처럼 살지는 않지만, 남들과는 다르게 잘살고 있는 내가, 그럭저럭 견딜 만하다. 다른 이를 부러워하지 않고 그만큼 자유로운 삶, 그게 그리 나쁜가? 지난 삶이든, 눈앞에 무엇이든, 있는 그대로 인정하고 흘려보낼 수 있다면, 그만큼 야성적인 것이 또 있을까? 우리에게는 모두 야성의 힘과 아름다움이 있다. 나는 그렇게 믿는다.

우리는 이야기를 만들어간다

1990년대에 십 대나 이십 대를 보낸 이들에게 왕가위와 무라카미 하루키, 밀란 쿤데라는 그들의 젊음에 각인된 아이콘 같은 존재였다. 당시 내가 가장 열광했던 이는 쿤데라였는데, 나이가 들어서 애틋하게 떠올리게 되는 이는 오히려 왕가위다. 이유를 생각해 보면, 하루키와 쿤데라는 지금도 가끔씩 펼쳐보지만 왕가위는 다시 보지 않게 되어서 그런 듯도 하다. 덕분에 그는 90년대의 상징으로, 이십 대의 추억으로 당시의 풍경과 함께 떠오르곤 한다. 아름다운 인간들이 창궐하고 낯간지러운 대사를 광고 카피처럼 읊어대고 세기말과 홍콩 반

환이라는 시대적 불안을 꽉 찬 영상과 사운드로 뽑아낸 그의 영화를 보고 있으면 어쩐지 숨이 찼다. 핸드헬드카메라와 스텝 프린팅 기법으로 흔들리고 뚝뚝 끊기는 등장인물들의 동작은 시공간에 갇힌 그들의 존재를 드러내는 장치와도 같았다. 고백하자면, 나는 그의 과잉이 불편했다. 무엇보다도 그의 세계 속 인간들이 왜 뜬금없는 실연의 아픔과 존재의 결핍에 허우적대는가 알 수 없었다. 게다가 차였다고 괴로워하는 이가 장만옥, 금성무, 이가흔 같은 외모였으니 공감이 되겠는가. 저렇게 아름다운 사람들이라면 차일 리도 만무해 보였고 그렇다손 치더라도 금세 다른 멋진 이를 만나 실연의 아픔 따위는 보란 듯이 극복할 것 같았다. 게다가 그 난데없음이란. 왜 차였는지는 중요하지 않았고 실연의 상처로 고통스러운 이들만 우글거렸다.

그런데 어느덧 나이가 들면서 이해하게 되었다. 그들은 실연당해 슬픈 것만도 아니었고 태생부터 버림받은 운명 때문에 비틀거린 것만도 아니었다. 인간이란 사소한 어긋남에도 존재 자체를 어긋나게 느낄 만큼 허망한 거였다. 징기스칸처럼 미지의 세계를 정복하고 광활한 벌판을 내달리는 영웅쯤이면 몰라도, 아니 그러한 호걸이라고 해도 삶의 허무와 존재의 미약함을 극복할 길은 없었을 것이다. 그래서 사람은 그 공허함을 잊기 위해, 텅 빈 구멍을 당장 눈앞에 보이는 무엇으로 환치하기 위해, 일부러 실연의 고통을 확장하고 몰입하고 때를 잡아 액체처럼 퍼뜨려서 눈물로 흘리는 거다. 당신이 아무리 아름답든 막강하든 뛰어나든 인간 존재의 유한함과 그 알 수 없음의 막막함 앞에선 어쩔 수가 없다. 광활한 시공간 앞에, 헤아릴 수 없는 운명 아래, 의미조차 건지기 아득한 인간 존재는 그 사소함에 있어 공평하다. 그럼에도 그 사소함을 구원하는 마지막 동아줄 같은 것이 있다면 자신이 중심에 선 이야기를 만들어내는 행위다. 왕가위 영화 속 인간은 과잉된 표정과 몸짓으로, 때로는 밀랍 인형처럼 정지된 모습으로, 자기만의 서사를 만들려고 애쓴다. 감독 왕가위는 인간의 근본적 상실과 허무의 감성을 시대에 맞게 잘 풀어냈고 스타일화했으며 사람들은 환호했다.

21세기의 시작과 함께 미국에서 태어나 자란 내 아이들은 유치원에 들어가기 전까지만 해도 한국에서 태어나 자란 엄마의 어린 시절을 머리를 땋고 한복을 입고 우거진 기와지붕 사이를 뛰어노는 모습으로 상상했다고 한다. 그들이 살아온 삶보다 세 배쯤은 거뜬히 살아낸 나의 과거는 그들에게는 아득하리만큼 멀어서 시대적 배경을 몇 세기쯤 건너뛰어도 어색하지 않다. 누군가의 오래된 과거를 입체적으로 바라볼 수 없다는 건 다가올 미래를 구체적으로 상상할 수 없다는 것과 맞닿아 있다. 탄생과 죽음이 일어나는 삶의 흐름은 나를 비껴 지나가는 저 너머의 풍경인 것 같다. 인간은 누구나 죽는다는 사실을 알고 있지만, 죽음을 가깝게 절감하지는 못한다. 뮤지션이자 영화인을 넘어서 종합예술가이자 환경운동가로 활동하는 류이치 사카모토가 인후함 판정을 받은 뒤 활동 중단과 투병 생활, 그리고 다시 새로운 작품으로 돌아오기까지의 과정을 차분히 담아낸 다큐멘터리 〈류이치 사카모토 : 코다〉(2017)에서 다음과 같은 내레이션이 인용된다. 사카모토 본인이 음악을 맡았던 베르나르도 베르톨루치Bernardo Bertolucci 감독의 영화 〈셸터링 스카이:마지막 사랑〉(1990)의 한 장면으로 원작 소설을 집필한 폴 보울스Paul Bowles가 직접 책의 일부를 읊었다.

"죽음은 늘 다가오고 있지만, 언제 당도할지 모른다는 사실은 우리로 하여금 삶의 유한함을 잊게 만든다. 우리는 삶을 마르지 않는 우물처럼 생각한다. 하지만 모든 건 어느 정도 정해진 수만큼 일어난다. 어린 시절의 특별했던 오후를 우리는 얼마나 더 떠올릴 수 있을까? 어떤 오후는 너무나도 특별해서, 그 순간이 없는 삶은 상상조차 할 수 없을 것 같다. 네 번 혹은 다섯 번은 더 될까? 보름달이 떠오르는 순간을 몇 번이

나 볼 수 있을까? 어쩌면 스무 번쯤. 헤아려보기 전까지는 끝없이 이어질 듯 느껴지더라도."

아이들 앞에서 늙음과 죽음에 관한 이야기를 일상의 대화 속으로 끌어들이는 편이다. 삶의 변화, 성장과 노화, 죽음에 관한 생각을 막연히 두려워하기보다 자연스럽게 삶 속으로 통합시키고 싶어서다. 언젠가 아이에게 물었다. 이제 막 열두 살이 넘어가던 아이는 내 얼굴에 짙어지는 팔자주름이 낯설었는지 그것을 어루만졌다.

"엄마가 늙는 게 슬퍼?"

고개를 끄덕이는 아이에게 말했다.

"이건 엄마 삶의 지도 같은 거야. 사람의 얼굴에 생긴 주름은 살아온 날을 한눈에 볼 수 있는 그림으로 그리는 것과 같아. 사진을 찍는 것만이 추억을 기록하는 게 아니야. 주름도 그래. 여기 이 주름 보여? 바로 이 돌아가는 길목에서 네가 태어났어. 여기에 길 안내 표지판을 붙인다면 아마도 네 이름이 들어가야겠지?"

"그래도 엄마가 늙는 건 싫어."

새로운 접근법을 제시하고 싶었다.

"엄마가 죽을까 봐 무서워서 그래? 죽음을 늙음과 연관시키는 게 항상 맞는 건 아니야. 죽음은 나이를 가려 찾아오지 않거든. 죽음 앞에서는 모두가 공평해. 어리다고 해서 더 큰 총량의 삶이 남아 있고 늙었다고 더 적은 삶이 남았다고 보장할 수 없어. 그리고 죽음이 공평한 만큼 삶도 공평해. 자기 앞의 삶은 누구에게나 소중한 거야."

노화를 죽음과 가까워지는 것으로 설명하는 건 옳은 걸까. 생기발랄함은 살아 있음의 열렬한 표출 방식이기에, 삶은 생기로움의 표상인 젊음과 더 가까운 걸까. 차라리 생기발랄함이란 두려움 없음과 맞닿아 있는 말은 아닐까. 자신의 신체 표피와 사지의 감각으로 당장 보이지 않는다고 죽음은 멀리 있고 삶은 가까이 있는 것이라 믿는다면 그건 얼마나 어리석은 일인가. 하지만 그 어리석음이야말로 생기발랄의 근원이 아니던가. 어리석음은 자주 두려움 없음과 연관된다. 그러나 어리석음으로 얻은 두려움 없음은 많은 경우 회한과 부끄러움을 야기한다. 나는 이제 나의 두려움 없음이 어리석음에서 나오지 않기를 원한다. 인지하되 굴복하지 않는 것에서 오는 과감함이자 두려움 없음이길 바란다.

아이들은 매일매일 자라나고 어느덧 눈부신 여인의 형태를 드러내기 시작한다. 무심한 등뼈의 유연함과 살갗의 탱탱함은 잔인하게 무르익고 있다. 나는 그녀들의 성장을 보며 수시로 아찔함을 느낀다. 성장의 눈부심, 무심한 생명의 무시무시한 뻗어나감, 젊음과 아름다움과 생명력이 결합하여 이루어낸 피어오름이 그러하다. 생명의 향연만큼 외설스러운 게 있을까. 언제든지 다가올 수 있는 죽음과 맞닿아 있음에도 맹렬한 기세로 스스로를 펼쳐 보이고 아름다움을 분출하는 행위란 어딘가 낯 뜨겁지 않은가.

왕가위의 영화 속에서 귀 따갑게 흐느끼던 인간 군상들은 어디로 갔을까. 한적한 거리를 운전하다가도 뜬금없이 그들을 떠올린다. 이제 그토록 아프고 아름답던 청춘들도 나이를 훌쩍 먹었을 게다. 지금 차창 너머 거리 한구석에 서서 손을 내밀어 구걸하는 초로의 그도, 한때는 젊고 건장했을 것이다. 내 곁을 스쳐가는 미끈한 새 차 안의 쾌적한 중년 여자의 당차지만 아슬아슬한 표정의 연원을 어쩐지 알 것만도 같다. 그러다 문득 나를 본다. 백미러에 비친 내 얼굴은 이미 낯설다. 나는 다른 무언가를 통해 나를 보지만, 결코 맨눈으로 보지 못한 채 죽어갈 운명이다. 단 한 번도 스스로를 보지 못한 채 죽어가는 한계 속에서 우리가 할 수 있는 마지막 몸부림은 자신을 둘러싼 이야기를 지어내 완결을 향해 나아가는 하나의 삶을 살아간다고 믿는 일이다.

아툴 가완디Atul Gawande는 그의 저서《어떻게 죽을 것인가》에서 인간의 가장 중요한 욕구로 자신의 이야기를 스스로 완결하고 싶어 하는 열망을 언급한다. 나이가 들고 쇠약해지면서 점차 자립적 생활이 힘들어져도, 인간은 안전의 보장과 생명 연장만으로 충분한 존재가 되지 않는다. 거동이 불편한 노인에게도 자율성의 충족은 그들의 행복에 결정적으로 작용한다. 인간은 스스로 바라보는 자신의 동질성과 개성, 가치를 지켜가며 그에 따른 선택을 하고 삶을 이끌어온 자신만의 서사를 원하는 방식으로 완결하고 싶어 한다. 죽음을 곁에 두고 있되 스스로의 죽음을 예견할 수 없고, 자신과 평생 같이 있되 스스로 대면할 수 없는 인간의 존재적 한계는 모든 인간을 이야기꾼으로 만들었다. 그렇게 이야기는 뜻밖의 방식으로 인간을 구원한다.

늙어가는 나의 얼굴도, 성장하는 아이들의 얼굴도 모두 각각의 이야기 속 주인공이다. 죽음이 내일인 듯 살라는 말보다는 완결된 이야기로 향하는 쪽이 내게는 더 설득력 있다. 죽음을 잊지 않아 그로 인해 절박하고 중요해지는 삶이 아니라, 나와 너의 이야기로 함께 어우러져 서로를 지탱하는 삶과 죽음이길 원한다.

배신을 통해 어른이 된다

〈밥 잘 사주는 예쁜 누나〉라는 상큼한 제목의 드라마를 보았다. 커피 전문 기업 가맹운영팀 소속 슈퍼바이저이자 십 년 차 대리인 35세 여성 윤진아와 그녀의 가장 친한 친구의 동생인 네 살 연하 서준희와의 연애담을 그린 작품이다. 이야기는 두 축으로 나뉜다. 아는 누나와 동생 사이로 오래 알고 지내던 남녀가 사랑에 빠지게 되면서 부딪치는 갈등 및 극복 과정이 중심축이고 윤진아의 직장 내 성폭력과 관련되어 벌어지는 각성과 투쟁의 과정이 또 다른 축이다. 평범해지기 쉬운 줄거리가 지루하지 않았던 것은 극의 리얼리티가 많은 부분 공감을 불러일으켰기 때문이다.

이 작품에서 주인공 윤진아의 가족을 빼놓고선 극 중 갈등은 설명되지 않는다. 대기업 출신이지만 정년퇴임 후 특별히 내세울 것 없는 아버지, 딸에게 부모라는 명목으로 집안과 학벌을 갖춘 신랑감을 요구할 수 있다고 믿는 어머니, 명문대 박사 과정으로 어머니의 사랑을 독차지하지만 집안일에는 어느 정도 무심한 남동생에 둘러싸여 장녀 윤진아는 자라났다. 부모님의 기대와 사회 기준에 맞춰 적당히 착하고 성실하게, 큰 갈등 없이 살아온 그녀가 시도한 맨 처음 탈선은 고작 친구의 동생을 사귀는 것뿐이다. 그럼에도 어머니의 기준을 충족하지 못하는 남자를 사귄다는 이유로, 또 오래도록 가족처럼 지낸 관계 속 질서를 위협한다는 사정으로 연애는 순탄하게 흘러가지 못한다.

외부에서 보기에는 사소한 문제가 사건 내부를 들여다보면 인물들의 인생을 뒤흔들 만큼의 거대한 지각변동이 된다. 신선한 제목 덕분에 드라마는 처음부터 화제를 모았지만, 극 중 남녀의 나이 차이는 네 살밖에 나지 않는다. 갈등을 설득력 있게 만들기 위해 드라마는 등장인물들의 관계 및 성장 환경의 차이, 가치관의 대립 등을 촘촘히 드러낸다. 나와 그리 다를 것 같지 않은 인물들 속에서 시청자는 자신의 모습 혹은 가족 일원과 내 곁의 누군가를 떠올리게 된다. 그리고 우리 안팎의 가까운 가족주의, 집단주의, 소시민성을 약간의 거리감만 두고 바라봐도 비릿한 실체가 드러남을 목도한다. 뉴스를 채우는 사건의 주인공인 재벌, 권력가, 정치계, 법조계만이 비판과 반성, 성찰의 대상이 아님을 깨닫게 된다.

우리의 삶에서 지속적으로 마주치는 갈등과 투쟁은 정치적 구호나 사회의 부정부패를 극명히 드러내는 것이 아닐 경우가 더 많다. 내가 사랑하는 부모, 가족, 회사 동료와 상사들과의 관계에서 더 자주 비롯한다. 곳곳에 포진한 폭력을 사적관계라는 변명으로 넘어가고 인정한다. 가까이서 바라보는 삶이기 때문에 더 쉽게 이해할 수 있다고 믿고 당연히 용서해야 한다고 강요받는다. 지속되는 성추행의 주체면서도 문제가 제기되자 자신을 집안의 가장이자 아이들의 아빠로 묘사하며 밥줄을 끊어서는 안 되는 거라고 주장하는 직장 상사는, 곁에서 보고 겪어서 닥칠 고난을 구체적으로 상상할 수 있기에 대항하기 더 힘들다. 잘못을 저질러도 더 떳떳하게 이해해줄 것을 요구하는 태도는 서로 잘 아는 사람들의 세계 속에서 너무 쉽게 용인된다. 피해자보다 더 피해자 같은 표정을 지을 수 있는 가해자는 그만큼 더 폭력적임에도 스스로 자각조차 못한다. 동생 같아서, 딸 같아서, 같은 명목으로 경계를 침범하지만, 누구도 자신의 동생이나 딸이 그와 같은 대우를 받기 원하지 않는다. 가깝기에 더 지지하고 아껴줘야 할 가족이 사랑과 관심이라는 명목 아래 존중은커녕 함부로 침범하고 강요하고 폭력을 자행한다. 한때 사랑했던 연인이기에 옛 애인의 사생활을 폭로할 수 있고 남은 사랑이라는 허울 아래 스토킹에 납치까지 저질러놓고 큰 잘못이라고 생각하지 않는다. 심각한 범죄의 피해자가 되었음에도 제대로 된 법적 대응을 하지 않는 윤진아는 우리의 모습과 닮아 있다.

평범한 연애를 둘러싼 폭력과 갈등의 소용돌이 속 사랑으로 굳게 결속된 연인이라도 자유롭지는 않다. 윤진아는 서준희의 감정과 의견은 아랑곳하지 않고 서준희에게 그의 아버지를 향한 용서와 화해를 유도하고자 한다. 서준희는 윤진아가 지속적으로 겪는 가족과의 갈등으로부터 벗어나게 해준다는 핑계로 그녀의 동의 없이 미국행을 결정한다. 지옥으로 가는 길을 포장했던 선의는 우리의 삶과 관계 또한 지옥으로 탈바꿈시킨다. 물론 지옥이 지속적이지 않은 건 그 안을 지키는 사랑과 존중과 공감과 연대에 제자리를 찾아주려는 노력이 이뤄지기 때문이다. 천국과 지옥은 멀리 떨어진 곳이 아니다. 끊임없이 자리를 서로에게 내어주는 이웃이자 때로는 한 몸이기도 하다. 백 프로 부정하고 미워하고 격

파해야 할 적이 있지 않기에 싸움은 더 어렵다. 우리는 사랑하는 동시에 증오하고 함께하고 싶지만 도망가고 싶다. 이 아슬아슬함 속에 가족이, 연인이, 친구가, 동료가 있다. 사랑이라 믿어가며 관계를 지속했더라도 변화하지 않는 몸과 마음은 화석이 되고 관계 또한 틀에 갇힌다. 화석이 된 그들에게, 삶이 고유성과 독자성을 잃고 그저 그런 인생으로 규격화되는 건 시간문제다. 적절한 조치를 취하는 게 늦어질수록 해결책은 아득해진다. 때로는 전복이 필요하지만, 가까운 관계일수록 문제를 제기하고 적극적 변화를 모색하기란 힘들기 마련이다. 한마디 말, 습관적 행동에도 역사가 있고 기나긴 사연이 있다. 좀 더 긴장하고 조심했을 말과 행동도 경계 없이 흘려보내다 보면 걷잡을 수 없이 상처 주고 스스로 무너진다.

극 중에서 가장 큰 갈등의 제공자인 윤진아의 어머니는 스스럼없이 딸에게 소리친다.

"내가 너고 네가 나지."

이 한 줄의 대사만으로도 사랑과 관심이라는 미명 아래 한 줌 권력으로 경계를 잃고 상대의 영역을 침범하는 폭력성이 극명히 드러난다. 우리는 자주 경계를 침범함으로써 사랑을 통제와 휘두름으로 변질시킨다. 그뿐만이 아니다. 스스로의 존엄까지 손상시킨다. 인간의 존엄과 품위는 다른 인간을 존중하고 그 품위를 지켜줄 때 스스로 지켜지는 것이기 때문이다. 사랑과 혼돈된 채 윤진아의 삶을 지배했던 억압과 통제는 직접적인 갈등을 계기로 민낯을 드러낸다. 여기서 윤진아의 성장은 연인의 무조건적 지지와 사랑을 통해 자신이 얼마나 소중한 존재인지 자각함과 함께 일차적으로 일어난다. 그녀는 비로소 어머니에게 자신의 욕망과 감정의 고유함을 드러내고 어머니의 욕망으로부터 해방되고자 투쟁한다. 직장 내에서 '윤탬버린'으로 통할 만큼, 남성 상사들의 과도한 스킨십을 받아내며 분위기를 맞추던 윤진아는 더 이상 자신을 함부로 소비되게 놔두지 않겠다며 일어선다. 직장 내 성추행에 결연하게 맞선다. 이 과정에서 누구보다 훌륭한 동지를 만나고 연대의 기쁨 또한 찾는다. 그렇지만 그녀의 가장 큰 두 번째 성장은 연인의 사랑을 통해 이뤄지지 않는다. 갈등과 투쟁의 과정 속에서 바닥을 치고 일어선 그녀가 비로소 고유한 주체로 스스로를 인정하는 방식은 '배신'을 통해서다. 우리는 모두 배신을 통해 어른이 된다.

가장 가까운 권력을 배반하고 떨쳐 일어나지 않는 세계는 무력하다. 권력은 종종 사랑으로 나를 보살피는 존재에게서 내게로 남용된다. 나의 존경과 애정이 향하는 대상으로부터 연유하기에, 나는 익숙한 권력에 스스로를 가두며 삶을 자발적으로 제한한다. 윤진아 역시 서른다섯이 될 때까지 부모님과 함께 살며 삶의 중요한 선택에 있어 사사건건 제한받고 그걸 당연히 여기며 지내왔다. 겉으로 보면 다 성장한 어른이지만, 그녀의 실체는 어른이 될 기회를 놓친 나이 많은 아이일 뿐이다. 어쩌면 그녀의 아버지와 어머니 또한 윤진아와 크게 다르지 않은 권력관계 속에 성장하고 늙어버린, 나이를 더 먹은 아이에 불과할지 모른다. 이와 같이 세습되는 권력의 질서가 흔들리는 건 권력구조 내부의 배반에서 일어난다. 타인의 경계 침범에 아니라고 저항하고, 부당함에 맞서 스스로 지키는 법을 배우지 않은 아이가 사랑을 선택하고 성취하면서 부모를 배신하고 자신의 세계를 구축하는 한 걸음을 내디딘다. 더 나아가 그녀의 배신은 부모의 보호에서 자신의 보호 속으로 그녀를 서둘러 편입시키려는 연인의 선의를 거부하는 것까지 나아간다. 보다 슬기로운 방식이 있었을지 모르지만, 윤진아는 자신의 방식으로 독립을 시도한다. 그리고 그것은 잠깐의 패배를 앞당기기도 한다. 부모님의 욕망에 맞는 남자친구를 또다시 만나게 되고 그럭저럭 경계에 걸친 삶을 사는 듯 보인다. 하지만 실체를 들여다보면 그녀는 적어도 새로운 연인과의 관계가 만족할 만한 상태가 아님을 인지하고 있다. 이미 사랑과 존중으로 맺어진 관계를 알아버린 사람에게 그 밖의 관계는 결핍을 깨닫게 하는 장치일 뿐이다.

그녀는 직장 내 성희롱 투쟁 도중 본사에서 밀려나지만 끝까지 무너지지 않고 의미 있는 성과를 거둬내기도 한다. 더 이상 물러설 수 없을 만큼 그녀는 부쩍 자란 것이다. 이미 커버린 사람은 지난 삶의 틀에 맞춰질 수 없다. 그래서 그녀는 자신의 속도로, 타인의 속도를 무시하지 않고 조율하며, 변화와 성장을 이룩해낸다. 윤진아의 어머니는 모호하지만 스스로에게는 큰 용기가 필요했을 사과의 말을 쑥스럽게 남기고 윤진아는 부족한 사과마저 너그럽게 끌어안되 퇴보하지 않는다. 떠났던 연인과도 서로의 과오를 인정하며 뜨거운 포옹을 나눈다. 앞으로 그녀 삶에 벌어질 일이 "모두가 오래오래 행복하게 살았습니다"로 간단히 정리되지 않으리란 것은 예상할 수 있다. 하지만 우리에겐 지난하고 때로는 답답하기조차 했던 그녀만의 느린 투쟁과 협상, 변화와 성장과정을 지켜보았기에 얻게 된 믿음이 있다.

한창 사춘기를 겪고 있는 나의 둘째 딸은 누구보다도 앞장서서 엄마로 형성된 세계를 부수는 중이다. 얼마 전까지 엄마를 세상에서 가장 사랑한다고 말하며 내 곁을 떠나지 않으려던 아이가 중학생이 된 이후 보여준 행태는 나를 충격으로 몰아넣기 충분했다. 나에게 무수히 보내던 찬탄은 자취를 감추었고 나를 향한 불만, 분노, 부당함의 지적이 그 자리를 메우고도 넘치고 있다. 누구에게나 '엄마의 딸'로 여겨지고 스스로도 그렇게 부르던 아이가 이제는 나를 향한 가장 날 선 비판을 퍼붓는 상대가 됐다. 당장은 서글프고 고된 날이지만, 딸아이의 거센 반항을 존중해줘야 한다고 수도 없이 다짐한다. 주어진 세계를 회의하고 깨부수고 새로이 주체적으로 형성하지 않으면 아이의 자아는 뒤늦게 대가를 치러야 함을 알기 때문이다. 그녀의 배신과 배반이 온전한 혁명이자 자립이기를 응원한다. 부모의 불행에 압도되어, 그들의 삶을 구원할 도구로서 나의 삶을 이해하며 자라온 '착한 딸'이었던 내가 서른을 넘기고서야 맞닥뜨렸던 회의와 절망, 고통은 지난날 치렀어야 할 몫이 꽤 되었음을 알고 있다. 세계가 독립적으로 형성되기 위해서는 파괴와 재건축을 위한 거리가 필요하다. 사춘기 딸을 향해 내가 줄 수 있는 거리감을 믿음과 기다림으로 채워 넣는다. 그녀의 배신을 응원한다.

우리의 일상은 우리의 이상보다 훨씬 느리게 움직인다. 그 속의 작은 변혁은 외부인의 시선에선 보잘 것 없을지도 모르지만 누군가의 삶은 노선이 바뀌고 세계는 재창조된다. 안판석이 연출한 드라마가 보여준 건, 특별한 로맨스의 성취가 아니라 평범한 인간의 자각과 성찰, 진보, 연대의 이야기다. 한때는 누군가에게 끊임없이 의지하고 도움의 손길을 필요로 했다고 부끄러운 것이 아니다. 나아가 그 손길이 더 이상 적절하지 않다고 느낄 때 거부할 수 있는 것도 용기다. 새로운 도움과 연대를 끌어안을 수 있음도 용기다. 안락한 보호와 보살핌에 주저앉지 않고 자신의 속도와 느린 호흡으로, 보호자를 영원한 보호자로 내세우지 않고 보살핌을 주고받는 관계로 이뤄낸 윤진아의 용기는 연인의 도움을 기꺼이 받아들인 그 용기와 맞닿아 있다. 시행착오도 있었지만 그녀는 더 이상 사랑과 관계라는 미명 아래 자신의 독립성과 욕망을 외면하지 않는 선택을 한다. 때로 어떤 선택은 당장 어리석어 보일 수 있지만 스스로는 알고 있다. 건강한 배신을 통해 살아남은 자들에겐 성찰의 눈과 자신을 지키고 보호하는 감각이 진화되었기 때문이다.

나의 오픈 하우스

제 5 부

제 2 부

나의 오픈 하우스

이국을 떠도는 삶에서 벗어나고 싶다는 마음에 사로잡혀
수년을 보냈다.
양육을 위해 미련마저 떠난 이곳에 어쩔 수 없이 남아 있는
내 모습이 유배당한 신세처럼 느껴졌다.
내가 원하는 건 여기 남아 있지 않다고 믿었다.
나를 자학하고 내게 주어진 시간을 학대하며 보냈다.
내가 휘두를 수 있는 횡포는 그 정도니까.
아니, 그런 줄 알았으니까.
그런데 잠을 부르려 뒤척이는 어둠 한복판에서
모골이 송연해지는 깨달음이 찾아왔다.
꽉 차게 성장하다 내 곁을 떠날 날을 기다리는 아이들 또한
그들 나름대로 견디고 있음을.
선택의 자유 없이, 나를 엄마로 만나 여기 내 곁에서
어쩌면 유배처럼 자라나고 있음을.
다행히도 그들은 빨리 크고 돌이켜 보면 시간은 쏜살같이 흘렀다.
하루하루는 더디지만 일주일이 지나가면 시간의 걸음이 성큼성큼
느껴지는 날들이었다.
그렇게 한 달이, 1년이, 5년이 갔다.
더불어 오랜 타국을 떠도는 유배의 삶은,
독처럼 퍼져 있던 내 아집과 오만을 씻어내기 위해 찾아온
생의 한 수인지 모른다는 생각도 들었다.
앞으로 내게 의무로 남은 기간은 어찌 보면 길고 다시 보면 짧다.
멀리 있는 그리움에 홀려 가까이 있을 그리움을 소홀히 했다.
더 많이 눈에 담고 더 깊이 가슴에 품어야지.
조금 먼 듯한 거리에도 전해질 만큼의 넉넉하고 힘 좋은 안전감과

가까워지면 뜨거워도 조금 떨어지면 따뜻할 온기로
그들을 감싸야지.
나도 그런 사랑 속에서 그들 덕에 성장하니까.
성장이라는 찬란한 빛 속에서 삶을 깨닫고
누릴 수 있는 행복에 감사한다.
빛나는 유배, 아이들에게도 그러한 시간이 되기를.
그래서 우리, 각자의 삶 속으로 헤어져 날아갈 때도,
따로 또 같이 안전한 믿음과 온기를 든든히 누릴 수 있기를.

여행 이혼,
그리고
여행 결혼

사랑하는 친구 A가 이혼을 했다. 평범한 이혼은 아니다. 서류상 절차는 밟지 않았다. 밟고자 해도 딱히 방법이 보이지 않았을 게다. 법률상 혼인 관계는 유지하되 여행에서만 이혼하기로 합의를 본 것이기 때문이다. 두 사람 사이가 딱히 나쁘거나 위기에 놓인 것도 아니었다. 다만 여행을 함께하는 일이 서로에게 즐거움보다 피로가 된다는 걸 인정하면서 내린 결론이었다. 제안은 A가 했다. 남편은 처음에는 어처구니없어 했지만, 그녀의 논리에 설득됐고 동의하기에 이르렀다. 어쩌면 부부 사이는 그 이후로 좀 더 평온해지고 서로에게 너그러워졌는지도 모르겠다. 적정한 거리감을 유지하고 각자의 개성을 존중하는 법을 현명한 포기를 통해 배운 셈이었다. A의 남편은 아들과 단 둘이 일본 여행을 떠나면서 두 사람만의 취향과 관심사의 공통점을 확인하고 관계를 더욱 돈독히 만들기도 했다. 힘과 에너지가 넘치고 빡빡한 여행 일정을 선호하는 부자는 알맞은 여행 친구였다. 반면 느긋하고 즉흥적인 여행 방식을 좋아하는 A는 지난 한 해 동안 나와 네 번의 여행을 떠났다. 작년 4월 초의 대만 여행이 시작이었다. 즉흥적으로 제안했는데 스스럼없이 승낙했다. 이런 식이었다.

"우리 이번 봄에 대만 갈까?"

"그래."

뭐가 이렇게 쉽지? 조금 당황스럽기도 했다. 알고 보면 A는 항상 이런 식이었다. "밥 먹을래?" "그래." 만일 거절해야 하는 상황이라면 너무 쉽게 "미안, 선약이 있어", 그리고 그 선약에 대한 짧고 명료한 설명이 왔다. 승낙도 명쾌하게, 거절도 그러했다.

여행이 끝나고 돌아와서 엘에이 한복판을 운전하다가도 여행의 기억이 눈앞에 펼쳐졌다. 왜 그토록 좋았을까 자꾸 생각했다. 서로에게 한없이 너그럽고 성숙한 사람과 함께해서가 아니었을까. 얼굴을 마주 보고 웃고 떠들던 기억이 봄날의

아지랑이처럼 피어올랐다. 그녀의 팔을 잡고 걸었던 계단들, 굳게 맞잡은 팔의 감촉이 포근하게 감돌았다. 사람은 역시 맞닿고 냄새 맡고 느껴야 더 사랑하게 된다는 걸 친밀한 여행 과정에서 실감했다. 알맞은 습도와 온도의 거리들, 적당히 이국적인 풍경들, 걸음의 속도를 맞추니 눈앞에 더 열렬하게 펼쳐졌던 세상, 흐르듯 흘러도 영원처럼 아늑했던 우리의 말들이 시간을 더할수록 익어갔다. 나는 며칠 뒤 그녀에게 결혼을 신청했다.

"나랑 결혼해줘. 여행 결혼."

구애의 말은, 그녀를 묘사하는 가장 적합한 단어를 골라 표현하는 글로 대신했다. 다정하게, 우아하게, 그러나 큰 보폭으로 미끄러지듯. A를 떠올리면 함께 따라오는 말들이다. 다정함과 우아함만으로는 안팎으로 모조리 매혹되기 힘들다. 섬세함을 품고 있되, 뻔한 예상을 배신하듯 과감한 동작이 필요하다. 그러나 그 과감함마저 우아함과 다정함의 포물선으로 매끄럽게 이어졌음을 느낄 때 우리는, 아니, 나는 매혹된다. 사건과 동작을 이어주는 우아함이 내 안에서 서사로 통합될 때 그 사람을 자꾸만 더 생각하다 빠져들게 된다.

다정하고 우아한, 그러나 과감한 보폭으로 성큼 들어온 친구 A의 첫 발자국은 다음과 같았다. 그 전에도 몇 차례 만남은 있었지만, 결정적인 순간은 강남 교보문고에서 있었던《이혼일기》저자 사인회였다. 사인회가 시작되기 전, 나는 편집장님을 만나기 위해 근처 카페를 찾았다. 그곳에는 편집장님 말고도 그녀가 함께 기다리고 있었다. 그녀의 다정함이나 우아함은 이미 몇 차례의 만남을 통해 각인되어 있었다. 나는 충분히 그녀에게 매혹되어 있었지만 그날, 약속도 없이 찾아온 그녀가 조금은 당황스러웠다. 시간을 따로 낼 수 있는 상황도 아니었기에 부담스러운 마음부터 앞섰다. 성급한 걱정을 미리 헤아렸던 듯, 그녀는 용건만 마치고 떠날 듯이 간략하고 담백하게 말했다. 내게 엽서 한 장과 은색 팔찌가 담긴 봉투를 주며.

"언니가 미국으로 돌아가기 전에 주고 싶었어요. 내일모레면 떠나는 거 맞죠? 여기 이 팔찌, 언니한테 꼭 주고 싶었어요. 이걸 하고 있을 때, 내게 참 많은 기쁜 일과 좋은 일이 있었거든요. 아이 때문에 걱정했던 것도 잘 해결되었고. 그래서 이제부터 언니가 가졌으면 좋겠어요. 사인회는 못 보고 가야 할 것 같아서 서둘러 온 거예요."

우리는 서로를 알게 된 지 2년이 조금 넘은 사이였다. 개인적인 만남은 서너 차례 정도였다. 그러나 그녀가 전해주는 선물과 그것에 얽힌 이야기와 그에 담긴 의미와, 그동안 우리가 스치듯이 나눴던 눈빛이나 말들은 각별했다. 그 각별함을 그녀는 멀리 포물선을 그리며 날아오는 공처럼 우아하게, 그러나 들어오는 동작은 크게, 훅, 거침없이 만들어 냈다. 그리고 나는 거의 하루도 빼놓지 않고 그녀가 선물한 팔찌를 걸고 다닌다. 그렇게 그녀에게 받은 다정함을, 우아함을, 미끄러지는 과감함을 주술처럼 몸에 지닌다.

우리는 가벼운 동의 절차 "그래!"라는 명쾌한 대답을 거쳐, 느슨한 여행 부부가 되었고 네 번의 짧은 여행을 함께했다. 지난겨울의 전주 여행은 더더욱 특별했다. 서울부터 전주까지, 교대로 차를 몰아서 오가는 길이 조금도 지루하지 않았다. 이야기를 나누고 또 나누어도 할 말이 넘쳐났다. 이틀 밤을 함께 보내면서도 까무룩 잠들 때까지 속 깊은 이야기를 꺼내고 또 꺼냈다. 그래도 할 말이 남아 있다는 게 신기할 정도였다. 나조차 껄끄럽고 갸우뚱한 내 모습을 그녀는 품을 열어 받아줬다. 나는 풍덩 빠지듯 그녀의 품속으로 뛰어들었다. 내 품 또한 그녀에게 전부 열려 있었다. 상대를 믿고 인정하고 받아들이되, 궁금하면 다정히 묻고, 묻기 전에 다정히 궁금해하는 사이였기에 가능했다. 때로는 웃음으로, 눈물로, 나른한 행복감으로, 편안함으로, 그리고 궁극적 안전함으로 가득했다. 느긋이 쉴 때는 쉬고 움직일 때 움직이고 즐길 때 즐겼다. 그 모든 리듬이 상충하지 않고 조화롭게 흘렀다. 우연히 마주친

경이로운 풍광 앞에서는 동시에, 함께, 전부로 감탄했다. 슬픔과 기쁨과 경탄을 검열 없이 자유롭게 쏟아낼 수 있는 관계는, 나를 나 자신으로 살아가게 만들었다. 삶 또한 좀 더 긴 여행으로 본다면 그녀와 나의 인연은 더더욱 각별한 셈이다. 느슨하지만 돈독한 인연으로 말이다.

매일 오후 다섯 시, 휴대전화가 울린다

인생의 휴가. 좋아하는 말 중 하나다. 지금은 아니지만, 그것이 너무나도 절실하던 때가 있었다. 올여름 여든한 살의 엘레노어 코폴라Eleanor Coppola 감독이 연출하고 다이앤 레인Diane Lane이 주연으로 나온 〈파리로 가는 길〉(2016)을 봤다. 프랑스 칸에서 파리까지 이어지는 아름다운 풍경과 맛난 음식 등 유쾌한 탐닉으로 넘쳐나는 영화를 수없이 눈물을 훔치며 봤다.

마지막 장면에서 장미 모양 초콜릿을 짓궂은 표정으로 입에 넣는, 일탈의 즐거움을 알아버린 아내의 얼굴을 보며 급기야 울음을 터뜨렸다. 인생의 휴가란 뜻밖에 선물 받은 장미 모양 초콜릿 같지 않을까. 영화를 보는 내내, 사랑하는 친구들의 얼굴이 하나둘 떠올랐다. 아름답고 재치 있고 지적이며 극중 다이앤 레인처럼 망가진 자동차쯤은 거뜬히 고칠 수 있는 능력자들. 언젠가 세 아이의 엄마인 친구가 이런 말을 했다.

"있잖아. 남편이 아닌 멋진 남자가 내 인생에 나타나면 좋겠어."

"그래서? 그다음엔?"

"그 남자가 나를 사랑하면 좋겠어."

"그리고?"

"나를 너무너무 사랑하는데…."

"사랑하는데?"

"너무너무 사랑하는데 그냥 아무것도 하지 않으면 좋겠어."

그 어설픈 고백에 웃음을 터뜨렸지만, 그 심정을 헤아릴 수 있어 서글프기도 했다. 우리는 행복한 가정을 유지하기 위해 애쓰면서도 그 안에서 자그마한 일탈을 저지르는 척 살아가고 있었다. 일탈이라고 해봐야 폭우가 쏟아지던 날, 아이들을 학교에 데려다주고 우리 집 소파에 앉아 테킬라 샷을 털어넣고 손등에 뿌린 소금과 라임즙을 핥아먹는 정도였지만.

남자의 성공 곁에 여자가 있다고 해도 영화 속 카메라맨의 사진처럼, 아내의 얼굴은 쉽게 지워지고 남편의 얼굴만 남는다. 누구도 다이앤 레인이 연기하는 성공한 영화제작자의 아내 앤이 찍는 사진과 앤의 시선이 포착한 아름다움에 주목하지 않는다. 모험은 사라지고, 추억하고 지키고 보살피는 일상만 남은 그녀들에게 삶의 의미란 자신이 아닌 그 밖의 것들로 채워진다. 더디게 흘러가는 듯한 세월도 어느덧 지나가고, 정신을 차리면 복잡다단한 삶의 조각은 썰물처럼 빠진 뒤다. 폐허를 채울 만한 자신은 남아 있지 않다.

나의 그녀들에게도, 그녀들을 기다리는 파리가 있을까. 인생의 휴가란 앤이 찾아가는 파리에 있었던 것이 아니라, 잘 짜인 삶에서 어긋난 사건 속에 있었다. 흐트러진 여정에 당황하고 그럼에도 모험을 찾아보는 일. 그러나 인생의 휴가를 맞게 되면 우리는 제자리로 돌아올 수 없다. 이미 인생도, 당신도 변해버렸기 때문이다. 삶은 거기서 다시 시작되어야 한다. 되돌아가더라도 달라진 자신을 선언해야 한다. 살아내야 한다.

나는 한 친구의 휴가와 완전히 바뀌어버린 삶에 대해 조금만 풀어놓으려 한다. 친구가 그를 만난 것은 연말 회식 자리에서였다. 가볍게 인사를 나눈 그들은 소셜미디어 공간을 통해 일상을 가볍게 엿보는 정도로 시작했다. 친구는 10년차 가정주부였고 그 역시 가정이 있었다. 그들은 각각 그림 속에서 막 튀어나온 듯 잘 다듬어진 아름다움을 살았지만, 실상을 들여다보면 그림은 한 겹 허상처럼 떨어졌다. 별거와 다름없는 부부 사이, 육아와 가사, 혹은 직장에 대부분을 쏟아 넣는 외로운 여자와 남자가 있었다. 친구가 열심히 올리는 포스팅을 지켜보던 남자가 몇 차례 메시지를 보냈다. 일상의 안부를 묻는 수준이었다. 따로 만날 약속은 잡지 않았다. 약간의 설렘은 생활의 작은 활력이 되었지만 큰 의미는 아니었다.

어느 날 밤, 남편과의 다툼 끝에 친구는 무작정 집을 나와 친한 언니를 찾았다. 비 오는 밤이었고 그간 쌓아두었던 설움과 분노가 통제할 수 없을 만큼 흘러나왔다. 완벽한 결혼 생활을 위해 자신이 할 수 있는 모든 걸 쏟아부었다. 더 이상 버틸 수 없다는 생각에 실성한 듯 울었다. 탈수 증상을 보인 친구는 언니와 함께 병원을 찾았고 진정제를 처방받고 겨우 잠이 들었다. 친구가 눈을 떴을 때 자신의 머리맡에 낯선 얼굴이 지키고 있음에 소스라치게 놀랐다. 얼마 전까지 소소한 일상을 메시지로만 나누던 남자가 실체가 되어 곁에 앉아 있었다. 당황은 화가 되어 쏟아졌다. 흐트러진 몰골을 불시에 보이게 된 것도 부끄러웠다. 남자는 무례를 사과하고 자리를 떠났다. 친구가 집으로 돌아갔을 때 남편은 이미 떠난 뒤였다. 몇 달 뒤 친구는 남편이 일을 핑계로 1년에 반 이상을 비우는 그 집을 아이와 함께 나왔고 이혼을 요구했다.

사실을 고백하면 이혼 과정에 그 남자가 있었다. 친구는 집을 나온 뒤 몇 주 만에 그를 찾아갔다. 병원에서의 만남을 마지막으로 그는 메시지를 보내지 않았다. 눈빛을 마주하자 모든 것이 명확해졌다. 첫사랑을 시작하는 연인처럼, 차마 내 뱉지 못하는 감정을 안으로 키우며 두 사람은 함께 밥을 먹고 차를 마시고 가끔은 한적한 오후의 미술관을 방문했다. 그게 다였다. 그럴 리 없다며, 결혼 10여 년차의 남녀가 만나 그토록 오랜 탐색의 시간을 보낸다는 건 비현실적이라는 내 지적에 친구가 대답했다.

"탐색이 아니었으니까요. 언제든 올 시간이란 걸 알았으니까, 아끼듯 감사하듯 조심조심 시간을 보낸 거였어요. 교회에 나가는 성실함과 경건함처럼 말이에요. 남들은 불륜이라는 정의에는 어울리지 않는다고 생각하겠지만."

어쩌면 그건 그들의 관계를 지켜나가는 방식이었으리라. 통속의 잣대에서 인정받는 길은 관계를 견고하고도 평범하게 이루어가는 것이라고 믿었다. 세상의 비난과 맞닥뜨릴 시간이 오리란 걸 알아서였을 수도 있다. 항복하듯 고난을 미리 받아내되 순응하듯 그들의 사랑에 순종했다. 이들은 각자의 가정을 벗어나 다시 가정을 꾸렸다. 주위의 비난은 크고 거셌다. 별거에 가까운 삶을 이어왔던 부부라도 가정을 지키는 것이

도리라고 말했다. 나는 의아했다. 껍질뿐인 관계를 유지하는 것이 더 큰 고통이 아닐까. 각자가 감당할 고통과 행복은 그들의 선택이 아닐까. 부부 간의 계약을 어겼다면 그 대가는 각자의 배우자에게 지불하면 되는 것 아닌가. 왜 그들은 존재만으로 손가락질을 받아야 할까.

숱한 격랑을 지나 그들은 10년째 부부로 살아가고 있다. 1년 전, 제주 여행에서 두 사람은 길고 격렬히 다퉜다. 밤을 새워 이어진 대화는 눈물과 흥분을 지나 차분한 설득과 대안 제시로 이어졌다. 친구는 남자를 설득했다. 사랑에는 꾸준한 확인과 증거가 필요하다고. 표현이 쉽지 않던 남자는 실질적이고 구체적인 대안을 내놓았다. 그는 친구에게 약속했다. 매일 오후 다섯 시마다 그가 사랑하는 그녀에 관한 메시지를 보내겠다고. 맨 처음 그들이 시작했던 관계도 메시지를 통해서였으니, 그들은 초심으로 돌아간 셈이었다.

그날 이후 오후 다섯 시가 되면 친구는 하루도 빼놓지 않고 메시지를 받는다. 웃을 때면 둥글게 휘어지는 당신의 눈썹을 사랑해. 저녁마다 거르지 않고 나누는 대화 시간이 좋아. 반짝반짝 조용히 나를 바라보는 눈빛이 좋아. 머리칼을 쓸어올릴 때 부드럽게 갈라지는 손가락, 내 얼굴을 담아내는 눈동자, 낮고 위엄 있는 목소리, 타인의 존재를 소외시키지 않고 배려하는 태도, 주변 사람들을 포용하고 끌어안는 마음, 이면을 볼 줄 아는 눈, 말할 때면 드러나는 자그마한 덧니, 밤마다 잊지 않고 나를 더듬어 찾아내는 발가락을 사랑해. 잠시 열거를 멈추고 친구가 덧붙였다.

"예전에는 둘이 꼭 끌어안고 잤어요. 숨 막힐 만큼 꼭 안고 자야 마음이 놓이던 시절도 있었어요. 이제는 그렇게는 못 자요. 답답하거든요. 잠은 편하게 자야죠. 그래도 신체의 어느 일부라도 그에게 닿고 싶어 발가락으로 그의 몸 어딘가를 훑어 내리곤 해요. 발가락 끝을 어디라도 대고 자요. 그렇게라도 맞닿아 있으면 안심이 되거든요."

친구와 이야기를 나누다가 마침 오후 다섯 시에 이르렀다. 알람처럼 도착하는 문자 소리에 그녀가 전화기를 들었다.

"그가 나의 어떤 부분을 좋아하는지 구체적으로, 그의 언어로 듣게 되니 그를 좀 더 풍부하게 이해하는 기분이에요. 어떻게 해야 좀 더 나은 사람이 될 수 있을지도 감을 잡기 쉽고요. 나를 더 깊이 알게 되는 것도 같아요. 우리는 누군가 사랑한다고 해도 각자의 관점에 매몰되기 쉽잖아요. 상대방의 이야기를 들어보는 것도 중요해요. 그래야 사랑이 일상에서 더 넓은 교집합을 만들어요."

나는 친구에게 로맹 가리Romain Gary의 자전적 소설《새벽의 약속》에 관해 들려줬다. 어머니의 사랑이 구체화된 편지가 어떻게 아들을 제이차세계대전의 치열한 전장 속에서 살아남게 했는지 말이다. 어머니는 죽어서도 아들에게 사실을 알리지 않았고 미리 써놓은 편지를 보내게 했다. 꾸준히 이어졌던 사랑과 격려의 메시지는 아들에게 생존을 일깨우는 알람과도 같았을 것이다. 나는 그 책을 읽은 뒤로, 사랑은 표현되어야 함을, 그 표현은 구체적이고 꾸준하고 정기적이어야 함을 깨달았다고 덧붙였다. 친구 부부는 그런 사랑을 실천하는 듯 보였다.

친구를 만나고 돌아서는 길, 언젠가 나를 순종적인 사람이라고 한 누군가가 떠올랐다. 의아한 표정으로 바라보는 내게 그는 순종적인 사람을 다음과 같이 설명했다.

"당신은 뛰어나면서 헌신적인 사람을 만나면 헌신적이 되는 사람이에요. 사랑은 자기를 전부 내어주는 거잖아요. 생명을 포함한 모든 것을. 그런 가치관을 가진 사람들끼리는 당연히 상호 순종적이 되는 면이 있어요. 나는 당신에게서 그 순종을 봐요."

다시 이 말에 머물며 저문 겨울 거리를 걸었다. 주체적인 사랑이란, 전부를 내주어야 하는 순간 차라리 분열 없이 전부를 내줄 수 있는 것일까. 실제 우리가 '헌신'이라고 이르는 것의 대부분은 의존인 경우가 많다. 헌신이라는 명목 아래 자신을 상대에게 종속시키고 그에 따르는 보상을 바라는 행위일 때가 많다. 그와 달리 주체적 헌신이란 자신에 대한 순종이 상대에 대한 순종과 조화롭게 어우러지는 형태가 아닐까. 상호보완이라는 말을 넘어서는 '상호 순종'은 그렇게 이를 수 있는 건 아닐까. 상념을 뚫고 차가운 바람이 불었다. 내게도 그런 상태가 찾아올까, 더듬듯 꿈꾸듯 발을 내디뎠다.

나의 친구 •

• 데브라

•

데브라를 처음 만난 건 대략 12년 전으로 거슬러 올라간다. 할리우드에 있는 바에서 열린 파티였던 걸로 기억하는데, 금발의 푸른 눈에 날씬한 몸매, 화통하면서도 다정한 매너가 어디에 있든 그녀를 돋보이게 했다. 대화 도중 우리는 비슷한 나이와 비슷한 시기에 첫딸을 얻었음을 알게 됐다. 꼬마 때부터 얼굴을 마주한 나의 딸과 데브라의 딸은 곧 10학년이 되고 세상에 둘도 없는 친한 친구다. 둘째 딸들도 같은 학교를 다녔던 가까운 친구다. 데브라와 나로 말하자면 적절히 도움을 주고받는 고마운 관계지만, 우리 사이의 거리감은 넓고 편안하다. 그녀는 학부모회의 주역이고 학교 행사를 도맡아 꾸리는 등 언제 어디든 적극적으로 나서서 계획하고 활동하는 반면, 나는 최소한의 활동으로 해야 할 몫만 하고 조용히 사라지는 편을 선호하는 등 성향도 참 다르다.

아이들이 사춘기를 지나면서 우리의 고되어도 달콤했던 육아 생활에 급격한 지각변동이 일어났다. 아이들은 대륙에서 분리되는 섬처럼 요동치기 시작했다. 아이들의 요동은 우리의 존재마저 뒤흔들었다. 재작년의 어느 아침, 학교에서 마주친 데브라의 눈에 눈물이 가득 고여 있었다.

"끔찍한 아침을 보냈어. 나쁜 것들. 죽여버리고 싶을 정도였다니까."

잠시 차를 마시자는 그녀의 제안에 대화는 조금씩 길을 열어갔다. 그리고 단순하고 열정적이며 훌륭해 보이기만 했던 미국 백인 여성의 삶이 짐작했던 것만큼 평탄한 것이 아니었음을 차츰 깨달아갔다.

데브라가 거슬러 올라간 인생의 맨 처음 전환점은 다섯 살 무렵 엄마 손을 잡고 교회를 성큼성큼 걸어 나온 기억이었다. 데브라는 텍사스주의 작은 시골 마을, 보수적인 가치관을 따라 살아가는 사람들이 모여 있는 곳에서 태어나 자랐다. 그녀의 엄마 역시 그랬고 그녀의 두 언니 역시 그랬다. 엄마는 누구보다도 평범한 가정에서 충실한 아내이자 엄마의 역할을 살고자 했다. 그러나 데브라가 생후 18개월 때 가족이 함께 간 캠핑에서 아빠가 불의의 사고를 당해 다리 하나를 잃었다. 아빠는 사고의 충격으로 기억상실증에 걸렸고 딸들은 물론 아내도 알아보지 못했다. 어린아이 셋을 키우면서 기억이 백지상태로 돌아간 남편을 돌보는 일은 혼자 감당하기에 터무니없이 버거웠다. 결국 엄마는 그를 요양원에 보내기로 했고 3년 후에는 이혼을 결정했다. 하지만 아빠를 보여주기 위해 정기적으로 요양원을 방문하는 일은 아이들이 성인이 될 때까지 계속되었다.

순종적이며 가정적인 아내로서의 일생을 꿈꾸었던 데브라의 엄마는 웨이트리스부터 비서까지 갖은 직장을 전전했고 이혼녀가 되었다. 보수적인 미국 남부 작은 마을에서 그녀의 정체성은 몇 년 사이에 천지개벽하듯 달라졌다. 그와 함께 세상을 대하는 태도 또한 달라졌다. 아니, 달라져야만 했다. 독실한 기독교 신자였던 데브라의 엄마는 사십 년 전의 그날도 아이 셋을 데리고 교회를 찾았다. 그녀가 이혼 수속을 밟은 지 며칠이 지나지 않았다. 목사는 설교 도중 시선을 신도 속 그녀에게 고정시킨 뒤 말했다.

"이혼은 하나님의 뜻을 거스르는 일입니다."

그는 부드럽지만 완고한 말투로 이혼이라는 제도 자체를 비판하는 설교를 이어갔다. 작은 마을에서 유일하게 이혼한 여자인 그녀는 모든 비난이 자신을 향해 있음을 부정할 수 없었다. 그녀는 고개를 돌려 아이들에게 말했다. "일어나자, 얘들아." 설교 도중 벌떡 일어난 그녀는 아이들 손을 잡고 성큼성큼 예배당을 가로질러 걸어 나왔다.

"나는 이런 대우를 받을 이유가 없다. 어떤 남자도, 그리고 교회라도 내 삶을 함부로 짓밟을 수는 없어. 너희들에게도 마찬가지다."

엄마는 아이들에게 말했고 그들은 다시는 교회로 돌아가지 않았다. 엄마는 기회가 될 때마다 데브라에게 선택할 수 있는 삶을 살라고 말했다. 선택을 위해서는 독립할 수 있는 힘이 필요하다고 강조했다. 시간이 흘렀고 데브라가 열네 살이 되던 해 엄마는 한 남자와 진지한 관계에 들어섰고 그녀가 고등학교에 입학하자 그와 결혼해서 데브라를 데리고 계부의 집으로 들어갔다.

"좀 충격적인 경험이었어. 나는 엄마의 독립적인 모습에 적응되어 있었는데, 엄마는 계부와 함께 있자 남편을 돌보는 데 대부분의 에너지를 쏟아붓는 가정주부로 돌아가더라고. 엄마를 나무라고 싶진 않았지만 배신감은 컸지. 그때부터 떠날 궁리만 했던 것 같아. 어느 날인가, 아래층에 내려가서 엄마에게 선언했지. 떠나겠다고. 떠날 날짜까지 정해서 말했어."

그리고 그녀가 스물둘이 되던 해, 떠나겠다고 말했던 바로 그날인 1995년의 6월 14일, 친구 둘과 함께 차를 몰고 텍사스를 떠났다. 로스앤젤레스까지 꼬박 이틀이 걸렸다. 고향 마을에서 특수교육 보조선생으로 일해서 모은 돈을 가지고 왔지만, 엘에이에서는 고작 3개월의 삶을 보장할 정도였다. 곧바로 웨이트리스 일을 시작했다. 하루하루가 고되고 힘들었지만, 그 와중에도 배우의 꿈을 이루기 위해 각종 오디션에 참여했다. 결과는 좋지 않았다. 그러다가 우연히 영화 현장에서 일을 시작했고 점차 자신이 그 일에 잘 맞는다는 걸 깨달았다. 배우로서의 꿈을 잠시 접고 현장 스태프 일에 몰두했고 몇 년 뒤 몇몇 주요 광고 및 뮤지컬의 프로듀서로 일하게 되었다. 그리고 모 백화점 광고 촬영장에서 남편 글렌을 만났다. 첫눈에 서로 반했다며 그녀는 활짝 웃어 보였다.

"현장에서 바로 데이트 신청을 받고 30일 뒤에 동거에 들어갔어. 결혼을 일찍 결정하지는 않았어. 일에 집중하고 싶었거든. 그러다가 서른이 되기 전에 결혼했고 서른이 되면서 첫 딸을 낳았지."

20년째 삶을 공유하는 이 커플은 그동안 많은 커플들이 이별과 새 가족의 탄생을 거듭하는 동안 단란한 가정을 이어 갔다. 그 비결을 물으니 그녀가 대답했다.

"독립성의 인정과 일상의 균형이야. 첫아이 임신부터 출산까지, 정말 쉽지 않았어. 출혈과 합병증으로 고생했거든. 그래도 일을 놓고 싶지 않았고 가까스로 병행했지. 글렌과 참 많이 고민했어. 결국 둘째를 임신한 뒤 직장을 그만뒀지. 그런데 아이를 키우는 데만 전념하니까 더욱더 힘들어지더라. 당시 건강이 좋지 못해서 첫아이를 낳고도 아이를 잘 돌볼 수가 없었어. 아무리 애써도 모유가 잘 나오지 않았고. 그런 와중에 내 곁의 누군가는 너무나도 수월하게 아이를 낳고 모유를 먹이는 거야. 좋은 엄마가 되지 못한다는 좌절감과 죄책감에 알 수 없는 분노와 우울에 시달렸어. 둘째를 낳고 다시 일을 시작할까도 생각했지만, 촬영 현장을 감당하기에 몸의 회복 속도가 너무 느렸어. 어디를 가든, 내가 좋은 엄마인지 아닌지 판단 당하는 느낌이 들었지. 살면서 가장 큰 위기를 그렇게 맞은 것 같아. 아무리 힘든 상황에 있어도, 내가 나로서 삶을 꾸려 간다는 느낌이 들 때는 견딜 만했거든. 그런데 아이들의 엄마가 되니 끊임없이 평가 당하고 세상의 시선에 먹잇감처럼 날 것으로 던져진 기분이었어."

지난한 고민의 시간이 있었다. 글렌과의 관계에도 문제가 생겼다. 그러다 문득 그녀가 떠올린 것은, 교회를 박차고 나섰던 엄마의 용기였다. 세상의 획일적 판단 앞에, 개인으로 올곧이 서서 "그런 건 내게 중요하지 않아!"라고 박차고 나올 수 있는 힘, 환경에 압도되지 않고 내 길을 걸어 나갈 수 있는 당당함을 기억했다. 그녀가 먼저 나서서 가족의 일상을 조율해 나갔다. 글렌과의 긴 대화가 있었고 몇 차례에 걸쳐 서로에게 휴가를 주어 혼자만의 공간과 고민을 이어갈 수 있도록 배려하기로 했다. 요가와 명상을 배우며 같이 보내는 시간 또한 다양하게 쌓아갔다. 매 시기마다 변하는 자신과 상대를 이해하고 이해시키는 데 부단히 노력했다. 그들은 그렇게 서로의 독립성을 인정하면서도 함께하는 삶의 튼튼한 일상을 쌓아가고 있다. 그와 동시에 자신의 자리에서 할 수 있는 일들을 조금씩 찾고 만들고 있다.

그녀는 더 이상 직업에 미련을 두지 않는다. 좀 더 세상과 연관되어, 함께 연대하고 사회의 변화를 만들 수 있는 일을 하고자 하는 열망이 더 크다. 도시 농업 운동, 환경운동, 공원 조성 운동, 지역 내 공립학교 건설 운동 등 사회와 환경, 공동체를 고민하고 연대하는 활동에 열정적이다. 두 아이를 키우면서 좀 더 깊이, 그리고 멀리 세상을 고민하게 됐다. 아이들이 자라고 뜻을 펼칠 곳을, 그리고 그들이 자신의 아이를 기꺼이 낳아 키우고 싶은 곳을 만드는 데 조금이나마 보탬이 되고 싶다.

요즘 데브라의 주된 관심은 엄마에게 오래전 그녀의 모습을 되찾아 주는 것에 있다. 4년 전 그녀의 생물학적 아버지는 유명을 달리했고 계부는 치매에 걸려서 엄마의 손길을 필요로 하기 시작했다. 재혼 이후 엄마의 삶은 남편과의 관계 속에서 재편되었고 부부관계가 삶의 대부분을 차지하던 일상으로 되돌아가는 듯 보였다. 그리고 다시, 남편의 치매와 함께 극심한 삶의 지각변동을 치르는 중이었다.

데브라는 지난여름에 방학을 맞아 아이들을 데리고 텍사스에서 2주간의 휴가를 보냈다. 어릴 적 자주 찾던 강을 찾아 가족이 함께 수영을 했다. 수영복으로 갈아입기조차 꺼려하던 엄마를 부추겨, 한때는 수없이 왕복하던 길을 결국은 혼자 건너도록 응원했다. 손녀들의 환호를 받으며 물에서 걸어 나오는 엄마의 자태에는 물방울처럼 빛이 솟아올랐다. 교회를 박차고 떠난 강하고 의기양양한 여자가 다시 걸어 돌아오는 것 같았다.

"그녀는 한때 볼링 선수였어. 찰랑이는 에너지와 밝은 기운이 넘치는 분이었지. 남을 기꺼이 돕고자 하고 성큼성큼 움직이고 잘 웃고 자기표현이 활달한 사람이었어. 첫째를 보면 엄마 생각이 나. 한동안 의기소침해 있던 엄마를 두고, 오래전의 그녀를 불러내는 의식을 가족과 함께 치른 기분이야. 강을 거슬러 수영하는 할머니를 보고 아이들도 감탄했어. 여전히 그녀에게는, 그 시절의 그 여자가 살아 있었던 거야."

데브라는 엄마가 어린 시절의 그녀에게 해준 말을 되돌려줬다. 선택하는 삶을 살라고. 그리고 당신에게는 충분히 그럴 힘이 있다고. 그녀는 기꺼이 서로에게 의지하는 관계에는, 선택의 힘이 필요하다고 강조했다.

"독립적이지 않고는 온전히 의지할 수 없어. 의지란 자신의 무게를 그대로 상대에게 얹는 것이 아니라, 서로를 지탱하는 힘의 균형이 있을 때 비로소 건강해져. 의지란 선택이어야 해. 의지할수록 독립적이어야 하고 당당해야 하거든. 글렌과 내가 항상 하는 말도 그거야. 의지해줘서 고맙다고. 당신의 선택이 나를 이만큼 의지하는 것이라서 기쁘다고."

나의 오픈 하우스

반복해서 꾸는 꿈이 하나 있다. 집으로 돌아가는 꿈이다. 돌아가는 집은 몇 가지 유형이 있는데, 알고 보면 어떻게든 이어져 있다. 비밀통로가 있고 그 통로를 따라가면 이전 꿈에 등장했던 바로 그 집이 나온다. 조금씩 구조가 바뀌기도 하고 장식이 달라지기도 하지만 나는 그곳이 하나로 연결되어 있음을 안다. 과거의 어느 집 조각이 그곳에 있기도 하고 지난날의 집들이 자라듯 변형을 거쳐 나타나기도 한다. 어린 시절의 아버지와 어머니가 마른 다리를 내놓고 거실 소파에 앉아 있기도 하고 어린 내가 방구석에 누워 있기도 하다. 무서워서 가지 못했던 퀴퀴한 지하방과 깊고 어두운 바닥을 가진 화장실이 알고 보니 멋지고 아늑한 장소임을 발견하기도 한다. 이때 느끼는 건 행복의 감각이다. 그래, 나는 원래부터 알고 있었어. 이토록 좋은 곳이 숨겨져 있음을.

좁고 갑갑한 통로를 헤매다가 어느새 다다르는, 천장이 앉은키를 넘기지 않는 다락방에는 얼굴을 알 수 없는 할머니들이 옹기종기 모여앉아 있기도 하다. 그들은 이불보를 꿰매기도 하고 낮고 무한한 바닥을 채우는 뜨개질을 능숙한 손짓으로 이어가고 있었다. 때로 그곳은 함께 어울리고 싶은 아늑한 자리였다가 어느 날은 벗어나고 싶어 슬프고 답답한 공간이 된다. 그래도 다시 돌아와야 한다는 마음으로 떠나는 곳이다. 미로처럼 얽힌 집을 돌고 돌아 끝도 없이 나타나는 새로운 방을 마주한다. 알고 있었으나 깜박 잊었던 방은 편안함과 안전함으로 나를 맞는다. 나는 그곳에서 온전히 숨을 수 있다. 아무도 나를 찾지 못할 것이다. 그 방들은 지치지 않고 다시 깨어나서 내게 문을 연다. 내가 문을 열기를 기다린다. 방은 나를 지켜주고 방은 나를 품어준다. 방은 오래된 기억이자 감각이다. 이미 알고 있었으나 잊고 말았던, 하지만 돌아와서 나를 어김없이 안아주거나 품어주는.

꿈속의 나는 집의 탐험가다. 방의 사냥꾼이기도 하다. 사라질 뻔한 방을 찾아서 집과 이어준다. 저 멀리 날아가 버렸을 방을, 혹은 저 깊이 꺼져버렸을 방을 구출하듯 잡는다. 방과 나는 엄밀히 말하면 공생의 관계다. 방은 잊히면 사라진다. 방이 사라지면 나는 쉴 곳을 잃는다. 그러므로 찾아가서 문을 두드려야 한다. 열릴 때까지. 주문을 외워야 할 수도 있다. 방마다 자기만의 언어가 있고 암호가 있으므로 주의 깊게 살피고 이해해야 한다. 이건 방을 앞에 두고서만 알 수 있으므로 내가 꿈속을 절박하게 헤매는 이유가 된다.

6년 전 받았던 첫 상담에서 받은 질문이 떠오른다. 행복한 상태를 떠올려 보고 그걸 묘사해 보라고 했다. 나는 눈을 감고 대답했다. 프랑스 남부 지방을 연상시키는 바닷가, 그곳의 집, 그리고 아늑한 방 안의 나를 이야기했다. 상담자는 다시 물었다. 함께 있는 사람은 누구냐고. 당황하는 나를 고요한 눈빛으로 바라봤다. 나는 대답했다. 혼자예요. 당연히. 누군가가 곁에 있으리란 게 애초에 떠오르지 않아요. 거기까지 생각이 닿지 않아요.

어릴 적부터 안도와 위안은 혼자일 때 왔다. 혼자가 될 때, 온전히 나를 숨길 때, 주위를 둘러봐도 아무도 없을 때. 조인 숨을 풀고 몸을 누르는 긴장을 벗고 스르르 나를 놓을 수 있는 순간. 아무도 나를 탓할 수 없고 비난할 수 없고 바라지 않을 때. 비로소 혼자만의 방을 가지게 되었을 때 깨달은 건 그 방에서조차 나는 혼자가 아니라는 사실이었다. 끊임없이 나를 꾸짖고 힐난하고 몰아가는 수많은 나와 동거 중이었다. 그들은 나갔다 들어오기를 반복했고 언제 떠났다가 돌아올지 짐작조차 할 수 없는 존재였다. 나는 나를 가장 아프게 비난하는 나와 더 친했다. 더 익숙했다. 나를 비난하는 자들과 더 긴밀히 연결되었던 삶의 패턴처럼 그곳에서도 당연히 그랬다.

성장하고 좀 더 나를 잘 다루게 되었다고 느꼈을 때 스스로가 조금 대견해졌다. 대견스러운 나는 이러한 나였다. 관계로부터 자유로운 나, 관계로부터 언제든지 벗어날 수 있는 나, 관계로 인해 아파하지 않고 관계로 인해 즐거울 수 있는 나, 관계를 통해 행복할 날을 떠올리지 않고도 여기에서 기분 좋은 나. 첫사랑을 시작으로 만났던 연인들에게 느꼈던 불편하고도 때론 귀찮았던 순간은 그들이 미래를 암시하는 이야기를 꺼낼 때였다. 한 남자가 말했다.

"서희야, 우리가 나중에 같이 살게 되면 말이야. 집에 많은 사람들을 초대하며 지내자."

"싫어. 난 집에 누가 오는 게 싫어. 집은 혼자 있기 위한 곳이야."

"그렇다면 2층집을 구해서 2층에 너 혼자 있을 곳을 마련하고 1층에서 사람들을 맞이하자."

"아니. 1층이 소란하면 2층에서 쉴 수 없어서 안 돼. 집은 아무도 함부로 올 수 없는 곳이어야 해."

그의 질문은 시작부터 잘못된 것이었다. 나는 나의 집에 있는 그를 상상한 적이 없었다. 나는 미래의 모습을 관계를 통해 꿈꾸지 않았다. 그건 너무 버겁고 힘든 상상이었다. 내게 미래를 말하는 사람에게 나는 지금을 말했다. 지금 행복하고 지금 함께하자. 하지만 이제 와서 생각한다. 단절된 유리구슬 안과 같은 지금이 과연 온전한 지금이 될 수 있을까. 현재를 즐기고 지금을 누리라는 말 속의 현재는 미래를 배제한 곳으로 기능할 수 있을까. 관계는 견뎌서는 안 되는 걸까. 즐겁지 않다면 벗어나고 버겁기 전에 떠나야 하는 걸까. 관계를 통한 미래는 어차피 불행해질 거라는 예감 속에 나는 미래 혹은 더 큰 행복의 가능성을 차단해 버린 건 아닐까. 이토록 무수한 나로 북적이는 혼자됨은 과연 내가 꿈꾸던 혼자됨일까. 나는 함께하는 대신 나로 소란한 혼자를 견디는 건 아닐까.

결혼을 결정하면서 외부 세계와의 차단으로 나를 보호했다. 이전 관계들로부터 자발적으로 멀어졌고 유배하듯 새로운 환경으로 나를 보냈다. 소통보다는 안전한 거리감으로 나의 공간을 보장받길 원하며 결혼 생활을 이어갔다. 10년을 훌쩍 보내면서 그마저도 공허감에 뒤틀리기 시작했다. 5년 전 이혼의 과정을 시작하면서는 홀로서기, 혼자서도 당당한 삶에 관한 서적을 찾아 읽었다. 홀로 사는 삶에 힘을 북돋아주고자 했다. 너무 큰 힘이 들어갔는지도 모른다. 관계에 연연하는 것이 부끄러운 일인 양 나를 몰아가기까지 했다. 함께 먹는 밥보다는 혼밥이, 함께 마시는 술보다는 혼술이, 함께 나누는 일보다는 홀로 하는 작업이 더 편하고 좋다고 강조하는 나를 곳곳에서 발견했다. 가정을 이루고 지냈던 시간을 내게 맞지 않았던 시간이라고 부정하기도 했다.

'독립적인 나'는 홀로되는 것을 두려워하지 않는 걸 넘어 관계로부터 뒷걸음쳤다. 달콤함만 취하면서, 견디고 인내하고 노력하는 과정을 폄하하기도 했다. 당장의 조바심으로 현재를 망치기도 했다. 지금 여기의 행복을 강박적으로 강조하며 불행해졌다. 지금 당장 당신과 행복하지 않으므로 당신과의 관계는 폐기되어야 한다고 외치기도 했다. 상대에게 나와 같은 리듬을 타야 한다고 몰아붙이기도 했다. 누구나 다른 속도와 다른 방식을 지니고 있음을 인정하지 못했다. 관계를 위해서라면 기다리는 과정이 필요한데도 내게는 미래란 존재하지 않는 양 기다림을 허하지 않았다. 여유가 사라졌고 느긋함이 멀어졌다. 나는 현재라는 창살 속의 노예와도 같았다. 달팽

이처럼 현재를 지고 기어가며, 당장이라도 홀연히 날아갈 듯 소리쳤다.

"카르페디엠!"

그러나 외칠수록 불행해졌다. 외면할 수 없을 만큼 막강해진 불행 앞에 무릎을 꿇고 말았다. 결국 인정해야만 했다. 나는 지금을 누리고자 했으나 그럴 수 없어서 바로 지금 불행하다고. 혼자서도 충분하다고 말했지만 도움이 필요하다고.

지난여름 서울에 정기적으로 머물 공간을 마련했다. 평소에 따르고 좋아하던 선생님 집의 3층이 비었다는 소식을 듣고 지푸라기 잡는 심정으로 문자를 보냈다. 집을 보지도 않고 바로 계약을 맺었다. 맨 처음 그 집을 방문하던 날의 오후는 뜨겁고 화창했다. 나는 불행의 느낌에 허덕이며 앞으로 살게 될 집을 찾았다. 길을 잘못 들어 한참을 헤매다가 저 멀리 골목 끝 문 앞에서 낯익은 모습이 손을 흔드는 걸 보았다. 그를 따라 들어선 1층 방은 천장이 낮고 아늑했다. 어느새 내 앞에는 시원한 차가 놓였고 곧이어 지방 곳곳에서 올라온 김치와 젓갈과 밑반찬과 그가 손수 끓인 육개장이 올라왔다. 나보다 나이 든 여자가 먹여주는 밥상은 왜 그리 달고 맛있는지, 온몸이 혀가 된 양 탐닉했다. 부엌을 지나 들어간 그의 방은 바닥에 앉기 좋은 곳이었다. 오랜만에 엉덩이를 대고 앉은 마루에는 온기가 어려 있었다. 올려다본 천장은 아늑한 높이로 떠 있었고 마당의 잔디와 여름의 하늘과 풍성한 뭉게구름이 유리창 너머 가득했다. 문득 알아버렸다. 집에 왔구나. 여기는 집이구나. 이곳은 나의 집이고 당신의 집이구나.

내 꿈 속 그 집에는 어린 나와 엄마, 아빠 말고는 거주자가 없었구나. 지난날의 연인도, 10여 년을 함께했던 전남편도 맞이한 적이 없구나. 나는 어른이 되었어도 여전히 혼자이길 꿈꾸며 방을 찾아 헤매는 아이였구나. 내 앞의 여자를 시선 가득 바라봤다. 그의 안내로 이제 세 여자가 각층을 차지하며 살 집을 구경했다. 며칠 뒤엔 세 여자가 모여 2층 여자가 만든 점심을 함께 먹었다. 몇 차례의 드나듦으로도 스스럼없이 문 앞에서 손을 들어 두드릴 수 있었다. 지난날로 무겁게 가라앉았던 꿈 속 집도 이 집을 품어 안고 자라날 수 있을까, 희망을 품어 내자 불행이 꿈틀했다. 관계를 더 넓게 상상하자 평안이 찾아왔다.

안전은 나를 숨긴다고 얻어지지 않는다. 나는 숨을 방이 아니라 안전의 감각을 찾아 탐험했다. 이제는 방이 아닌 집을 열어 나누는 삶을 상상한다. 내 꿈 속 집의 풍경도 달라지길 꿈꾼다. 나는 이제 고립된 현재에서 숨을 방을 찾아 허덕거리지 않는다. 상상과 맞닿은 희망으로 현재를 누리려 한다.

자유롭고 창조적인 책임의 관계

늦여름의 금요일 밤, 아홉 시를 넘기고도 밖이 환했다. 넓게 트인 테라스 테이블에 마주 앉은 두 여자는 기분 좋게 취해 있었다. 미셸은 캘리포니아의 여름을 마흔 번째 맞는 중이었다. 홍콩계 미국인으로 엘에이에서 태어나고 자라서 유치원 교사로 일하다가 지금은 조그만 정보기술 관련 회사에 다니고 있다. 줄리엔에게는 스무 번째 여름이었다. 대학을 졸업하자마자 결혼과 함께 정착한 도시는 1년 만에 남편과 헤어진 뒤에도 그녀의 보금자리가 되었다. 이른 결혼과 잇따른 이혼은 그녀의 자존심에 상처를 남겼다. 한국 사회로 돌아가 재

진입하기보다는 혼자됨의 자유로움을 받아들이기로 했다. 공부를 다시 시작했고 동시에 웨이트리스로 일했다. 이어서 방송국 리포터, 파티업체의 매니저를 거쳐 유치원 교사로 근무했다.

엘에이 중심가의 유치원에서 미셸과 줄리엔은 동료로 처음 만났다. 한때 룸메이트로도 생활했던 그들은 비슷한 교육관과 가치관을 공유하고 있음을 확인하고 함께 어린이집을 열었다. 프로그램은 함께 짰지만 운영은 줄리엔이 도맡았다. 미셸은 엘에이 시내에서 조금 떨어진 글렌데일에 새 직장을 얻었고 근처 아파트로 옮겨 나갔다. 일상의 많은 부분을 함께 하지는 않았지만, 때때로 만나서 밤새도록 이야기를 나누는 게 어색하지 않은 사이였다. 둘 다 긴밀한 관계의 친구를 여럿 두고 한 명에게만 집중하지 않는 생활을 했다. 그들은 혼자 또 같이 사는 데 슬기롭게 적응한 사람들이었다.

독립은 현명한 분산의 힘으로 이뤄진다. 교류는 잦지 않지만 멀지 않은 곳에 부모가 살고 있는 미셸과 달리, 줄리엔은 친족관계로 묶인 사람이 미국에 단 한 명도 없었다. 그럼에도 결핍에 시달리지 않았던 것은 그녀의 훌륭한 용병술 같은 친구 활용 능력 덕분이었다. 필요할 때면 늘 친구가 있었다. 각각의 상황마다 단 한 명이 아닌, 몇 명의 친구가 번갈아 있어

줬다. 그녀 또한 그들에게 최선을 다했다. 다자가 다자로 연결되니 의존이 전면적이지 않았고, 함께 있을 때 최선을 다하니 외롭지 않았다. 독립성은 혼자 살아남는 것이 아니라 풍요로운 함께 있음으로 얻어진다는 것을 배우고 살아냈다.

술자리가 무르익었을 때 미셸이 말했다.

"나도 이제 마흔이야. 결혼에 대한 미련은 없는데, 아이는 아직 모르겠어. 이제 어쩌다 아이가 생기면 마지막 기회라는 걸 떠올릴 수밖에 없겠지?"

취기에 무심히 오간, 가벼운 웃음으로 버무려진 언급에 불과했다. 그리고 며칠 뒤였다. 줄리엔이 한창 어린이집에서 아이들을 돌보느라 여념이 없을 때 미셸이 찾아왔다. 그도 한창 근무 중일 시간이었다. 문 앞에 서 있는 얼굴이 심상찮았다. 미셸이 입을 열었다.

"나, 좀 자고 싶어."

줄리엔은 이유를 묻지 않았다. 무작정 그녀를 맞았다. 아이들에게는 개방되지 않는 자신의 방으로 그녀를 들여 침대에 누였다. 미셸은 소란스러운 어린이집 구석 작은 방에서 두 시간이 넘는 오후의 긴 잠을 잤다. 아이들과 동료 선생들을 다 보내고 저녁의 정적이 찾아올 무렵 방문을 열고 미셸이 나왔다. 함께 먹을 저녁을 준비하려는데 그녀가 입을 열었다.

"임신이야."

건조하고 무심하게 들리다 못해, 어딘가 냉소적인 느낌을 주는 말투였다. 일어서려다 그대로 동작을 멈춘 줄리엔은 미셸의 임신 소식보다 뜨겁게 흐르는 자신의 눈물이 더 당황스러웠다. 갑자기 쏟아지는 눈물 너머로 미셸의 차분한 얼굴이 보였다. 줄리엔의 머릿속에는 그녀가 며칠 전 한인타운 중심가의 술집에서 내뱉은, 마지막 기회라는 구절이 뱃속의 태아처럼 강력하게 제 존재를 드러내는 중이었다.

"아직 아무런 생각도 들지 않아. 뱃속에 이물질 하나가 침범한 느낌이랄까. 당장은 괴이하고 불편할 뿐이야."

그녀는 2주 뒤 오스트레일리아 여행을 앞둔 상태였다.

"1년을 준비해온 여행이라고. 아이 때문에 포기할 수는 없어. 계획대로 떠날 거야. 만약 유산이 된다면 두통거리를 해결하는 셈 치지, 뭐."

줄리엔은 별다른 의견을 보태지 않았다. 미셸이 어떤 결정을 내리든 그녀를 지지할 이유는 충분했다. 다음 달 미셸은 줄리엔을 학교 근처 식당으로 불러냈다.

"아이를 낳겠어. 어쩐지 이 결심은 너한테 제일 먼저 전해야 할 것 같았어. 너라면 믿고 이 여정을 함께할 수 있으리라는 직관이 들더라. 어때?"

줄리엔은 어느새 미셸의 손을 꼭 쥐었다. 그리고 초대해줘서 고맙다고 대답했다. 선언으로만 끝나는 말은 흩어지기 마련이다. 구체적인 계획과 행동이 따라야 함을 두 사람은 알고 있었다. 함께 정기검진을 가서 태아의 초음파 영상을 보고 심장박동 소리를 들었다. 산모의 1차 보호자로 줄리엔의 이름을 적었다. 아이를 낳을 병원에서 마련한 출산 및 육아 교육 프로그램에도 파트너로 참여했다. 아기 인형을 앞에 두고 기저귀 채우는 법, 편안하게 안는 법, 수유법 등을 배우는 자리에도 둘은 함께 있었다. 배가 제법 부른 미셸 옆에 줄리엔이 앉아 있는데, 어느 순간 둘 사이로 스며드는 깨달음이 있었다.

동성결혼이 합법화되고 다양한 가족 형태가 인정되는 미국의 캘리포니아라고 해도, 병원의 출산 교육 프로그램에서 상정되는 양육자의 기본은 아버지와 어머니로 이루어진 결합체였다. 이성애자 커플에서 벗어난다고 해도, 아이를 낳아 함께 키우는 이들은 성적 결합을 바탕으로 한 관계로 여기기 일쑤였다. 싱글의 삶에 대한 지지를 바탕으로 한 그들의 조금 다른 조합을 두고 찾아오는 질문은 대개, 미셸과 줄리엔의 관계에 대한 것이었다. 줄리엔이 미셸에게 연정을 품고 있기에 모든 과정에 나선 것이 아니냐는 추측이 여기저기 제기됐다. 두 사람은 거듭되는 질문에 곤두서지 않았다. 그들만의 특별한 여정을 함께 개척하는 중이었고 둘 사이의 지지는 출산을 통해 더 돈독해졌을 뿐 달라진 건 없었다.

아이 아빠에게 임신 사실과 출산 결정을 알리는 것도 함께 상의해서 결정했다. 아이 아빠는 미셸의 직장 동료이자 가끔씩 만나 잠자리를 같이하던 대니라는 청년이었다. 알고 지낸 지는 1년가량 되었지만, 서로를 연인이나 교제 상대로 생각한 적은 없었다. 미셸은 출산 계획을 알리면서도 대니에게 자기 의사를 분명히 했다. 그를 양육에서 완전히 제외하겠다는 것은 아니지만, 아이를 통해 그와의 관계 변화를 이끌어낼 의도는 없다는 것, 그의 도움 유무와 상관없이 독립적으로 아이를 낳아 키우겠다는 것을 밝혔다. 대니 역시 그들과 함께 초반의 혼란을 조금씩 극복해갔고 제삼자의 입장으로 그들의 여정에 참여했다. 미셸의 베이비 샤워에는 줄리엔과 대니, 미셸의 부모님 모두 참가했다. 인사를 나누고 따뜻한 이야기를 주고받는 그들의 관계에는 어떤 강요나 무리함은 없었다. 느슨하게 지지하고 서로의 존재에 감사했다.

5월 30일 화요일은 미셸의 출산 예정일이었다. 미셸과 줄리엔은 저녁을 함께 먹기로 했다. 그리고 약속 시간 두 시간 전 미셸에게서 연락이 왔다.

"아무래도 저녁은 못 먹을 것 같아. 오늘 밤 병원에 가야 할지도 몰라."

줄리엔은 수없이 가상으로 되풀이한 과정을 실행에 옮겼다. 그녀만의 출산 준비를 시작했다. 동료 선생들에게 내일부터 이틀 정도 결근할지 모른다고 양해를 구했다. 간단한 옷가지와 세면도구를 챙겼다. 미셸의 집에 도착해서 상태를 확인했다. 줄리엔을 기다리는 동안 진통은 4분 간격으로 줄었다. 잠시 후 대니도 도착했다. 미셸은 대니에게 그녀가 집을 비울 동안 자신이 기르는 개들을 친구에게 맡겨달라고 부탁했다. 그사이 줄리엔은 미셸을 데리고 병원에 가서 입원 수속을 밟았다. 출산이 임박한 순간에 미셸의 보호자로 자신의 이름을 적는 기분은 더욱 특별했다. 이후 지난한 기다림의 시간이 이어졌다. 본격적인 진통이 시작되지 않은 채 하룻밤을 지새웠다. 개를 맡기고 입원실에 찾아온 대니는 지루함을 견디지 못해 몸을 들썩였다. 세 사람은 병원 직원 몰래 음악을 틀어놓기로 했다. 시답잖은 농담을 주고받으며 음악에 맞춰 건들건들 춤도 추었다. 오전 열 시가 지나서야 양수가 터졌고 본격적인 출산 과정이 시작됐다. 줄리엔은 미셸 곁에 있으면서 그녀의 아들 와이어트가 산도를 비집고 세상에 태어나는 순간을, 엄마도 직접 보지 못하고 아빠는 두려워서 거울로 엿본 광경을 두 눈으로 목도했고 마침내 아이가 세상을 향해 힘찬 주먹

질을 내지르는 순간 울음을 터뜨렸다. 미셸은 덤덤한 표정으로 아이를 품에 안았고 잠시 후 곯아떨어졌다. 진통 내내 소리 한 번 지르지 않았던 그녀는 아이를 안고도 희미한 웃음만 떠올릴 뿐이었다. 실감이 나지 않았다. 감격스러웠지만, 생을 두고 이루어질 감동이라 믿었기에 만남은 묵직했다. 아이는 믿을 수 없이 작고 뜨거웠다.

아이가 태어난 자리에는 대니의 부모님도 찾아왔다. 한국인 이민 일세인 대니의 어머니는 짧은 영어를 한탄하며 줄리엔에게 한국말로 안타까운 마음을 전했다.

"우리 대니가 너무 철이 없어서. 아이까지 낳았는데 결혼도 안 하고, 이를 미안해서 어째요?"

줄리엔은 그녀의 착각을 고쳐주지 않았다. 결혼을 거부한 건 미셸이었다. 아이를 낳아 키우는 걸 결혼의 틀에서 분리시키자 더 큰 선택의 여지가 주어졌다. 넉넉한 경제력은 없지만, 아이에게 안정적 환경과 지속적 사랑을 줄 수 있다는 걸 알고 있었다. 이십 년 넘도록 유기견 단체에서 활동하며 버려진 개들을 돌보고 입양하고 함께 살아오며 그녀가 체득한 건 생명을 맞이하고 사랑하고 기꺼이 이별하는 과정이었다. 그녀가 알고 꿈꾸는 사랑은 구체적이었다. 막연한 낭만과 행복으로 점철되는 과정이 아니었다. 몸이 익힌 돌봄과 나눔과 책임의 감각을 믿었고 자신을 지지해주는 주변의 힘을 신뢰했다.

며칠 전 줄리엔은 와이어트를 위한 작은 학자금 펀드를 들었다. 아직 미셸에게 알리지는 않았다. 다음 주에 있을 미셸과 와이어트를 위한 파티에서 선물로 안겨줄 생각이다. 줄리엔과 미셸, 그들의 관계는 자유롭고 창조적인 책임을, 구체적으로 성큼성큼 살아내는 중이었다.

새벽이 내게 준 속삭임

육 년 전 크리스마스 파티였다. 장소는 미국 할리우드 거리에 자리 잡은 퓨전 일식집이었다. 바가 있는 1층은 사람들로 북적거려 한적한 2층으로 자리를 옮겼다. 늦은 밤, 어두운 구석 테이블에 숨어들듯 앉았다. 지금은 전남편이 된 L은 와인을 가져다주겠다며 아래층으로 내려간 뒤였다. 혼자 앉아 있는 내 모습이 처량해 보일까 지레 초조해질 무렵 근처를 지나가던 개브리엘이 인사를 건넸다. 짙은 갈색 머리에 푸른 눈동자의 미남인 그 역시 이곳 태생이 아니었다. 결혼과 함께 미국에 왔다가 이혼한 이탈리아계 영국 남자였다. 작가가 되고 싫었지만, 4년째 L의 회사에서 일하고 있었다. 내 어린 딸들은 그와 그의 약혼녀를 아기 때부터 잘 따랐다. 나는 출산일이 다가온 그들의 안부를 묻고 그는 내 아이들의 안부를 물었다. 새로 태어날 아기의 탄생을 축하하자 개브리엘이 답했다.

"이십 대를 넘기고 나니까 삶의 의미를 되묻게 되더라고. 그냥 내 삶으로만 끝나는 게 아니라 조금이라도 세상에 흔적을 남기고 싶어졌어."

아이의 존재를 통해 삶의 무의미를 구원받을 수 있을까. 좀 더 친한 사이라면 되물었을 것이다. 그때 L이 돌아왔고 대화는 끝이 났다. 1년 뒤 개브리엘은 작가로 살고 싶다며 엘에이 생활을 정리하고 남미의 작은 마을로 떠났다. 결국 그는 작가가 되지 않았지만 세 아이의 아버지가 되었다. 남미 생활은 1년 만에 끝났고 그의 가족은 엘에이 근교에 다시 자리를 잡았다.

승은을 만난 건 지난해 여름으로 거슬러 올라간다. 내 두 번째 책이 나온 직후 그녀의 이메일을 받았다. 하얀 모니터 위로 낯선 송신인 이름이 반짝거렸다. 승은이 속한, 청년 다섯 명으로 이루어진 '감성노리협동조합'에서 꾸리는 작가와의 만남 행사에 초대하는 내용이었다. 그들은 강원도 춘천에 '인문학카페 36.5도'라는 카페를 열어 지역 청년들의 문화예술 모임을 4년째 꾸려가고 있었다. 몇 차례 이메일이 오갔고 7월 중순 어느 날 아이들과 함께 춘천역에 내렸다.

처음 만난 그녀는 초여름처럼 싱그러웠다. 당시 스물아홉이었을 그녀는, 스물아홉답게 찬란했고 스물아홉 이상으로 눈부셨다. 그녀와 함께 나온 사람은 공동체에서 '해달'이라는 별칭으로 부르는 그녀의 남자친구이자 동거인이었다. 이십 대 초반부터 삼십 대 초반까지의 사람들이 모여 있는 협동조합 멤버들은 서로를 이름이 아닌 별칭으로 불렀고 나이와 상관없이 서로에게 존댓말을 썼다. 글쓰기 모임을 꾸리고 그림을 배우고 노래를 만들고 독립출판물을 내기도 했다. 가까이 살면서 사이좋게 카페를 운영하고 지역사회 모임을 가지고 삶을 공유하는 모습이 낯설고도 아름다웠다.

이듬해 겨울, 다시 승은을 만나 공동체에 대한 질문을 던졌다. 그녀는 4년 차인 그들의 삶이 큰 갈등 없이 이어지고 있다고 했다. 비결을 묻자 대답했다.

"공동체를 시도한 지 7~8년이 되었어요. 학교생활에 회의를 품고 그만둔 뒤 검정고시를 쳐서 대학에 들어갔지만, 대학을 들어가기 전에도 이후에도 다양한 방식으로 삶의 방식을 찾아다녔어요. 아무것도 하지 않고 시간을 보내기도 했고 각종 아르바이트도 했고 관심 있는 강좌를 들으러 다니다가 학생운동에도 참여하게 됐어요. 협동조합을 하게 된 계기는 원래 있던 운동 방식에 답답함을 느끼고 인간 대 인간으로 새로운 대안을 만들어가야 한다는 문제의식을 가지고부터였어요. 민주주의를 외치면서 과정은 전혀 민주적이지 않은 사례를 많이 겪었거든요. 지금이 민주주의의 실현이라고 생각하며 살아갈 수 없을까라는 생각으로 공간을 만들었고 그 공간을 지키고 있다 보니 함께하는 팀원들을 만났어요. 공동체라고 해서 모든 걸 함께하는 건 아니에요. 독립적 공간을 존중해야 해요. 무엇보다 페미니즘을 공부하고 받아들이면서 많은 고민을 설명할 언어를 발견했고 문제를 해결해나가는 데 도움이 됐어요."

정규교육과정을 밟고 뒤늦게 가족과 사회의 정해진 틀에서 벗어나고 싶어 무작정 유학길에 올랐던 나로선, 어린 시절부터 적극적으로 삶을 개척하고 경험하는 용기가 경이로웠다. 그녀의 설명은 단순명료했다.

"어릴 적 부모님이 이혼하신 덕분이에요. 이혼으로 느슨해진 가족관계 덕분에 꽉 짜인 한국식 성장 과정에 벗어나 스스로 고민하고 선택할 수 있는 공간이 생겼어요."

가족의 관계성으로 내 삶이 보장되지 않을 것이라는 깨달음, 가족의 연대가 불행과 폭력의 연대가 될 수 있다는 이른 발견이 승은에게 좀 더 일찍 넓은 세상을 바라보게 했다. 몇 차례의 연애와 동거를 통해 더욱 강화된 인식은 주어진 가족제도를 통해 행복해지기는 어렵다는 것이었다. 고민 끝에 결정한 비혼주의 선언은 그녀에게 큰 힘이 되었다.

"당시 남자친구는 제 비혼 선언에 상처를 받았다고 했지만, 저는 제 존재를 걸고 고민 중이었기에 물러설 수 없었어요. 연애에서조차 드리워진 가부장성을 온몸으로 느꼈거든요. 동거 자체로 충만한 삶이 되는데, 왜 결혼을 통해 기존 가족제도 안으로 들어가야 할까. 결혼을 통해 영원한 사랑, 확실한 관계를 보장받고자 하는데, 관계란 확실하게 하려면 할수록 그 안에서 지쳐버린다는 걸 느꼈거든요. 지금 사귀는 남자친구에게도 말해요. 언젠가 헤어질 수도 있지만, 함께 있는 동안은 불확실하더라도 계속 사랑하며 살았으면 좋겠다고요. 제게는 공동체라는 기반이 있었기에 이런 문제의식을 좀 더 진척시키고 행동에 옮길 수 있었어요. 누군가는 결혼을 통해 노후의 불안이라든가 외로움을 해결하려 하는데, 저는 공동체를 통해 만난 사람들과 혈연적으로 얽혀 있지 않아도 가족보다 더 존중하고 이대로 살아갈 수 있으리라는 믿음을 얻고 있거든요. 노후 불안은 가족이 아닌 사회보장제도와 공동체적 삶을 통해 해결할 수 있다고 생각해요. 외로움 때문이라면 인간은 애초에 외로운 존재예요. 가족을 통해 그 외로움을 보상받으려 하면 오히려 적절한 거리감을 파괴하고 관계 및 자아의 성장을 게으르게 해요. 비혼주의는 한국의 과잉된 가족 공동체 문화에 대한 반기이기도 하거든요. 정상이라 부르는 것을 거부하는 것만으로 의미가 있다고 생각해요. 굳이 하지 않아도 된다고, 아무것도 아닌 대로 살아도 좋다는 걸 선언하는 거죠. 사랑하는 사람과 사회적 서약을 하는 것이 상징적 의미가 되고 간절한 이슈가 될 수도 있다고 생각해요. 동성애 커플처럼 말이죠. 하지만 제 경우에는 결혼제도에 들어가고 아이를 낳고 살아가는 삶의 당연함을 되묻고 그렇지 않은 삶을 미완으로 여기는 사회적 분위기에 맞서서 비혼의 자유를 이야기하는 거고요."

차분하게 이야기를 이끌어가는 승은은 생각하는 바를 부드럽지만 명료하게 말할 줄 알았다. 삶의 스승은 나이와 상관없이 경험의 너비와 성찰의 깊이, 삶의 자세에 의해 탄생한다는 것을 그녀에게서 배웠다.

"결혼을 하고 아이를 낳음으로써 삶의 의미를 찾으려는 행위 또한 인정하지만, 그게 누구나 당연한 건 아니거든요. 다르게 질문하고 살아가는 삶 또한 존중받았으면 좋겠어요. 지구의 위기라고들 하는데, 저는 인간의 위기이지 지구의 위기는 아니라고 생각해요. 어쩌면 인간이 사라져야 지구가 살 수 있지 않을까 싶을 때도 있어요. 저는 이세를 낳을 생각이 없는데, 아이를 낳는 것이 여성의 임무인 양 이야기하는 것도 불편해요. 키우고 사랑하는 걸 좋아하지만, 동물과 함께 살아가는 것으로도 충분하거든요. 인간이 삶의 의미를 찾으려는 건 당연하지만, 무의미 자체를 받아들이는 것도 계속 연습해나가고 싶어요. 한순간도 '뽕'에 취하지 않고 살기는 힘들지만, 그 뽕에 취해서 나와 주변을 제대로 볼 수 없게 되지 않도록 잡아주는 사람들이 곁에 있어 좋아요. 우울할 때는 있지만 무의미함 자체를 받아들이고 가려 해요. 또 고마운 건 그들과의 관계를 통해 한국 가족주의의 폐단인 나이주의도 벗어날 수 있었어요. 제게 가장 많은 가르침을 준 사람은 저보다 아홉 살 어린, 학교 밖 청소년이던 검은 새거든요. 그녀는 항상 불안하기 때문에 지금 불안하지 않다고 했어요. 적절한 거리감은 상대는 물론 나 자신에 대한 존중이라고도요. 살면서 관계를 많이 맺는다고 생각하지만, 질적으로 다른 관계를 맺는 경험은 너무 적어요. 중고등학교 때 친구가 진짜 친구라고들 얘기하는데, 그 말 자체도 정규교육의 길을 전제로 한 말이거든요. 관계에 대한 상상력은 내 경험치로 넓어져요. 짐작만 하지 말고 찾아가보고 다른 관계를 경험해보면 삶과 세상을 상상할 수 있는 힘과 감수성이 생겨요."

다양한 공동체를 통한 관계 연습은 사랑에도 힘을 발휘한다. 연애도 가족도 관계 안에 있기 때문이다. 상대를 배려하고 거리를 조절하고 함께 사는 법을 새롭게 배우고 경험할 수 있다. 결혼과 가족의 틀이 아니라도 관계를 유지할 수 있다는 믿음이 생기니 관계 속 자존감이 높아진다. 사랑은 미성숙한 나를 무작정 받아주고 있는 그대로 머무르겠다는 약속이 아니다. 사랑은 함께 자라지 않으면 사랑 아닌 것이 되고 만다. 집착은 게으름에서 나오곤 한다. 당신이 좀 더 쉽게, 내가 원하는 대로 움직여주기를 바랄 때 그렇지 않은 당신의 나머지는 분노와 고통의 원인이 된다. 그리고 우리는 가족이란 틀로 너무 쉽게 사랑을 짓고 안주하려 한다. 성찰과 성장이 없는 자리는 믿었던 위안보다 고통이 더 클 때도 많다.

공동체 내에서 그녀의 이름은 '새벽'이다. 늦은 밤 처음 받았던 그녀의 부름은 어쩌면 새벽이 오는 소리가 아니었을까. 외로움은 기본이고 외로움은 존재의 무의미에서 나온다. 어쩌면 행위만이 남는다. 그리고 행위는 생각보다 더 큰 영향을 남긴다. 포기가 아니라 의지를, 의지와 함께 오는 자유를 선택하는 편이 좋다. 새벽이 내게 준 속삭임이다.

구체적 사랑

초판 1쇄 인쇄 2019년 8월 20일
초판 1쇄 발행 2019년 8월 26일

지은이 이서희
펴낸이 이상훈
편집인 김수영
본부장 정진항
기획편집 오혜영 김단희
마케팅 조재성 천용호 박신영 조은별 노유리
경영지원 이해돈 정혜진 이송이

펴낸 곳 한겨레출판(주) www.hanibook.co.kr
등록 2006년 1월 4일 제313-2006-00003호
주소 서울시 마포구 창전로 70(신수동) 화수목빌딩 5층
전화 02) 6383-1602~3 팩스 02) 6383-1610
대표메일 happylife@hanibook.co.kr

ISBN 979-11-6040-283-4 03810

• 책값은 뒤표지에 있습니다.
• 파본은 구입하신 서점에서 바꾸어 드립니다.

기획편집 오혜영
교정교열 김민영
디자인 onmypaper